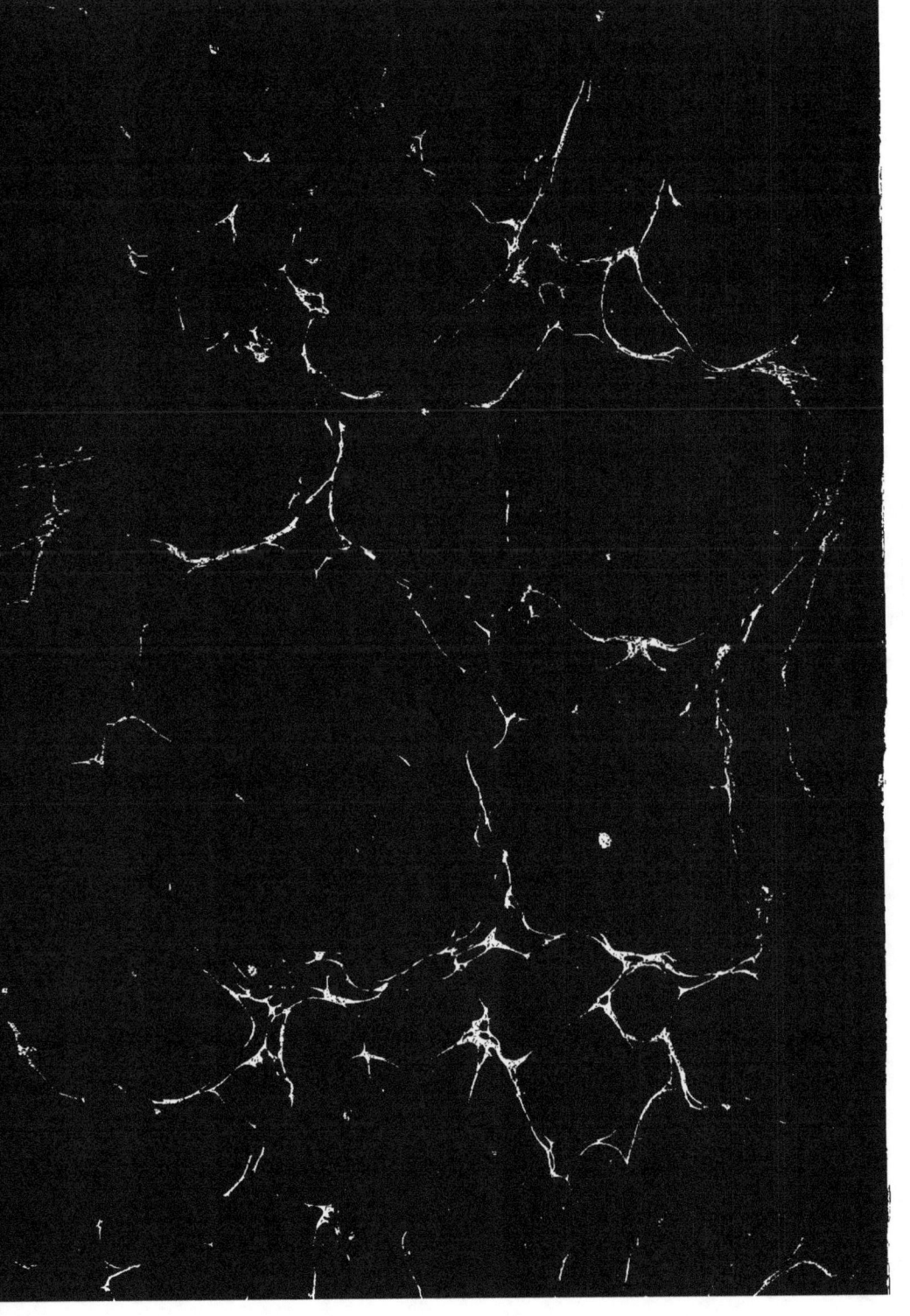

MARIO UCHARD

MON ONCLE

BARBASSOU

EAUX-FORTES DE PAUL AVRIL

MON
ONCLE BARBASSOU

JUSTIFICATION DU TIRAGE

50 exemplaires sur papier du JAPON, avec les EAUX-FORTES PURES des quarante compositions de Paul Avril, et une suite des EAUX-FORTES TERMINÉES, tirées à part, avec le nom de l'artiste à la pointe sèche, numérotés 1 à 50.

125 sur papier du JAPON, avec une suite des eaux-fortes terminées, tirées à part, avec le nom de l'artiste à la pointe sèche, 51 à 175.

50 sur papier de CHINE, 176 à 225.

275 sur papier VERGÉ DE HOLLANDE, 226 à 500.

500 sur papier VÉLIN, 501 à 1000.

MON ONCLE
BARBASSOU

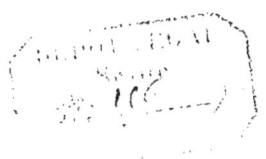

MARIO UCHARD

MON ONCLE

BARBASSOU

ORNÉ

DE 40 COMPOSITIONS GRAVÉES A L'EAU-FORTE

PAR

PAUL AVRIL

PARIS

J. LEMONNYER, LIBRAIRE-ÉDITEUR

QUAI DES GRANDS-AUGUSTINS, 53 BIS

—

1884

CHAPITRE PREMIER

Château de Férouzat, le.. 18..

Non, vraiment, mon cher Louis,
je ne suis ni mort, ni ruiné, ni forban, ni trappiste, ni garde champêtre,
ainsi que tu veux bien le soupçonner pour expliquer mon silence, depuis quatre mois que je n'ai
paru dans ton atelier de peintre célèbre. Non, mon
fabuleux héritage ne s'est point envolé, railleur subtil !
Je n'habite ni la Chine au fleuve Bleu, ni l'Océanie
rouge, ni la Laponie blanche. Mon yacht en bois de
teck est encore dans le port et ne me balance pas sur les
vastes mers. C'est donc en vain que tu entasses labo-
rieusement les hyperboles excentriques à propos du
testament de mon oncle : tes ironies font long feu.

1

Le testament de mon oncle dépasse tout ce qui s'est jamais fait d'étonnant dans ce genre par les mains d'un notaire, et jamais ta pauvre imagination, ni de près ni de loin, n'inventera des péripéties aussi surprenantes que celles où ce document enregistré m'a conduit.

Tout d'abord, pour que ton faible intellect puisse s'élever à la hauteur d'un tel sujet, il faudrait bien, je le confesse, t'expliquer un peu « le Corsaire », comme tu l'appelais lorsque tu le rencontras à Paris l'autre hiver, car ce n'est que par les singularités de son existence que tu pourrais arriver à la compréhension de mon aventure.

Malheureusement, il y a là une difficulté majeure : mon oncle est resté et restera à l'état de personnage légendaire. Né natif de Marseille, vers l'âge de douze ans il s'était trouvé orphelin, seul au monde avec une jeune sœur presque encore au berceau, qui depuis fut ma mère, et qu'il éleva : de là sa tendresse pour moi; cependant, bien que nous fussions l'un à l'autre toute notre famille, je ne l'ai guère vu que dans les échappées de sa vie de marin. Doué de facultés vraiment remarquables, et d'une de ces énergies qui ne connaissent pas d'obstacles, c'était bien le meilleur homme du monde, comme tu l'as pu constater; mais c'était assurément aussi un grand original, d'après ce que j'en sais. Et je ne crois pas que, dans sa carrière accidentée, il ait jamais rien fait comme un autre, si ce n'est les enfants peut-être, et encore ne furent-ils jamais que ses filleuls. — Il en a laissé quatorze, garçons et filles, dans le département du Gard et divers autres lieux; et tout fait croire qu'il ne s'en fût point tenu là, lorsque, il y a quatre mois, en revenant du pôle Sud, il mourut par hasard d'un coup de soleil, à l'âge de soixante-sept ans; ce trait final peint l'homme.

Quant à l'histoire de sa vie, ce qu'on en a su se borne à ces quelques notions :

A vingt-deux ans, mon oncle Barbassou s'était fait Turc, par opinion politique : c'était sous les Bourbons. Ses états de services en Turquie n'ont jamais été bien clairs dans les luttes de Méhémet-Ali et du Sultan, et je crois qu'il s'y embrouillait un peu lui-même, car il servit alternativement ces deux princes avec une égale bravoure et une égale sincérité. Par hasard, il se trouva précisément du côté d'Ibrahim lorsque celui-ci défit les Turcs à la bataille de Konich; mais, emporté dans cette fameuse charge à fond qu'il commandait, et qui décida de la victoire', mon oncle infortuné eut la disgrâce de tomber blessé aux mains des vaincus. Prisonnier de Kurchid-Pacha, et bientôt guéri de sa blessure, il s'attendait à être empalé, quand, à sa grande joie, sa peine fut commuée en celle des galères. Il resta trois ans au bagne sans réussir à s'évader, ce qui fait que, un beau jour, il se trouva tout à point sous la main du Sultan, qui le nomma pacha en lui donnant un commandement dans les guerres de Syrie... Quelle circonstance mit fin à sa carrière politique? comment obtint-il du pape un titre de comte du saint-empire?... On l'ignore.

Ce qu'il y a de certain, c'est que, las des grandeurs, Barbassou-Pacha était revenu s'établir depuis
deux années en Provence, lorsqu'il partit un beau
matin pour l'Afrique, sur un navire qu'il avait acheté
à Toulon. Il se livra dès lors au commerce des épices.

Ce fut à la suite d'un de ces voyages qu'il publia son
mémoire ontologique sur les races nègres, mémoire
qui fit quelque bruit, et lui valut un rapport des plus
flatteurs de l'Académie.

Ces événements principaux de son odyssée connus,
les faits et gestes particuliers de Barbassou-Pacha se
perdent dans les nuages. Au physique, tu te rappelles
ce Marseillais de six pieds de haut, sec dans sa char-
pente pourvue de muscles d'acier; tu vois encore ce
visage formidable et barbu, cet œil farouche et terrible, cette voix rude, enfin ce type achevé du
« forban au repos », comme tu disais, en riant
parfois de son flegme plaisant. Au demeurant, très
facile à vivre, et le meilleur des oncles.

Quant à moi, du plus loin qu'il m'en souvienne,
voici tout ce que j'ai jamais su de lui. Étant toujours
en mer, il m'avait mis très jeune au collège. Une
année, comme il se trouvait à son château de Férouzat,
il m'y fit venir pendant les vacances. J'avais six ans;
je le voyais pour la première fois... Il m'enleva à bras
tendu pour m'examiner de face et de profil; puis,
me faisant tourner délicatement en l'air, il me tâta les
reins, après quoi, satisfait sans doute de ma struc-
ture, il me remit à terre avec des précautions infinies,
comme s'il eût peur de me casser.

— Embrasse ta tante, me dit-il.

J'obéis.

Ma tante était alors une fort belle personne de vingt-deux à vingt-quatre ans, brune, avec de grands yeux noirs fendus en amandes, des traits purs dans un ovale parfait. Elle m'assit sur ses genoux et me couvrit de baisers, en me prodiguant les noms les plus tendres, auxquels se mêlaient des mots d'une langue étrangère, qui semblaient une musique tant sa voix était harmonieuse et douce. Je la pris en grande affection. Mon oncle me laissait faire toutes mes volontés et ne souffrait point qu'on y mît obstacle. D'où il advint qu'à la fin des vacances je ne voulais plus retourner au collège, ce à quoi j'eusse certainement réussi, si le navire de Barbassou-Pacha ne l'eût attendu à Toulon.

Tu devines avec quelle joie je revins à Férouzat l'année suivante. Mon oncle m'accueillit avec le même plaisir, se livra au même examen sur mon râble. Sa sollicitude en repos :

— Embrasse ta tante, me dit-il.

J'embrassai ma tante ; mais, tout en l'embrassant, je fus un peu étonné de la voir fort changée. Elle était devenue blonde, rose. Un certain embonpoint ferme et jeune, qui lui seyait à merveille, lui donnait l'apparence d'une fille de dix-huit ans. Plus timide qu'à notre première entrevue, elle me tendit ses joues fraîches en rougissant. Je remarquai aussi qu'elle avait modifié son accent, qui ressemblait beaucoup à l'accent d'un de mes camarades de collège, qui était

Hollandais. Comme j'exprimais ma surprise sur ce changement, mon oncle m'apprit qu'ils revenaient de Java. Cette explication me suffit, je n'en demandai pas davantage, et dès lors je m'accoutumai chaque année aux diverses métamorphoses de ma tante. La métamorphose qui me plut le moins fut celle qu'elle contracta à la suite d'un voyage à Bourbon, d'où elle revint mulâtresse, sans cependant cesser d'être remarquablement jolie. Mon oncle, d'ailleurs, était toujours excellent pour elle, et je n'ai jamais connu meilleur ménage. Par malheur, lancé dans de grandes affaires, Barbassou-Pacha resta trois ans absent, et, lorsque je retournai à Férouzat, il m'embrassa tout seul. Je m'informai de ma tante : il était veuf. Comme cet accident ne paraissait pas l'affecter davantage, j'en pris mon parti comme lui.

Depuis ce temps, je ne vis plus une femme dans le château, excepté une fois, dans une partie isolée du parc, où je rencontrai quelques ombres mystérieuses, rigoureusement voilées. Elles se promenaient, accompagnées d'un vieillard aux allures singulières, vêtu d'une longue robe et coiffé d'un tarbouch, qui m'intrigua beaucoup. Mon oncle me dit que c'était son excellence Mohammed-Azis, un de ses amis de Constantinople, qu'il avait recueilli avec sa famille, à la suite de persécutions du Sultan ; il le logeait dans un un autre petit château mitoyen avec Férouzat, afin qu'il pût vivre plus commodément à la turque ; ces jeunes personnes étaient ses filles.

Après cette année-là, je ne séjournai plus guère en

Provence; mon oncle, établi en Chine et au Japon, fut cinq ans sans revenir, et je n'eus de rapports avec lui que par son banquier de Paris, dont la caisse s'ouvrait à ce certain crédit illimité qui faisait ton admiration, et dont j'usais avec une si belle désinvolture et un si superbe entrain de folie.

Tu sais comment, il y a quelques mois, je reçus cette lettre qui m'annonçait un malheur imprévu et réclamait ma présence immédiate à Férouzat, pour la levée des scellés et l'ouverture du testament; mon pauvre oncle était mort en Abyssinie.

Le lendemain de mon arrivée ici, j'étais à peine levé, lorsqu'on m'annonça maître Féraudet. Il entra armé de paperasses. J'aurais voulu ne point agir en héritier avide et remettre à quelques jours les questions matérielles; mais ce notaire me dit « qu'il y avait certaines clauses du testament qui nécessitaient un prompt examen ». Mon oncle m'avait laissé des charges et des legs nombreux « au profit de ses filleuls et de tiers fort éloignés ». Tout cela était débité avec le ton affligé de circonstance, et en même temps avec l'air d'un homme qui se sent porteur d'un document extraordinaire et en prépare l'effet. Bref, il ouvrit le testament; il était ainsi conçu :

Château de Férouzat, le.. 18..

« Je soussigné, Claude-Anatole-Gratien Barbassou, comte de Monteclaro, déclare choisir et désigner pour légataire universel et unique héritier de mes biens :

meubles, immeubles et valeurs généralement quelconques, tels que..., etc., mon neveu Jérôme-André de Peyrade, fils de ma sœur, à charge, par ledit, d'acquitter les legs suivants :

« A ma bien-aimée femme et légitime épouse Lia-Rachel-Euphrosine Ben-Lévy, modiste à Constantinople, et y demeurant, au faubourg de Péra : 1° une somme de quatre mille cinq cents francs que je lui ai reconnue par contrat ; 2° ma maison de Péra, qu'elle habite, y compris toutes les dépendances y annexées ; 3° une somme de douze mille francs à répartir, à sa volonté, entre les divers enfants qu'elle a de moi.

« *Item*, à ma bien-aimée femme et légitime épouse Sophia-Eudoxia, comtesse de Monteclaro (née de Cornalis), demeurant à Corfou : 1° une somme de cinq cent mille francs que je lui ai reconnue par contrat ; 2° la pendule et les vases de Saxe qui sont sur ma cheminée ; 3° la *Vierge* du Pérugin qui est dans mon salon de Férouzat.

« *Item*, à ma bien-aimée femme et légitime épouse Marie-Gretchen van Cloth, demeurant à Amsterdam : 1° une somme de vingt mille francs que je lui ai reconnue par contrat ; 2° une somme de soixante mille francs à répartir, à sa volonté, entre les divers enfants qu'elle a de moi ; 3° mon service de table en faïence hollandaise, intitulé n° 3 ; 4° un piano à manivelle avec quatre symphonies de Haydn sur planchettes.

« *Item*, à ma bien-aimée femme et légitime épouse

Marie-Louise-Antoinette-Cora de La Pescade, demeurant aux Grands-Palmiers (île Bourbon) : ma plantation qu'elle habite, y compris les dépendances du Grand-Morne.

« *Item*, à ma bien-aimée femme et légitime épouse, Anita-Josépha Christina de Postero, demeurant à Cadix : 1° une somme de douze mille francs que je lui ai reconnue par contrat ; 2° mon pardon de son aventure avec mon lieutenant Jean Bonaffé. »

. . . .

Si quelque formaliste essayait d'insinuer des critiques à l'endroit des principes conjugaux de mon oncle, je lui répondrais que Barbassou-Pacha était Turc et mahométan, qu'en conséquence on ne saurait que le louer de s'être soumis fidèlement aux lois du prophète, lesquelles lui permettaient un tel luxe d'hyménées, sans qu'il s'écartât le moins du monde de la limite des convenances, et qu'il avait au contraire, en ce cas, pratiqué pieusement un devoir religieux que, selon toute vraisemblance, sa mort prématurée l'a seule empêché d'accomplir avec plus de ferveur. Je veux espérer que le Dieu des croyants lui tiendra compte du moins de ses efforts.

Cela dit pour une mémoire qui m'est chère, et les principales clauses du testament énoncées, j'ajoute, en trois mots, que les donations matrimoniales de mon oncle réglées, les différents legs à ses filleuls, à ses matelots, additionnés, il me restait environ trente-sept millions.

— Mais, ces enfants de mon oncle ?... dis-je.

2

— Oh ! monsieur, tout est en règle !... La loi turque ne reconnaissant point les mariages contractés à l'étranger avec des infidèles, sauf certaines formalités prescrites que monsieur votre oncle se trouve avoir négligé d'accomplir, il en résulte que son testament ressort son plein effet... Il avait d'ailleurs pourvu de son vivant à l'avenir de tout son monde...

J'admirai.

— Voici donc pour les dispositions légales, monsieur, continua le notaire lorsqu'il eut terminé sa lecture. J'ai maintenant à vous remettre une lettre cachetée, que monsieur votre oncle m'a confiée pour ne la donner qu'à vous seul après sa mort. J'avais ordre de la détruire sans en prendre connaissance, au cas où votre décès aurait précédé le sien. C'est donc vous dire que j'en ignore le contenu, qui ne doit être lu que par vous. Veuillez, je vous prie, me signer ce reçu constatant que les cachets sont intacts, et que je l'ai laissée dans vos mains.

Il me présenta un papier : je lus et signai.

— Est-ce tout ? demandai-je.

— Pas encore, monsieur, reprit-il en tirant de sa poche un autre pli. Voici un acte également cacheté qui m'était adressé à moi. Je ne devais l'ouvrir qu'au cas où le testament de votre oncle serait devenu nul et non avenu, votre mort ayant précédé la sienne. Cet acte, m'avait-il dit, devait alors régler ses volontés. Votre présence étant dûment établie, mes ordres écrits et formels m'enjoignent de brûler, sous vos yeux, ce document devenu inutile et sans objet.

Il me fit encore constater que les sceaux avaient
été respectés, et, prenant sur mon bureau une bougie
qu'il alluma, il livra à la flamme l'acte secret dont
nous ne devions point connaître les réserves. Après
quoi, il partit.

Resté seul, et encore tout ému de ces rappels pal-
pitants de mon pauvre oncle, je me mis à considérer
la lettre que le notaire m'avait laissée. J'y devinais un
mystère et je pressentais vaguement qu'elle devait
contenir un arrêt de ma destinée. Cette dernière parole
de lui, qui semblait me venir de la tombe, ravivait
dans mon cœur les regrets à peine assoupis. Je
déchirai enfin l'enveloppe. Voici ce qu'elle renfermait :

« Mon cher enfant,

« Quand tu liras ceci, j'en aurai fini avec ma station
terrestre. Fais-moi le plaisir de ne pas trop t'attrister
et d'être un homme. Tu connais mes idées sur la mort.
Je n'ai jamais eu le préjugé de la considérer comme
un malheur, convaincu que c'est tout simplement la
transition qui nous mène à un état supérieur, ou à un
bon sommeil. Base-toi là-dessus, et ne me pleure pas
comme un enfant. J'ai vécu : à ton tour ! Je veux que
ton vieil ami te devienne un bon souvenir ; tu le
mêleras à ton bonheur, en te disant qu'il en prend sa
part.

« Maintenant, causons.

« Je te laisse tous mes biens, ne voulant pas te
créer des ennuis d'affaires ; mon testament est en
ordre, et tu vas entrer en possession de ton héritage

(il est assez gentil), sans plus de formalités. Pourtant il est une dernière volonté que je recommande tout simplement à ton cœur, certain que, entre nous, il n'est pas besoin de plus de complications pour en assurer l'exécution.

« J'ai une fille, qui a toujours partagé avec toi le meilleur de mes affections. Si je t'ai fait un secret de cette seconde paternité, c'est qu'il pouvait survenir des circonstances qui rendissent inutile la révélation que j'aborde en ce moment. Un mot t'expliquera tout. La mère de cette pauvre enfant que j'aime était mariée, et séparée de son mari... Je n'ai donc pu la reconnaître... Aujourd'hui, elle est orpheline, elle a bientôt dix-sept ans, et je te la confie. Elle s'appelle Anna Campbell, elle est à Paris, au couvent des Oiseaux, où elle achève son éducation. Pour toute famille, il ne lui reste qu'une tante, sœur de sa mère, madame Saulnier, demeurant rue Barbet-de-Jouy, nº 20. Il te suffira de te présenter chez cette dame et de lui dire ton nom. Elle sait que je t'ai désigné comme le tuteur de ma fille, que c'est toi qui me remplaceras... Elle connaît enfin *toutes mes intentions*.

« Je souligne ces mots, car ils résument mes plus vives espérances. J'ai élevé Anna avec le désir de te la donner pour femme, et de partager ainsi ma fortune entre vous, m'en reposant sur toi pour cet arrangement. Si le mariage n'est pour un homme qu'une affaire sans conséquence, il est pour la femme le plus grave événement de la vie. Avec toi, je sais que je n'ai pas à craindre que la petite soit jamais malheu-

reuse, et c'est ce qu'il faut avant tout. Si je ne reviens
pas de ce dernier voyage, tu auras tout le temps de
mener ta vie de garçon ; mais je compte sur ton amitié,
pour me rendre ce petit service de l'épouser, quand
le moment sera venu. Elle est encore un peu maigre,
et je crois que tu feras bien d'attendre un ou deux ans.
Je peux t'assurer du reste que sa mère était fort bien
bâtie. Tu trouveras leurs deux portraits réunis sur un
des médaillons de velours rangés dans le tiroir de
mon secrétaire. (Ne te trompe pas, c'est celui qui
porte le numéro 9.)

« Maintenant que la chose est réglée, il ne me reste
plus qu'à te faire une importante recommandation.
Si Féraudet a suivi mes prescriptions, comme je le
suppose, il a dû brûler un papier devant toi. C'était
un second testament qui devait instituer ma fille,
Anna Campbell, légataire universelle de tous mes
biens, si tu n'avais plus été là. Du moment que tout
est dans l'ordre et que tu me survis, tu comprends
que je n'ai pas voulu compliquer tes affaires, en te
laissant en face de ce tas de formalités ou de chicanes
qu'eût nécessitées une situation de mineure étrangère,
cohéritant avec toi ; cela t'eût jeté dans un fatras de
procédures, d'actes restrictifs et d'enregistrement à
n'en plus finir. Cependant, il faut tout prévoir pour
le cas où quelque accident te surviendrait avant ton
mariage avec Anna. Nos propriétés s'en iraient alors
à des collatéraux... et Dieu sait où l'on nous en déni-
cherait !.. Comme je désire que ma fortune reste à
mes enfants, il est indispensable de ne pas oublier de

faire des dispositions testamentaires en faveur de ta cousine, de façon que tout lui revienne, à ton défaut, sans plus de contestations que je ne t'en aurai laissé. Je m'en rapporte à toi là-dessus. Tu trouveras toutes les indications de noms, prénoms et qualités que tu devras énoncer, à la première page de mon grand livre particulier, d'où part le crédit qui lui était ouvert, ainsi qu'à toi, chez mon banquier, et qui formait un compte tout spécial pour vous deux. Madame Saulnier a l'habitude de prendre ce qu'il lui faut; jusqu'à ton mariage, il est donc inutile de t'occuper de ce détail : confirme seulement son crédit.

« Cela convenu, mon enfant, va de l'avant! Je n'ai pas besoin, je le sais, de te dire de penser quelquefois à ton vieil oncle; je te connais, cela me suffit. De mon côté, je te remercie de ce que tu as été pour moi, et je te donne du fond du cœur ma bénédiction.

« Allons! grand bêta, ne t'amollis pas; je suis dans le ciel; mon âme est libre et se réjouit des splendeurs de l'infini. Est-ce qu'il y a là de quoi t'attrister? Adieu. »

A la lecture de cette lettre, mon cher Louis, faut-il te dire si je fis le contraire de ce que m'ordonnait mon pauvre oncle, et si je m'amollis? Les larmes ruisselaient sur mes joues, mon cœur se fondait, je ne pouvais plus voir ce mot « adieu », que je pressais sur mes lèvres.

Ce mélange d'élévation, de tendresse, ce soin

touchant de consoler ma peine, cette confiance sans
bornes en mon affection, en ma loyauté... J'étais
écrasé par ma douleur, j'étais fier de me sentir digne
du grand cœur de cet homme qui m'accablait de ses
bienfaits avec l'aveugle abandon d'un père. Il me
semblait que je ne l'avais point assez aimé, et le
chagrin de sa perte se mêlait presque à des remords.
Je lui jurais de vivre, pour accomplir ses vœux,
comme s'il eût pu m'entendre; du fond de mon âme,
d'ailleurs, je savais bien qu'il me voyait.

Quand le flot de mes larmes se fut tari, je ne
voulus point tarder un instant à remplir ses recommandations dernières. Je courus à sa chambre, j'ouvris
son secrétaire et je trouvai les portraits. L'un, une
miniature précieuse, représente une femme de vingt-
cinq ans, l'autre une photographie d'Anna Campbell,
à quinze ans. Moins jolie que sa mère peut-être, elle
a un charmant visage d'enfant; la pauvre petite
s'ennuyait sans doute lorsqu'on l'a fait poser, car
l'expression en est boudeuse, guindée. Elle annonce
cependant devoir être agréable quand elle aura
traversé l'âge ingrat. Je me sentis pris d'un sentiment
d'affection subite pour cette cousine inconnue dont je
devenais le tuteur, et dont je devais être le mari. Sur
cette froide image, je renouvelai à mon oncle le
serment d'obéir à ses volontés; puis, prenant une
plume, je fis un testament instituant Anna Campbell
légataire universelle de tous les biens que mon oncle
nous laissait.

Mais une partie de mon héritage, la plus étrange et

la plus inattendue, était encore ignorée du notaire et
de moi.

Je ne veux pas me faire meilleur que je ne le suis,
pourtant je l'atteste, mon cher Louis, malgré l'éblouissement bien naturel que je ressentis en me voyant
maître d'une semblable fortune, lorsque j'en eus fini
avec les affaires légales, ma première pensée fut de
payer à la mémoire de mon pauvre oncle un tribut de
deuil et de regrets, en me renfermant avec son
souvenir. J'eusse considéré comme une ingratitude et
comme une impiété une trop grande hâte de jouir des
richesses d'un tel bienfaiteur. Sa perte me laissait
vraiment un vide cruel dans le cœur ; je décidai donc
de vivre au moins quelques mois à Férouzat. J'écrivis
immédiatement à la tante d'Anna Campbell ma résolution de combler les vœux de mon second père.
Quatre jours après, je reçus d'elle une lettre des plus
cordiales et fort bien tournée. Elle m'assurait de sa
confiance en tout le bien que mon oncle lui avait dit
de moi ; elle me donnait des nouvelles de ma fiancée,
qui, « pour n'être encore qu'une enfant, n'en pro-
mettait pas moins déjà d'être une femme accomplie ».
    Ces devoirs de convenance acquittés, je m'installai
dans ma retraite, et me mis au travail.
    Dire que mon recueillement ne fut pas plus distrait
que je ne l'aurais voulu, ce serait peut-être hasardé ;
mais qu'y faire ? Ne devais-je pas prendre connaissance
de tout ce que mon oncle me léguait ?.. Et Dieu sait ce

que contenait mon château de Férouzat! C'était
chaque jour nouvelle découverte, dans des chambres
où s'entassaient des meubles rares de tous les temps
et de tous les pays. Barbassou-Pacha était brocanteur-
né, et tous ces meubles étaient remplis d'étoffes, de
costumes et d'objets d'art ou de curiosité; mon
intendant lui-même n'en savait pas le compte.

Mais la plus charmante de toutes ces merveilles,
c'est vraiment Kasre-el-Nouzha, ma propriété voisine.
Kasre-el-Nouzha est une fantaisie turque de mon oncle.
Ces trois mots arabes se traduiraient en espagnol par
Buen-Retiro, littéralement, en français : « Castel des
Plaisirs ». C'est ce séjour, séparé seulement de
Férouzat par un mur mitoyen, qu'habitait autrefois le
ministre exilé qui fuyait les persécutions du Sultan.
Représente-toi, caché dans un grand parc dont les
arbres touffus en dérobent la vue, un délicieux palais
de la plus pure architecture orientale, entouré de
jardins où s'entassent les fleurs dans des massifs
s'enlevant sur le vert des pelouses, une sorte de
Tempé que l'on dirait transplantée de la terre d'Asie.
Mon oncle Barbassou, homme de conscience, en a
levé le plan dans je ne sais plus quelle résidence du
roi de Cachemir. A l'intérieur du *Kasre*, tu pourrais
te croire chez quelque seigneur de Stamboul ou de
Bagdad. Luxe, ornementation, meubles, aména-
gement spacieux, tout y est étudié avec le soin d'un
artiste et l'exactitude d'un archéologue,.. si ce n'est
que le confort européen s'y mêle agréablement à la
simplicité turque. Les tentures de soie de Perse, les

3

tapis de Smyrne, dans ces harmonies de tons qui semblent empruntées au soleil, les salles de bains, les étuves, y sont un vrai chef-d'œuvre; bref, l'installation complète d'un pacha sous le ciel de Provence. Une petite porte au mur du parc ouvre sur cette oasis. Tu devines si j'y passais de longues heures, à m'y créer des rêves des *Mille et une nuits*.

Je n'avais point du reste interrompu mes travaux, car tu ne supposes pas, je l'imagine, que ma fortune de Nabab me fasse jamais déserter la science. Au milieu de mes nombreuses folies, tu le sais, et malgré les entraînements de la vie, peut-être échevelée, que j'ai menée jusqu'à l'âge heureux de vingt-six ans que je possède, j'ai toujours conservé cet amour de l'étude qui remplit de joies si délicates les heures de répit forcé, que laissent même les voluptés mondaines à tout homme qui se sent un cerveau. L'École polytechnique et la poursuite de l'*x*, que mon oncle m'a imposée, ont développé chez moi des instincts de chercheur. J'ai fini par prendre goût aux idées transcendantales... Ce goût vaut bien celui de la pêche à la ligne. Quant à moi, je t'avouerai que je classe au rang des mollusques l'homme qui, libre de ses actes, se contente de manger, boire et dormir, sans faire œuvre de son esprit. — Voilà pourquoi vous m'appelez *le savant*. — Je piochais donc mon livre avec une véritable ardeur, et mon *Essai sur l'origine de la sensation* y avait gagné quelques bons chapitres, lorsque arriva l'événement capital que j'ai entrepris de te narrer.

Il y avait trois semaines que je vivais ainsi solitaire. Un soir, comme je revenais d'Arles, où j'avais passé deux jours pour quelques affaires, j'appris que son excellence Mohammed-Azis, cet ancien ami de mon oncle que je me rappelais avoir entrevu autrefois, était arrivé depuis la veille au château, ignorant la mort de Barbassou-Pacha. J'avoue que cette nouvelle me causa sur le moment un médiocre plaisir; mais, en souvenir du cher regretté, je ne pouvais refuser l'hospitalité attendue. On me dit que son Excellence était allée tout droit s'installer à Kasre-el-Nouzha, qu'il avait coutume d'habiter. Je m'empressai de lui faire souhaiter la bienvenue, en le priant de m'informer s'il voulait bien me recevoir. Il fit répondre qu'il était à mes ordres et qu'il m'attendait... Je partis aussitôt pour lui rendre visite.

Je trouvai Mohammed-Azis sur le seuil. Grave et triste, il m'accueillit avec un salut dont le respect m'embarrassa un peu, venant d'un homme de cet âge. Nous entrâmes dans le salon, aux quatre angles duquel murmuraient des cascatelles d'eau parfumée, dans de petits bassins d'albâtre ornés de fleurs. Il me fit asseoir sur le divan, couvert d'une étoffe de soie merveilleuse, qui, très large, très bas et rempli de piles de coussins, fait le tour de la pièce. Une fois assis, je commençai quelques phrases de condoléance; il me répondit en turc.

L'entretien devenait difficile; mais, voyant que je ne le comprenais pas, il me baragouina dans un français *sabir*, et avec un accent que je renonce à te décrire :

— *Povera eccellenza Barbassou-Pacha!.. finoto...
morto?*

Je répondis en italien, il le savait tant bien que
mal. Nous étions sauvés.

Je lui racontai alors le malheur qui avait amené la
fin de mon oncle et de son ami. Il m'écouta avec un
grand air d'affliction.

— *Dunque*, reprit-il inquiet, *voi signor padrono?...
Voi heritare di tutto?... ordinare?... commandare?...*

— Croyez, Excellence, répondis-je, que rien ici
ne sera changé pour vous par la mort de mon oncle,
et que je tiendrai à honneur d'être un second lui-
même.

Il parut satisfait et respira comme un homme dé-
livré d'un grand poids. Au bout d'un instant, il me
demanda si je voulais lui permettre de me faire faire
connaissance avec tous les siens.

— Je serai enchanté, Excellence, que vous vouliez
bien me présenter à votre famille.

Il marcha vers la porte et appela, en frappant dans
ses mains.

Je m'attendais, d'après les mœurs musulmanes, à
voir paraître les femmes ou les filles de mon hôte enveloppées de leurs triples voiles. Je ne pus retenir un
cri lorsque je vis entrer quatre jeunes personnes vêtues
de l'adorable costume oriental, le visage découvert, et
toutes quatre d'une beauté, d'une grâce, d'une jeunesse si rayonnantes que je me levai tout ébloui. Je
pensai qu'elles étaient ses filles.

Hésitantes et décontenancées, elles s'arrêtèrent à

quelques pas. Dans mon ébahissement, je cherchais
en vain une parole à leur dire, quand, à quelques
mots de leur père, elles vinrent à moi l'une après
l'autre, et, avec une grâce farouche, d'un charme indicible, chacune d'elles, s'inclinant, porta la main à son
front, prit ma main et la baisa.

Je dois avouer que je perdis tout à fait la tête. Je ne
sais ce que je balbutiai. Je crois que je leur assurai
qu'elles et leur père retrouveraient en moi, à défaut
de mon oncle, un ami vénérable et dévoué... mais,
comme elles ne comprenaient pas un mot de français,
mon discours fut perdu... Tant il y a, qu'au bout d'un
instant elles étaient assises les jambes croisées sur le
divan, et que je ne songeais plus qu'à prolonger ma
visite. Mohammed me dit leurs noms charmants. Elles
s'appelaient Kondjé-Gul, Hadidjé, Nazli et Zouhra.
Comme, en père orgueilleux, il ne se fit pas faute de
louer leur beauté, je fis chorus avec lui, et très certainement mon enthousiasme le flatta.

Elles étaient toutes quatre en effet d'une beauté si
étrange, et en même temps si diverse, qu'on les eût
crues rassemblées pour former le plus ravissant des
tableaux : de grands yeux noirs, doux, timides et lan-
goureux comme des yeux de gazelle, avec de ces regards d'Orient que nous ne connaissons pas ; des lèvres
qui souriaient, montrant des dents perlées ; ce teint
que le voile défend même contre le hâle du jour, et
qui, selon la vieille image, semble vraiment pétri de
lis et de roses. Dans ces riches costumes de gaze de
Brousse ou de soie, aux couleurs harmonieuses, qui

dessinaient les formes des hanches et des seins, elles
avaient des poses, des mouvements d'une souplesse
féline et d'une grâce exotique qu'il faut avoir vus chez
les filles musulmanes pour en comprendre la voluptueuse langueur. J'étais en plein conte arabe, et des
imaginations folles me montaient au cerveau.

Tandis que, par contenance, j'essayais de converser
de mon mieux avec leur père, apprivoisées peu à peu,
elles s'étaient mises à chuchoter entre elles ; par instants, un petit rire sonore éclatait, où je pressentais
quelque malice. J'y répondais gaiement en les menaçant du doigt pour leur faire entendre que je les devinais, et c'étaient de nouveaux rires d'enfants, si bien
qu'au bout d'une demi-heure une gentille familiarité
s'était établie entre nous ; nous causions par gestes, et
nos yeux rendaient presque superflue l'intervention
laborieuse de Mohammed comme interprète. Il paraissait du reste ravi de nous voir ainsi folâtrer.

Pour leur apprendre mon nom, je prononçai plusieurs fois le mot : *André*. Elles comprirent et vou-
lurent à leur tour me faire aussi dire le leur. Celui de
Hadidjé produisit de grands rires, à cause de ma difficulté à articuler l'aspiration gutturale. Voyant que
je n'y pouvais parvenir, elle me prit alors par les deux
mains, son visage touchant presque le mien.

— Hadidjé ! criait-elle.

Et je répétai :

— Hadidjé !

C'était fou et charmant. Il me fallut reprendre
même leçon avec chacune d'elles. Mais où cela devint

un délire, ce fut lorsque Kondjé-Gul eut son tour. Je
ne sais par quel hasard elle laissa échapper un mot
italien. Je l'interrogeai dans cette langue; elle la savait
à peu près. Tu comprends ma joie!... Tout aussitôt
nous nous pressâmes en même temps d'un flot de
questions. Ses sœurs nous regardaient, ouvrant de
grands yeux.

A ce moment, une servante grecque entra, suivie
de deux autres femmes, apportant le dîner sur des
plateaux qu'elles déposèrent sur de petites tables
basses en ébène incrustée de nacre et de pierreries.

La discrétion m'ordonnait de prendre congé après
une fort longue visite, et je m'y préparais... Aussitôt,
entre mes jeunes amies, un concert de paroles confuses, où je crus deviner le regret de ma retraite. Son
Excellence intervint heureusement en m'invitant à
dîner.

Faut-il dire si j'acceptai !

Je m'installai comme elles sur le tapis, les jambes
croisées, et nous commençâmes un festin délicieux.
Du vin de Champagne fut apporté pour moi, attention
à laquelle je fus sensible. Je m'étais placé à côté de
Nazli ; à ma gauche, Kondjé-Gul ; en face de moi, Hadidjé et Zouhra.

Je ne te raconterai point quels mets furent servis,
ma pensée était ailleurs.

— Quel âge as-tu ? me demanda Kondjé-Gul, car en
son italien un peu rouman elle employait la forme
turque.

— Vingt-six ans, répondis-je. Et toi ?

— Moi, j'ai bientôt dix-huit ans.

Ce tutoiement me charmait. Elle me dit alors l'âge des autres. Hadidjé était l'aînée, elle avait dix-neuf ans ; Nazli et Zouhra entre dix-sept et dix-huit, l'âge de la plus fraîche éclosion chez les filles d'Orient, plus précoces que les nôtres. Notre gaieté et leur babil ne tarissaient pas. Comme elles ne buvaient que de l'eau :

— Ne veux-tu pas goûter au vin de France ? dis-je étourdiment à Kondjé-Gul.

A cette proposition, elle prit un petit air si effaré que les autres lui demandèrent la traduction de mes paroles. Il y eut alors un grand émoi, puis une discussion, à laquelle le père se mêla. Je craignais déjà de les avoir offensées, quand son Excellence dit enfin quelques mots qui semblèrent décisifs. Alors, toute rougissante et avec une hésitation d'une grâce divine, Kondjé-Gul prit mon verre et but, d'abord avec une petite grimace de chatte qui goûte, si drôle et si amusante, puis enfin avec un air de satisfaction si réelle que toutes partirent d'un éclat de rire.

Ma foi, je te le confesse, à cette hardiesse ingénue je sentis battre mon cœur comme si ses lèvres eussent touché les miennes dans un baiser... Juge de ce que je devins quand Zouhra, Nazli et Hadidjé tendirent à la fois la main pour réclamer mon verre. Elles burent à la ronde, et moi après elles, dans un trouble de sens impossible à décrire. Cet abandon mêlé de réserves pudiques, ces timidités adorables qu'elles surmontaient, de peur sans doute de me froisser en refusant ce qu'elles croyaient peut-être conforme à nos habi-

tudes françaises, tout cela me touchait, me ravissait,
m'intimidait même parfois à ne plus oser soutenir leurs
regards, bien que la présence de leur père attestât
l'innocence de ces familiarités.

A la fin du repas, les mêmes servantes grecques en-
levèrent les tables. La nuit venait, on alluma les lus-
tres. A travers les persiennes closes les parfums des
myrtes et des lilas nous arrivaient. On apporta des cigarettes ; Zouhra en prit une, l'alluma, et, après en avoir
tiré quelques bouffées, me l'offrit... Je me laissai faire.

Voyons, Louis, t'imagines-tu ton ami, mollement
accoudé sur des coussins ?... Autour de lui, ces quatre
filles du paradis de Mahomet dans leurs adorables
costumes de sultanes, folâtrant et babillant, belles
toutes quatre à ne savoir à laquelle j'eusse donné la
pomme si j'eusse été Pâris !... Je te le répète, j'eus
besoin d'un effort pour me convaincre que tout cela
était bien réel. Au bout de quelque temps, je m'aperçus
que Mohammed-Azis n'était plus là ; mais, grâce à
Kondjé-Gul, décidément mon interprète, notre causerie devint active et générale. Hadidjé m'enseigna un
jeu turc qui se joue avec des fleurs, et que je ne te
décrirai point, ne l'ayant pas compris.

Te dire comment se passa cette soirée, ce serait
vouloir te raconter un éblouissement, une ivresse. Je
leur montrai, à mon tour, le jeu du furet, tu sais ? —
Un ruban noué aux deux bouts, que l'on tient assis
par terre en cercle, et sur lequel glisse un anneau
qu'il faut saisir entre les mains d'un des joueurs. —
Ce fut, ma foi, le dernier coup pour ma raison. Quels

rires et quels cris joyeux! Chacune d'elles, prise à son
tour, me choisissait naturellement pour point de mire.
A chaque instant, je me sentais saisi, emprisonné
dans leurs bras blancs et nus... Je te le jure, c'était à
devenir fou!

Il était près de minuit quand son Excellence rentra.
J'avais perdu toute conscience du temps ; cette fois il
fallait partir. Tandis que je m'apprêtais et que je disais
quelques mots à Kondjé-Gul, Mohammed-Azis adressa
la parole à Zouhra, à Nazli, à Hadidjé. Je crus m'apercevoir qu'il les interrogeait, et qu'elles lui répondaient
négativement. Alors il parla plus longuement à Kondjé-
Gul ; il me sembla qu'il la pressait pour lui demander
compte de ma conversation avec elle, et que le résultat
le mécontentait. Je songeai avec ennui que peut-être
je lui attirais quelques réprimandes. Enfin il leur or-
donna sans doute de se retirer, car elles vinrent à moi
l'une après l'autre, et, comme à leur entrée, chacune
d'elles s'inclina, en portant ses doigts à son front, et
me baisa la main, après quoi elles sortirent, me laissant
dans un désordre de pensées impossible à décrire.

J'allais faire quelques apologies auprès de Mohammed pour m'excuser en le quittant, car je craignais qu'il ne mît désormais des obstacles à de
semblables soirées, lorsqu'il me dit d'un air inquiet,
dans son idiome que je traduis, pour ne point renouveler la scène des mamamouchis du *Bourgeois gen-
tilhomme* :

— Puis-je espérer que le signor est satisfait ?

— Comment, Excellence, m'écriai-je en lui serrant

affectueusement les mains, mais ravi!... Et vous ne pouviez me causer une plus grande joie que de disposer de moi comme de mon oncle.

— Elles n'ont pas déplu à Votre Seigneurie ? reprit-il.

— Vos filles ?... Mais elles sont adorables! Et ma seule crainte serait de ne leur voir point partager la sympathie qu'elles m'inspirent.

— Ah !... Alors ce n'est pas parce que le signor est mécontent qu'il ne reste pas ce soir ? ajouta-t-il d'un air soucieux.

— Que je ne reste pas ? répondis-je... Que voulez-vous dire ?

— Mais... Votre Excellence n'a dit sa volonté à aucune d'elles.

— Ma volonté !... quelle volonté pouvais-je donc leur exprimer ?

— Puisqu'elles appartiennent à Votre Seigneurie, répondit-il.

— Elles m'appartiennent ?... Qui ?

— Mais Kondjé-Gul, Zouhra, Hadidjé, Nazli...

— Elles m'appartiennent ? repris-je au comble de la stupéfaction.

— Sans doute, dit Mohammed, l'air aussi étonné que moi... Son Excellence Barbassou-Pacha, votre oncle, dont j'avais l'honneur d'être l'eunuque, m'avait ordonné de lui acheter quatre vierges pour son harem... Puisqu'il est mort, et que Votre Seigneurie le remplace comme maître... j'avais supposé...

— Ah !!!

Je renonce à te rendre l'expression de ce cri qui
m'échappa. Tu devines tous les sentiments qu'il contenait. Vrai! je crus tout de bon cette fois que j'allais
devenir fou. Le rêve des *Mille et une nuits* me surprenait tout éveillé ! Ce palais original et somptueux était
un harem, et ce harem était à moi ! Ces quatre
Schéhérazades, dont la divine jeunesse et les grâces
fascinantes m'avaient brûlé comme des flammes, elles
étaient mes esclaves, et n'attendaient qu'un signe ou
qu'un désir de moi !...

Mohammed, incapable de comprendre mes agita-
tions, me regardait d'un air piteux, ahuri, comme
s'il eût présagé quelque disgrâce. A ce moment, la
vieille Grecque lui apportait des clefs. Il y en avait
quatre. Il me les présenta.

— C'est bien, lui dis-je, laissez-moi !

Il obéit, me salua sans répondre et sortit.

Dès que je me vis seul, ne songeant plus à me
contraindre, je me mis à parcourir le salon comme un
insensé, et je laissai librement éclater la joie qui
m'étouffait. Je ramassai sur le tapis un ruban oublié
là par Kondjé-Gul, je le pressai sur mes lèvres avec
transport ; puis, ce furent des fleurs éparses avec lesquelles avaient joué Hadidjé et Zouhra.

Louis, tu n'attends pas, je l'espère, que je t'analyse
toutes les sensations inouïes par lesquelles je passai
dans ce moment... Ce qui m'arrivait touchait au surnaturel, le surnaturel ne se raconte pas, et je ne sache
pas que légende, nouvelle, ou roman de notre monde
ait jamais abordé une situation aussi surprenante que

celle dont j'étais le héros. Certes de rigides bourgeois,
qui offrent en étrennes à leurs filles les *Contes* de
M. Galand, illustrés avec les péripéties amoureuses du
calife de Bagdad, trouveraient un tel roman bien
hardi, uniquement parce que la scène ne se déroule
pas en Perse ou à Samarcande. Pourtant mon histoire
est identique, et la petite-maîtresse la plus pudibonde
la lirait sans sourciller, si je m'appelais Mahmoud au
lieu d'André.

Mais tu veux tout savoir, n'est-ce pas, de ce qui
peut agiter l'esprit d'un mortel dans une semblable
conjoncture ? Écoute :

Lorsque j'eus réussi à éteindre un peu mon exaltation, lorsqu'enfin je me fus persuadé moi-même de
la réalité de cette rayonnante féerie, je m'accoudai à
la fenêtre ; j'avais besoin de respirer. Minuit sonna au
château. — Que faisaient-elles ? — Songeaient-elles à
moi comme je songeais à elles ? — Je me mis à
contempler ces quatre clefs que m'avait laissées
Mohammed. Chaque clef avait une mignonne étiquette,
désignant l'appartement et un nom : Nazli, Zouhra,
Hadidjé, Kondjé-Gul. J'avais encore les yeux tout
pleins de leurs beautés. Si peu naïf que je sois, j'étais
malgré moi troublé, j'allais dire timide... Après les
fascinations de cette soirée, je sentais que j'aimais ;
j'aimais d'un amour étrange, subitement épanoui ;
j'aimais d'abondance, sans pouvoir séparer l'une de
l'autre ces images radieuses, qui se mêlaient dans ma

pensée comme si elles n'eussent eu qu'une seule âme.
Grâce à ma certitude d'égale possession, Kondjé-Gul,
Hadidjé, Nazli, Zouhra, se complétaient dans mon
illusion comme un seul être, exhalant un unique
parfum de grâces, de jeunesse et d'amour.

Tout cela te paraît fou, tu as peut-être raison ; mais
j'analyse pour toi cet enchantement, qui me fait encore
l'effet d'un rêve. A l'espoir de ces voluptés virginales
qui m'attendaient, le tumulte de mes sens se fondait
dans je ne sais quelle appréhension à la fois anxieuse
et douce. Que te dirais-je enfin ? j'avais beau être
Sultan, mon cœur n'avait jamais été à pareille aubaine
et s'était souvent, tu le sais, épris à moins bon
escient.

Tout à coup l'idée me vint qu'elles avaient dû se
méprendre sans doute sur le sentiment de réserve que
j'avais affecté auprès d'elles. Suivant leurs traditions
de harem, leurs usages et leurs lois, j'étais légitime-
ment leur maître et leur mari ; ne pouvaient-elles pas
croire à de l'indifférence, à du dédain ?

Troublé par cette réflexion, je me sentis pris d'un serrement de cœur affreux. Qu'allaient-elles supposer ?
mon Dieu ! Remettrais-je au lendemain pour dissiper
cette erreur, et me justifier d'une aussi étrange réserve,
qui pouvait ressembler à du dédain ? Je n'avais pas
plutôt conçu cette pensée que je n'eus plus qu'un
désir : revoir Kondjé-Gul...

Je connaissais tous les aménagements d'El-Nouzha.
Au centre de l'édifice est un vaste hall circulaire, prenant le jour d'en haut par une coupole de verre dépoli,

soutenue par des colonnes de marbre blanc. Des
lampes, pendues entre les colonnes, répandaient une
clarté mystérieure. Une fois là, j'écoutai. Tout était
silencieux. Je trouvai l'appartement de Kondjé-Gul ;
je m'en approchai. J'écoutai, l'oreille contre la porte.
Quelques frôlements vagues que j'entendis m'annon-
cèrent qu'elle n'était point couchée. La clef dans la
main, j'hésitai un moment avant d'ouvrir. — Enfin je
me décidai.

Imagine une chambre parfumée, tendue d'étoffes
de soie des Indes aux couleurs vives, éclairée par la
lumière adoucie d'un petit lustre à trois lampes.
Devant un grand miroir, Kondjé-Gul était assise, ses
longs cheveux tombant jusqu'à terre. Ses bras nus
élevés, la tête renversée en arrière, comme la Lorelei
de Heine, elle tenait un peigne d'or. A ma vue, elle
jeta un petit cri, se leva d'un bond, et, toute rougissante, fixant sur moi ses grands yeux effarés, elle
demeura immobile et presque tremblante. — Son
trouble me gagna.

— T'ai-je fait peur ? lui dis-je en essayant d'affermir
ma voix, et me pardonnes-tu d'entrer ainsi ?

Elle ne répondit pas un mot, mais elle baissa les
yeux, un sourire glissa furtivement sur ses lèvres ;
puis, sa main sur sa poitrine, elle s'inclina.

— Kondjé-Gul ! chère Kondjé-Gul ! m'écriai-je,
touché jusqu'au fond de l'âme d'un tel acte de soumission.

Et, m'élançant vers elle, je la pris dans mes bras
pour dissiper ses craintes ; je baisai son front qu'elle

m'abandonnait, son visage pressé contre mon sein,
avec un adorable effroi pudique.

— Tu es venu ! murmura-t-elle.

— As-tu donc cru que je ne t'aimais pas ? dis-je
aussi ému qu'elle.

A cette question, elle releva la tête avec une inexprimable langueur et sourit encore, en me regardant
dans les yeux, de si près que nos lèvres se rencontrè-
rent.

Louis, est-il vrai que l'idéal embrasse l'infini, et
que l'âme humaine plane en des régions si hautes, que
les félicités d'ici-bas ne sauraient l'assouvir ?... Je ne
voulus point quitter le harem sans avoir aussi revu
Hadidjé, Zouhra et Nazli. Les pauvres petites, elles
se croyaient déjà dédaignées ! Il me fallut sécher leurs
larmes...

Tu comprends, à cette heure, par quelles complica-
cations du testament de mon oncle je n'ai point trouvé,
depuis quatre mois, un moment pour t'écrire. Je te
raconterai les incidents de cette existence surprenante, de ce quadruple amour dont je suis possédé au
point d'être sincère dans toutes mes effusions. Dis, si
tu veux, dans la médiocre sphère de tes sensations
limitées, que tout cela est fou. J'aime, j'adore en
poète, en païen, comme il te plaira ; mais enfin,
quoi ? — Mon oncle, qui était musulman, me lègue un
harem ; que devais-je faire ?

Si tes travaux te laissaient des loisirs, ne passe pas
par Férouzat, tu sais ? Voilà comme nous sommes,
nous autres Sultans. Elles meurent d'envie de voir

Paris ; il se pourrait bien que j'y arrivasse un de ces
jours.

Je n'ai pas besoin de te recommander, je suppose,
de cacher soigneusement cette lettre à ta femme.

P. Avril inv

P Avril inv

CHAPITRE II

Madame, je serai véridique. Oui, je suis de complexion tendre, — plus peut-être qu'un Provençal ordinaire, — j'en conviendrai encore si votre Grâce le juge ainsi, et je n'en rougirai pas ; mais je suis aussi, daignez le croire, amoureux des convenances ; et ce serait avec un vif chagrin que je me verrais, de ce chef, déchoir dans votre estime. Or, à quelques mots de fine raillerie, blottis comme de petits serpents sous les condoléances fleuries de votre malicieuse lettre, j'avais déjà compris que, dépourvu de toute délicatesse, et au risque de me couvrir de confusion, ce

misérable Louis m'a joué un tour pendable, en vous
lisant les folies que je lui écrivais l'autre semaine. Ne
niez pas ! Il le confesse aujourd'hui, sans pudeur,
dans les nouvelles qu'il m'envoie, ajoutant même « que
vous avez ri ».

Qu'aurez-vous pensé de moi, grand Dieu ?... Après
une pareille aventure, je n'oserais certainement plus
affronter votre regard, si je n'avais pour excuse de
déclarer bien vite que toute cette histoire n'est qu'une
mystification, imaginée pour répondre à d'imperti-
nentes plaisanteries sur le testament de mon oncle
Barbassou... Louis s'est laissé prendre au piège comme
un benêt. Vous y entraîner avec lui me ferait mourir
de honte...

Madame, je préfère entrer dans la voie des aveux.
Je ne suis point du tout le héros d'une histoire de
sultanes. Je suis un bon jeune homme, ami de la
morale et de la bienséance, quoique vous m'ayez
souvent honoré du titre « d'original fieffé ». Daignez
considérer d'ailleurs que je n'ai été coupable que de
trop d'ingénuité. J'ai supposé que Louis ne vous mon-
trerait pas cette extravagante lettre, car je lui recom-
mandais expressément de vous la cacher. Mon seul
crime, en tout ceci, serait donc d'avoir oublié qu'une
femme de votre esprit peut tout lire, quand elle a le
cœur et le mari que vous avez.

Au fait, madame, je ne sais pas pourquoi je
m'excuse avec tant d'insistance ; je m'aperçois qu'à
force d'apologies je cours grand risque d'aggraver ma
faute. Qu'ai-je écrit, après tout, sinon un très piètre

épisode de ces contes arabes que, par les soirs d'hiver,
vous avez feuilletés bien souvent, entre fillettes,
sous les yeux des mères ravies ? En y réfléchissant, je
comprends maintenant que si vous avez ri, ce doit être à
coup sûr de la faiblesse de mon imaginative. Vous vous
êtes rappelé le palais d'or et les mille femmes du calife
Haroun-al-Raschid... Mais daignez considérer encore
que je suis un chétif Provençal et non point un Sultan.

Mes vœux sont ceux d'un simple bachelier.

Remarquez d'ailleurs que, par pure vraisemblance,
autant que par respect de la couleur locale, il fallait
me résoudre à un harem un peu simplet, et le res-
treindre au strict nécessaire. Pareil à ces collégiens
qui finissent par s'éprendre sérieusement des héroïnes
qu'ils inventent, je me suis si bien complu dans ce
rêve, que, pour savourer le charme de l'illusion, je
n'ai point voulu dépasser les limites d'un romanesque,
à coup sûr réalisable.

Mais, puisque je me suis laissé aller à cette folie,
ne trouvez-vous point, en y songeant, qu'il serait fort
regrettable que l'idée d'un tel roman ne me fût pas
venue ?... Et surtout qu'il s'arrêtât à la première
page ? N'est-il point surprenant qu'un auteur n'ait
jamais pensé à l'écrire ?... N'y aurait-il point là une
œuvre de moraliste et de philosophe, digne à la fois
d'un poète et d'un érudit ?... Notre pauvre monde,
madame, se meut dans un cercle de passions et de
sensations si bornées, qu'il me semble que toute âme

un peu haute doit, par instants, s'y trouver à l'étroit. Quel bonheur, d'un seul coup d'aile de l'imagination, s'évader de cette prison que le préjugé verrouille ! S'envoler dans les régions du rêve ! Esclave de nos conventions civilisées, s'égarer, en liberté, par les sentiers ombreux du monde païen, peuplé de nymphes agaçantes et rieuses ! Ou bien, fils heureux du ciel d'Asie, errer par les jardins de sycomores, où, dans les vasques de porphyre, se baignent en folâtrant les sultanes !... Le bois de Boulogne est, sans nul doute, un lieu charmant, madame, mais avouez qu'il est inférieur à la *Vallée des roses*, et que les demoiselles peintes, qu'on y rencontre, pâlissent auprès de mes almées...

Eh ! quoi, la soif de l'idéal m'attirerait un blâme ? Ne trouvez-vous pas, vous qui lisez des romans, qu'il serait au contraire instructif autant que curieux d'étudier les incidents bizarres qui résulteraient forcément de cette très naturelle histoire d'amour orientale égarée à travers notre monde ? Quels contrastes et quels événements inconnus !... L'absence d'une telle étude n'est-elle point une lacune dans notre très remarquable littérature ?

Mais je vois, sur vos lèvres, un mot qui m'effarouche... Immoral !... Immoral !...

Madame, ce mot m'indique que vous vous méprenez étrangement sur mes intentions pures. Vous êtes une femme de beaucoup d'esprit : expliquons-nous en philosophes, en moralistes. Supposez que je m'appelle Hassan ; vous liriez, certes, sans le moindre froncement de sourcil, le très simple roman de mes feintes amours, et, si elles éprouvaient quelques douloureuses traverses, vous leur accorderiez peut-être le tribut de cette larme, que vous avez versée sans doute sur les malheurs de la pauvre Namouna. La question de morale ici ne serait donc assurément qu'une question de latitude, et l'excentricité de ma situation disparaîtrait à l'instant, si j'habitais les rives du Bosphore, ou quelque palais de Damas...

Vous arrêteriez-vous à la question plus élevée *du sentiment?*... C'est précisément ce point de vue psychologique que je me propose de traiter, madame. Ne fût-ce que pour rechercher si l'âme humaine, affranchie de toute pression, est susceptible de se dilater à l'infini comme un gaz libre. Mêler la science positive et matérialiste au sensualisme éthéré, tel est mon but. Un simple amour, on sait ce que c'est... Mais adorer quatre femmes à la fois..., alors que tant d'honnêtes gens estiment très suffisant de n'en aimer qu'une..., me semble une louable tentative, digne d'enflammer le cœur d'un poète qui se piquerait de galanterie, aussi bien que le cerveau d'un savant à la recherche du fluide vital et des sources de la sensation. Une telle étude serait, à coup sûr, ardue et sévère, elle ne serait pas du moins sans gloire, vous en conviendrez, si, d'aventure, il arrivait qu'elle aboutît logiquement au triomphe du sublime amour chrétien sur la polygamie païenne et mahométane.

D'ailleurs, madame, en me reprochant mon pauvre petit harem, voudriez-vous médire du roi David, ou

des sept cents femmes de Salomon ?... Sans remonter
aux légendes bibliques de ces souverains vénérés,
n'avez-vous point lu les classiques ? En quoi, je vous
prie, le poème de don Juan est-il plus moral que mon
sujet ? Le bon La Fontaine a-t-il rien perdu de sa
prud'homie naïve, en trempant sa plume dans l'encrier
de Boccace ? La moralité d'un livre, madame, est
toute dans la moralité d'un auteur, qui se respecte
d'abord en respectant son public, et qui ne le conduit
pas en mauvaise compagnie pour l'induire en de mauvais sentiments. Il me plaît de tracer le tableau de ces
idéales amours qu'a dû caresser, un jour, tout amoureux de vingt ans ; de remplacer les courtisanes et le
vice par la grâce et la virginité... et, comme ces
charmants poètes païens qui nous ont tant fait rêver,
de mêler l'anacréontique à l'idylle. Ouvrez le premier
roman moral venu, madame, et je veux perdre mon
harem si vous n'y trouvez pas que l'intérêt est
toujours défrayé par l'adultère, en pensée, en action,
érigé en habitude sociale ! Le même minotaure nous
sert depuis Ménélas... L'adultère, l'adultère, toujours
l'adultère... c'est fatal... autant que monotone !

Aimez-vous mieux les romans à la mode sur les
mœurs des courtisanes ?... Ces révélations de boudoirs,
où tout est impur, vénal, dégradant... Je m'arrête,
madame, par respect pour vous et pour ma plume.

Préférez-vous, par hasard, ces études de moralistes
sur « la Femme » où, dès la première page, l'auteur
avertit son public « qu'il ne parle pas pour les oreilles
chastes » ? — Madame, j'ai, moi, la prétention de

n'écrire jamais une ligne qu'une honnête femme ne
puisse lire... Mon livre y perdra certainement un
grand succès de vente ; mais je m'en consolerai à la
pensée que, si j'éveille parfois sur vos lèvres un sourire,
ce sourire, du moins, ne sera jamais accompagné
d'une rougeur à votre front. Neveu d'un pacha, il m'a
paru bizarre de placer en Provence un roman turc,
et d'en faire un essai de psychologie. Il faut de l'amour
à tout roman !... Serais-je donc coupable de ce que
les mœurs d'Orient comportent, pour tout amoureux,
d'autres façons d'aimer ? Convenez d'ailleurs que mes
héroïnes sont plus poétiques que les demoiselles à la
mode, chez qui, comme tout auteur, j'avais le droit
de conduire mon héros... Pour m'excuser, je dirai
comme le naïf de Chamfort : « Est-ce ma faute, à moi,
si j'aime mieux les femmes que j'aime... que celles
que je n'aime pas ? »

P.-S. — Surtout pas un mot, à Louis, de la mystification dont je le rends victime.

* * *

Animal, tu m'as mis dans un horrible guêpier !...
Quoi ! je te confie l'étonnante conjoncture qui m'arrive, avec la recommandation du mystère le plus
absolu, et tu livres tout uniment ma lettre à ta femme,
au risque de m'attirer, par ton indiscrétion, les
quolibets les plus acérés sur ma situation de pacha ?
N'as-tu donc pas compris que, si cette aventure
s'ébruite, la place n'est plus tenable pour moi à Paris,
où je vais devenir la proie des petits journaux, comme

6

un personnage excentrique et légendaire, — que je ne pourrai plus paraître au club, au théâtre, dans un salon, sans me voir accueilli par des sourires goguenards ou ébaubis ? Déjà je me vois au bois, suivi par des badauds ravis de se montrer « le monsieur qui possède un harem ». As-tu perdu l'esprit en me faisant cette abominable traîtrise ?

Je compte très sérieusement que tu vas réparer ta balourdise en acceptant, aux yeux de ta femme, un rôle de mystifié dont je t'affuble, car je lui écris que pas un mot de cette histoire n'est vrai, que c'est un roman que j'invente pour occuper mes loisirs, pendant tout le temps que je dois forcément passer dans la solitude de Férouzat, afin de terminer mes affaires d'héritage... Bref, comme je ne doute point que ce qu'elle va avoir de plus pressé, ce sera de te montrer aussi sa lettre, j'attends de ton amitié que tu feignes d'y croire. A cette condition seule, je te continuerai mes confidences, et tu vas voir ce que tu aurais perdu.

Seulement, un mot d'exorde.

Mon ami, je te raconte une histoire extraordinaire surtout par le fonds de sensations inconnues que je rencontre à chaque pas, car mes amours, tu en conviendras, ne ressemblent à aucune tradition d'amoureux prévue, et c'eût été vraiment une grande perte pour l'avenir de la psychologie, si le héros d'une pareille aventure ne se fût trouvé tout à point, comme moi, un philosophe capable d'y apporter la plus scrupuleuse analyse.

Tout d'abord, pour bien comprendre les singularités

de cette situation, il te faut faire abstraction complète
de tout ce que tu as jamais connu des entreprises
galantes accessibles aux pauvres Lovelaces de notre
monde. Ces liaisons incertaines, éphémères, d'amants
et maîtresses dont le caprice est la seule loi, et que
le seul caprice peut rompre, ces possessions immo-
rales et douteuses que rien ne garantit, où l'on coudoie
le poursuivant de la veille et celui du lendemain; il y
a dans toutes ces promiscuités-là quelque chose de
précaire et d'humiliant... Avec nos mœurs, nul secret,
nul mystère, car la beauté d'une femme, la plus
aimante, la plus aimée, se livre à tous les yeux. C'est
comme la jouissance d'un bien communal... Dans mon
harem, les charmes de Zouhra, Nazli, Kondjé-Gul,
vierges de tout regard, n'ont jamais enivré que mes
yeux; ma possession tranquille ne connaît point les
mordants soucis qu'éveille toujours le souvenir d'un
rival dans le passé. L'avenir n'est pas moins sûr que
le présent, leur existence m'appartient; elles sont
mes esclaves, je suis leur maître et j'ai charge d'âmes.
Cela dit, je reprends.

Je ne te ferai point l'injure de te rappeler que mon
intéressant récit s'arrêtait *au premier lendemain*... à la
première lueur de la lune de miel. La grâce, le charme
d'un pareil jour est certainement ce qu'il y a de plus
exquis. Les timides rougeurs, et les abandons nais-
sants; le souvenir encore si près des premières sensations; tout cela mêlé au sentiment de la pleine
possession. On s'est tout donné. L'amour a soulevé
tous les voiles... Un tendre secret partagé a déjà lié les

âmes, qui se cherchent et se fondent dans une commune vie.

J'étais rentré au château avant le lever de mes gens ;
après un bain, je m'endormis et ne me réveillai plus
qu'à midi. Je déjeunai, puis j'attendis qu'il fût trois
heures pour retourner à El-Nouzha. Une trop grande
hâte m'eût paru l'indice d'un sentiment vulgaire ; je
voulais me montrer à la fois discret et passionné ; ce
moment du jour conciliait ces deux sentiments.

Te dire en quel état d'esprit j'étais, tu comprends
de reste qu'autant vaudrait te raconter un feu d'artifice.
Il est de ces troubles du cœur qui échappent à l'analyse.
L'enchantement qui me tenait enivrait ma pensée
comme les fumées du hatchich, et j'avais peine à me
reconnaître moi-même dans ce personnage de féerie ;
j'avais besoin d'un effort pour constater mon identité
et m'assurer que je ne me leurrais point d'un rêve...
C'était bien moi !... Puis, je songeais que j'allais les
revoir... Elles m'attendaient. Sans doute elles s'étaient
déjà fait leurs confidences... Quel accueil allais-je rencontrer ?... Mon rôle de Sultan m'était si nouveau que
je tremblais d'y commettre quelque solécisme qui me
ferait déchoir à leurs yeux ; j'allais à l'aveuglette dans
ce paradis de Mahomet dont j'ignorais les lois. Fallait-il
garder l'air majestueux d'un vizir, ou m'abandonner
aux tendres attitudes d'un Amadis ?... Dans mes
perplexités, j'étais presque tenté de faire appeler
Mohammed pour lui demander quelques leçons de
style, à l'usage du parfait pacha des rives du Bosphore ;
mais peut-être allait-il déranger mon bonheur ?...

Introduire une hiérarchie dans mon harem, je n'en voulais point entendre parler, car en vérité le choix d'une favorite m'eût été impossible. Je les aimais toutes quatre, d'un amour égal, et je n'aurais même pu supporter la pensée qu'elles fussent réduites à trois, sans ressentir l'ennui d'un amour incomplet.

Enfin, l'heure arrivée sans que j'eusse rien résolu, je pris le sage parti d'agir selon les circonstances, et je me dirigeai vers mon harem. Je t'ai déjà dit, je crois, qu'une petite porte, dont j'ai seul la clef, fait communiquer mon parc avec El-Nouzha. De là, une sorte de labyrinthe conduit au *Kasre* par une étroite allée que l'on peut prendre pour un sentier perdu. Comme j'arrivais au dernier méandre qui aboutit enfin aux jardins découverts, j'aperçus sous la véranda Mohammed-Azis, qui paraissait me guetter ; il accourut vers moi avec un empressement ravi et des *salem aleks* à n'en plus finir. Au premier mot, je devinai qu'il savait tout... Je m'informai ; il me répondait que j'étais attendu, lorsque au même instant j'entendis des cris de joie, puis des bruits de pas précipités mêlés à des bruissements de soie, et je vis bientôt déboucher sous la véranda, en tumulte et disputant à qui arriverait la première, Hadidjé, Nazli, Kondjé-Gul et Zouhra ; elles se jetèrent dans mes bras toutes les quatre à la fois avec des rires d'enfants, me serrant, tendant leurs lèvres roses et se jalousant mon premier baiser. Quels rires et quel ramage d'oiseaux ! Et tout cela avec un abandon si jeune et si naïf..., j'allais presque dire avec tant d'innocence..., que moi-même

j'en demeurai timide ; mais soudain, à un mot de
Mohammed, qui nous regardait attendri et toujours
de plus en plus rayonnant, elles devinrent toutes
confuses. Il leur reprochait sans doute un manque de
décorum, car, se dégageant doucement, elles portè-
rent la main à leur front. Tu devines si, bien vite, je
coupai court à ces formes de respect en les attirant de
nouveau dans mes bras... Là-dessus, de nouveaux
rires, et des railleries adressées avec de petits airs
triomphants à ce pauvre Mohammed ; il prit une mine
effarée en levant les mains au ciel, comme pour
l'attester qu'il n'était pour rien dans cet oubli de toute
étiquette orientale.

Après ce début, tu admettras sans peine que je ne
me préoccupai plus guère des difficultés que j'avais
cru entrevoir dans mon rôle. J'avais imaginé une
situation délicate, provoquée par des jalousies nais-
santes, des susceptibilités de rivales, des attitudes
froissées, peut-être même des reproches et des pleurs
d'amantes trahies.

Cinq minutes après, nous nous lancions par les
jardins. Arrivées l'avant-veille, elles n'avaient pas
encore mis le pied hors du harem. La visite de leur
domaine les ravissait, et c'était un babil, une volubilité de voix jeunes et sonores à récréer les oiseaux.
A chaque pas, nouvelle découverte ; quelque massif
de fleurs, quelque sentier ombreux, au fond duquel
on entendait une cascade d'eaux vives, s'échappant en
frais ruisseaux qui couraient sur les mousses, à travers
tout le parc, pour aller se perdre dans le lac, et sur

lesquels étaient jetées çà et là de petites passerelles
aux vives couleurs... C'étaient des questions sur tout.
Kondjé-Gul était naturellement l'interprète ; toutes
écoutaient, ouvrant leurs grands yeux, puis elles repar-
taient, cueillant aux buissons quelques fleurs qu'elles
se mettaient dans les cheveux, à leur corsage, en
colliers ; et, pour me faire admirer ces parures, à
chaque instant l'une d'elles accourait à moi, comme
pour quêter un baiser.

Si tu veux savoir ce que pense ou ressent un mortel
en pareille occurrence, je suis forcé de t'avouer qu'il
n'est pas en mon pouvoir de te l'apprendre. J'étais
étourdi, captivé, surpris par des sensations si nouvelles, que je m'y abandonnais sans réflexion, sans
conscience de moi-même. D'abord, mon cher, pour
t'en rendre compte, il te faudrait des notions d'esthétique que tu ne possèdes pas, tout peintre que tu es ;
il te faudrait connaître ce charme de beauté, tout exotique, des filles d'Orient, cette désinvolture juvénile
d'une nonchalance si voluptueuse, ces mouvements
ondulés des hanches que leur donne l'habitude de marcher en traînant leurs babouches, ces grâces souples
et félines, et la fascination profonde de ces regards
pleins de langueur ; il te faudrait les avoir vues dans
ces costumes étranges et pittoresques, dessinant si
bien leurs formes harmonieuses, les larges pantalons
de soie noués à la cheville, et serrés à la taille par une
fine écharpe tissue d'or, les vestes brodées de perles,
et ces chemises de soie de Brousse, transparentes
comme une gaze ; ou bien la longue robe ouverte par

devant, et dont elles relèvent la queue en l'attachant à
leur ceinture pour cheminer plus à l'aise; tout cela,
dans des tonalités de couleurs tendres se mariant à
miracle... C'était un éblouissement de fraîcheur, de
grâces bizarres que je renonce à décrire.

A un moment, nous arrivâmes au bout d'un ravin,
où nous étions forcés de passer le ruisseau sur des
pierres espacées dans son lit. Là, grands cris d'effroi.
J'obtins de Zouhra, qui me semblait la plus brave, de
traverser en me donnant la main. Hadidjé la suivit;
mais, quand ce fut à Nazli, la peureuse se pendit à
mon cou avec une telle terreur d'un si grand péril que
je la pris dans mes bras pour la porter sur l'autre bord.
Kondjé-Gul profita de l'exemple.

— Oh! porte-moi aussi, dit-elle.

Comme je la tenais au-dessus du ruisseau, une
de ses babouches tomba dans l'eau. Tu devines quels
rires; tu vois Kondjé-Gul sautillant sur un pied, pendant que je repêchais la mignonne sandale, qu'il fallut
faire sécher pour ne point mouiller son bas de soie vert
tendre.

L'endroit était un des plus charmants du parc : un
grand tapis de gazon ombragé par un massif de sycomores; nous nous assîmes...

Mon ami, tu as certainement vu quantité de tableaux sur ce thème : *Rêve de bonheur*. Un jardin
enchanteur; dans le fond, le temple de l'Amour : les
personnages, de beaux jeunes hommes et de belles
jeunes femmes, sont toujours couchés. Supprime du
sujet des détails un peu trop académiques pour

Férouzat, et tu me vois, sur l'herbe, savourant le frais
avec mon ménage étendu autour de moi, dans ces
adorables poses abandonnées de jeunes houris qui
n'ont jamais entendu parler de corset, et qui dessinaient en saillies audacieuses les formes arrondies de
leurs corps souples et charmants.

J'avais passé mon bras autour du cou de Zouhra ;
d'un air câlin, elle appuya sa tête sur moi, Hadidjé
l'imita de l'autre côté. Je me mis à causer avec Kondjé-
Gul, le seul truchement de mes amours. Tu devines
si j'étais curieux de savoir leurs pensées. Je l'interrogeai sur les événements du matin... Dès les premiers mots, je compris qu'à leur lever il y avait eu
tout d'abord étonnement général, à la scène des
confidences... Mais Mohammed s'en était tiré en
leur disant que : *tel était l'usage dans les harems
de France.* L'explication leur avait suffi. Tu comprends que je ne démentis point cette assurance flatteuse.

— Alors mon pays te plaît, lui-dis-je, et elles sont
contentes d'y être venues ?

— Oh ! oui, s'écria-t-elle, surtout depuis que nous
t'avons vu ! Mohammed nous avait fait accroire que tu
étais vieux... Nous avions peur d'une existence triste,
sévère.... Aussi, tu penses si nous avons été joyeuses,
hier, quand nous sommes entrées, et qu'il nous a dit que
c'était toi notre maître !.. D'abord nous n'osions pas le
croire... mais, comme il nous avait laissées paraître
dévoilées, il fallait bien nous dire qu'il ne se moquait
pas. Et puis, quand je t'ai entendu lui parler... j'ai

compris. Alors, j'ai redit tes paroles aux autres... et que tu nous trouvais belles...

— Ainsi, repris-je, je peux croire que tu m'aimes... et elles aussi ?

Elle me regarda étonnée, comme si cette question n'eût eu aucun sens pour elle.

— Mais puisque tu es bon, dit-elle, aimable, gentil !

Les autres écoutaient attentives, sans rien comprendre, leurs grands yeux allaient de Kondjé-Gul à moi, et de moi à Kondjé-Gul avec une expression de curiosité indicible.

— Mais toi, reprit-elle, après un instant, est-ce bien vrai que tu nous aimeras toujours autant l'une que l'autre, comme aujourd'hui ?

— Sans doute, répondis-je avec aplomb, c'est l'usage dans nos harems... comme Mohammed l'a dit. Est-ce que cela ne vous plaît pas mieux ?

— Oh ! si ! s'écria-t-elle, mais nous croyions que vous autres Francs, vous n'aimiez jamais qu'une femme.

— On conte cela en Turquie pour nous nuire... par jalousie, parce que que nous n'en épousons ordinairement qu'une seule... à qui nous devons être fidèles.

— Mais... quand on en a quatre, comme toi ?... demanda-t-elle, avec un regard un peu inquiet.

— Nous leur sommes également fidèles à toutes les quatre ! répliquai-je sans sourciller.

— Oh ! quel bonheur, s'écria-t-elle en frappant de joie ses deux mains l'une contre l'autre.

Et, tout à coup, avec une volubilité d'oiseau, elle

se mit à parler aux autres, en leur traduisant tout ce
que nous venions de dire. Aussitôt, transports d'allé-
gresse....

Louis, n'allons pas plus loin. Je devine les sottes
réflexions qui te viennent, à propos de cette très
simple situation que, comme un arriéré, empêtré dans
l'ornière de tes préjugés ridicules, tu te permets de
juger. — Avouons-le sans fard, dans ta faible sphère
de sensations, tu es tout près de trouver mes amours
excentriques. Sous le fallacieux prétexte qu'il n'est
point naturel d'être aimé de quatre femmes à la fois,
comme un misérable sceptique, tu es capable d'offenser
des sentiments naïfs que tu ne saurais estimer à leur
prix. Tout d'abord, apprends que, dans la forme, elles
ne sauraient concevoir qu'il y eût la moindre irrégu-
larité à leur condition. D'après les lois, les mœurs de
leur pays, elles se croient mes épouses, de par un lien
tout aussi légitime à leurs yeux que celui du mariage
pour nous. Elles sont mes *cadines*, et ce titre leur crée
des devoirs et des droits, définis par le Koran lui-
même.

Par condescendance pour ton médiocre intellect
enfin, je te ferai remarquer en outre, que, sous le
ciel béni de la Turquie, la femme ne connaît point
cette présomptueuse vanité d'avoir un mari sans partage. Élevée pour le harem, la jeune fille ne hasarde
pas d'autre rêve ambitieux que celui de l'emporter
peut-être un jour sur ses rivales, mais jamais, au grand
jamais, elle n'a conçu cette idée bizarre d'être l'unique
objet de la passion d'un amant, d'un maître, ou d'un

époux. Pour Zouhra, Nazli, Hadidjé, Kondjé-Gul,
l'idéal, c'est l'existence que je leur donne; elles s'y
livrent comme à la réalisation de leurs espérances.
Leurs notions sur la destinée de la femme ne vont pas
au delà de ce bonheur, qu'elles possèdent enfin, de
plaire et d'être aimées ainsi. Il est donc inutile d'alambiquer ton sentimentalisme bourgeois pour en tirer
une déduction conforme aux règles du pays de
Tendre..

La vérité c'est que Hadidjé, Nazli et Zouhra écla-
tèrent en transports, lorsque Kondjé-Gul leur répéta
ma promesse de leur être fidèle à toutes les quatre.

Mon cher ami, il y a beaucoup de l'enfant chez ces
êtres qui ne semblent créés que pour épanouir leur
beauté, comme les fleurs pour exhaler leur parfum.
Cloîtrés dans la vie du sérail, leurs idées ne dépassent
point l'horizon du harem. Leur esprit et leurs cœurs
n'ont eu pour unique culture que les récits des légendes
merveilleuses ou des superstitions d'amour; elles ne
savent rien de plus.

Dis, si tu veux, que ce sont de jolis petits animaux
qui n'ont pas d'âmes, tu te tromperas. Encore une fois,
la plupart de nos idées, soi-disant raffinées ou civilisées, sur la passion, la vertu, les convenances, la
pudeur, sont des idées de convention selon le lieu, le
climat, l'usage, et tu le verras bien au courant de mon
histoire, que je puis appeler à bon droit de l'histoire
naturelle, car je surprends l'instinct de mes petits animaux sur le vif, et elles montrent par instants des
abandons hardis qui ressemblent mille fois plus à la

véritable innocence, que certaines réserves pudibondes
de nos jeunes personnes bien élevées.

La babouche étant séchée à peu près, Kondjé-Gul
la remit à son petit pied cambré dans son fameux bas
de soie vert tendre, et nous reprîmes notre course à
travers le parc. Je te passe une promenade en bateau
sur le lac bordé de grands saules. Les cygnes et les
canards chinois nous suivaient en troupe... jaloux sans
doute de ces charmants oiseaux inconnus, et d'un si
brillant plumage.

Une partie de balançoire dans l'île monta la joie
jusqu'au délire.

Mohammed, en homme prévoyant, n'avait point
douté que je ne restasse au *Kasre*. Le dîner, ce jour-
là, était servi à la française. Il n'y assista point comme
la veille ; je n'avais plus besoin de lui, et il rentrait
dans le rôle effacé qui lui appartenait désormais en
ma présence. Je m'attablai donc avec mes houris, et ce
festin, où tout était nouveau pour elles, devint une
véritable fête. Elles grignotaient, goûtaient de tout,
avec des étonnements, des précautions, des petites
mines gourmandes d'une grâce indicible. Je dois dire
que mon cuisinier n'obtint l'unanimité de leurs suf-
frages qu'au dessert, où elles commencèrent en quelque
sorte à dîner de confitures, de gâteaux, de crèmes et
de fruits. Le vin de Champagne leur plaisait par-dessus
tout, et il eût fini par trop animer leurs petites têtes,
si je n'y eusse veillé avec soin. Tandis qu'elles riaient,
babillaient à l'envi, je songeais à cette invitation de la
veille où, timidement, je m'étais assis auprès d'elles

en visiteur étranger. Quel rêve accompli !... Quel coup
de baguette de fée avait produit cet événement magique ?

Je te le dis, c'était un enchantement! Au dessert, il
arriva que Hadidjé se pencha vers moi d'un air mutin,
et me dit en riant quelque mot turc.

— Sana yanarim ! répondis-je, appuyant, d'un baiser
sur sa main, cette phrase, que déjà j'avais apprise de
Kondjé-Gul, et qui signifie : « Je t'aime »... ou plutôt,
littéralement, « je brûle pour toi ».

Tu devines mon succès, et quels cris de joie l'ac-
cueillirent d'abord. Puis, naturellement, scène de jalousie feinte par les autres.

— Kianet ! ah ! kianet ! répétaient-elles en riant et
en me menaçant du doigt. Ce mot veut dire « ingrat ».

Le soir venu, pour calmer un peu les effervescences,
je les emmenai dans le parc. Il faisait un clair de lune
splendide, et les grandes ombres des feuillages s'allon-
geaient dans les allées. Quand nous passions par les
endroits sombres, les peureuses se pressaient autour
de moi.

Ah ! çà, tu n'attends pas, je suppose, que je te dise
quel fut le couronnement de cette journée !

— Affaires de harem, mon cher, affaires de harem !...

Quant aux autres nouvelles d'ici, je n'ai pas besoin
de te dire que nul, dans le pays, ne soupçonne les
secrets d'El-Nouzha. Mon train de vie extérieur est des
plus conformes à ma situation. Je visite les anciens
amis de mon oncle : Féraudet le notaire, le bon vieux
curé, qui m'appelle la providence du lieu. Une fois par

semaine, je dîne chez le docteur Morand, lequel possède un fils, George Morand, officier aux spahis, pour
le moment en congé à Férouzat, et une nièce orpheline, jeune personne de dix-neuf ans, caractère enjoué
et sympathique. Elle est fiancée à son cousin le capitaine, vrai type d'*Africain*: un sabre, mais bon garçon
dans toute l'acception du mot ; une de ces natures
franches, faites pour le dévouement comme les chiens
de Terre-Neuve ou les caniches, à la fois formidable et
patient ; c'est mon ami. Nous étions compagnons de
jeux quand nous étions enfants, et il ne faudrait point
se permettre de me regarder de travers en sa présence.
Il s'étonne beaucoup de ma vie d'anachorète, et, pour
me distraire, s'efforce de m'entraîner dans le courant
caché de galanteries champêtres qu'il se permet en
attendant l'hymen.

P. Avril inv.

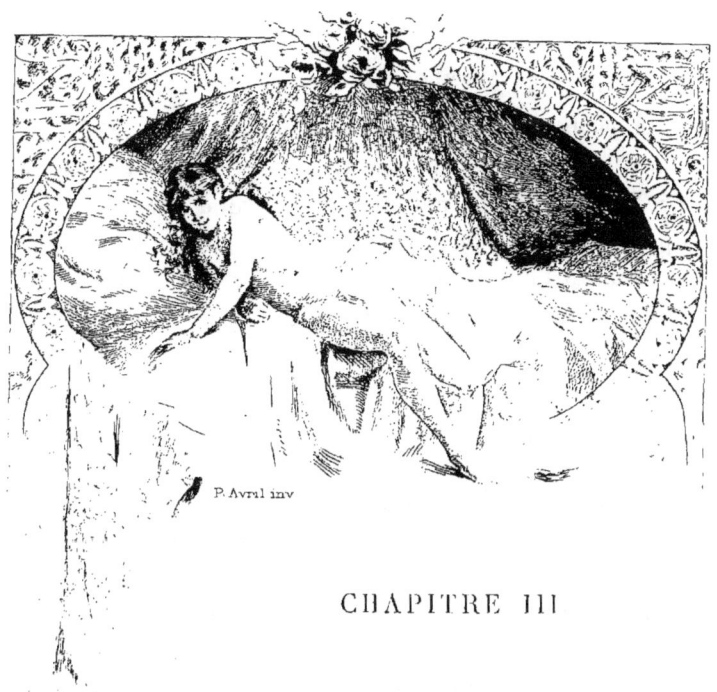

P. Avril inv

CHAPITRE III

En te racontant minutieusement le premier matin de ma lune de miel, mon
cher Louis, je t'ai raconté à peu de chose près chacun
de mes jours depuis ma dernière lettre. « Les peuples
heureux n'ont pas d'histoire », a dit un sage ; le bonheur ne se raconte pas. Tout d'abord, tu dois comprendre que je t'écris maintenant revenu de l'effarement
naturel où m'avait plongé mon étrange aventure. Trois
mois se sont écoulés ; je jouis de mon bonheur en
vizir délicat et non plus comme un simple troubadour
provençal, égaré tout à coup dans le harem du Calife.
Enfin j'ai recouvré mon sang-froid d'analyste.

Comme bien tu le penses, dès le second jour, je me
suis mis à *piocher* le turc, travail facile après mes

8

études du sanscrit. Joins à cela ce que, l'amour aidant,
mes houris ont appris de français, avec ce don merveilleux, cet instinct du langage que possèdent les
peuples d'Asie, et tu ne t'étonneras point d'apprendre
qu'aujourd'hui je puis profiter avec mes amantes de
tous les trésors de la conversation. Ce résultat heureux
me permettra désormais de m'étendre sur leurs différents caractères.

Cela dit, pour l'intelligence complète de mon récit,
je te donnerai dans le présent chapitre les détails les
plus circonstanciés sur les sujets suivants :

1° Organisation, lois et règlements intérieurs de
mon harem ;

2° Portraits en pied de mes odalisques, et qualités
d'icelles ;

3° Étude raisonnée des avantages de la polygamie,
et de ses applications à la régénération morale de
l'homme.

Je confesserai d'abord, sans présomption aucune,
que l'ingénieux système établi dans la tenue du sérail
d'El-Nouzha est tout à l'honneur de Barbassou-Pacha
qui fut toujours, autant qu'homme au monde, particulièrement jaloux d'observer ce que les Anglais appellent la *respectability*. Pour tout le pays, et même
pour mes gens, Mohammed-Azis est un exilé, haut
personnage politique à qui mon oncle donnait l'hospitalité. Barbassou-Pacha le traitait toujours respec-
tueusement d'excellence, aucun domestique du château
n'en parle en d'autres termes. Il a eu la douleur de
perdre une de ses filles, car, paraît-il, il en avait cinq

autrefois. Sont-elles jeunes ? sont-elles vieilles ?... On
l'ignore. Dans l'intérieur du *Kasre*, le service n'est fait
que par les femmes grecques, qui ne savent point un
mot de français ; elles ne sortent jamais. Les jardiniers
doivent avoir quitté les jardins à neuf heures du matin.
Tout cela, comme tu le vois, est très correct. L'histoire
de Mohammed est des plus plausibles ; son air de ma-
jestueuse tristesse et sa vie solitaire sont bien conformes à la grandeur déchue d'un ministre en disgrâce.
Il écrit, dit-on, ses mémoires justificatifs, il y travaille
jour et nuit, et même on sait que très souvent je veille
fort tard avec lui pour l'aider dans cette tâche.

Quant à moi, tu ne supposes pas, j'imagine, que
comme le chevalier Tannhauser sur le Vénusberg, j'af-
fadisse mon corps et mon âme à déguster continuelle-
ment *les friandises et sucreries d'amour*, comme
dit la légende... Ou que les philtres de Circé m'aient
changé en pourceau comme les compagnons d'Ulysse...
Tout beau, mon cher !... Je représente le corps savant, ne t'y méprends pas !... Je tiens un journal mi-
nutieux de mes expériences, et j'en fais un rapport
pour l'Académie. Pareil à ces hardis chercheurs des
éléments pathologiques, qui s'inoculent un virus
mortel pour en étudier sur eux-mêmes les effets, analyste sérieux, je me dévoue à une expérimentation du
sensualisme pur, au seul profit de la science. Sans res-
trictions... mais avec la conscience de la haute mission
que je me suis donnée ; sans tricher sur la dose du
poison que je m'intoxique, j'agis en honnête épicurien.
Je prends des voluptés de mon harem tout ce qu'un

naturaliste intelligent et raffiné en doit savourer...
mais sans détendre imprudemment les ressorts de la
sensation. Armé d'une adroite sagesse, sur ce fleuve
du Tendre oriental, pour rester fidèle à mon rôle, je
sais prévoir les écueils de la satiété et le naufrage des
illusions.

Tous les jours donc, vers trois heures, après avoir
consacré la matinée à mes affaires ou à mes *Essais sur
la psychologie*, je me rends à El-Nouzha, et j'y reste
assez généralement jusqu'au milieu de la nuit. Pourtant... j'y vais aussi quelquefois le matin, pour le bain.
Je donne des leçons de natation à mes houris. Il faut
te dire que sur ce point, indispensable au luxe des
sultanes, Barbassou-Pacha a créé une merveille. Au
milieu d'une île du lac (laquelle est copiée sur le délicieux jardin de Sse-ma-kouang, le fameux poète chinois), imagine une grande vasque de marbre, entourée
d'un portique circulaire ; une sorte d'atrium ouvert
sur le ciel. Sous une colonnade qui répand son ombre
fraîche, une fine natte de Manille court sur les dalles.
Le fond des murs intérieurs est animé de fresques
copiées à Pompéi et à Herculanum. Autour des colonnes blanches, des rosiers et des myrtes grimpent,
en s'enroulant, jusqu'à la terrasse ornée de vases et
de statues se détachant sur un grand velum de pourpre.
De larges divans de cuir, des hamacs, des tapis, des
coussins pour le repos. Tel est ce lieu enchanteur.
Souvent, par les chaudes journées, nous y déjeunons ;
c'est là qu'aujourd'hui je t'écris, succinctement vêtu
d'une robe persane à larges manches, tandis qu'autour

de moi s'ébat mon harem, ce qui va me donner une excellente occasion de te présenter mes almées.

Le caractère intime se lie si étroitement, chez tous les êtres, à la forme extérieure qu'il semble n'en être qu'une équation. De même que certains traits du visage dénoncent pour le vulgaire des particularités de nature, des penchants, des instincts ; il y a surtout pour le physiologiste toute une série de révélations cachées, au fond de ce joli sphinx qui constitue le chef-d'œuvre de Dieu, et que l'on appelle une femme... Aussi bien que, de l'harmonie des lignes, résulte toujours la grâce ; du moindre contour, de la place d'une fossette, de la tension d'un sourire, d'un regard, ou de la plus fugitive habitude de geste, on peut toujours conclure à l'origine d'un sentiment, et découvrir l'âme... Ainsi, je vois, en ce moment, Hadidjé qui sort de l'eau, et va tranquillement vers Nazli et Zouhra qui fument des cigarettes, étendues sur des coussins. A l'air indifférent qu'elle affecte, je jurerais qu'elle médite quelque espièglerie...

En effet, arrivée près des fumeuses, elle a brusquement secoué sa chevelure... Sous les gouttelettes d'eau jaillissantes, les deux autres ont bondi, et la poursuivent à grands coups d'éventail et de chasse-mouches...

Kondjé-Gul, la belle nonchalante, qui se berce auprès de moi dans son hamac, au bruit des éclats de rire et des cris, soulève à peine sa tête paresseuse pour les suivre du regard... Puisque son nom est sous ma plume, je commencerai par elle ma série de portraits.

Kondjé-Gul est Circassienne de race. Son nom dé-
signe en turc une variété de roses que nous ne connaissons pas; elle a été amenée à Constantinople toute
enfant par sa mère, attachée au service d'une cadine
du Sultan; elle a tout juste dix-huit ans. Imagine-toi le
type caucasien dans sa fleur. Grande, une taille de
jeune déesse, avec un air de naturelle indolence qui
semble indiquer qu'elle a la conscience de sa beauté
souveraine; la tête fine et couronnée d'une immense
chevelure châtain l'enveloppant jusqu'aux hanches. Les
traits de son visage sont d'une pureté de lignes inexprimable. De grands yeux bruns, à paupières lourdes, qui
alanguissent le regard, des lèvres un peu sensuelles, que,
par une habitude de porter haut le front, elle semble
toujours tendre au baiser, un mélange de la beauté
grecque avec une sorte de grâce bizarre, particulière
à cette race tcherkesse encore un peu sauvage... tout
cela forme un ensemble exotique et merveilleux que je
ne puis pas plus te rendre que je ne saurais t'expliquer
le parfum d'un lis. Aimante et tendre, elle a un caractère d'enfant où les fougues ardentes se mêlent à je ne
sais quelle douceur profonde de sentiment. Elle est la
jalouse dans mon ménage... mais chut! les autres ne
le savent pas... C'est assurément le plus étrange et le
plus parfait de mes petits animaux.

Hadidjé est une juive de Samos, une juive d'une rareté singulière parmi les descendants d'Israël... Elle
est blonde; d'un blond suave, à la fois fauve et doré,
dont le blond Véronèse ne peut te donner une idée. Sa
beauté est assurément un de ces effets de sélections et

de croisements admis comme base du système de Darwin... L'Angleterre a passé par là!... Imagine une de ces filles de *keepsake*, échappée de *la Fiancée d'Abydos* ou du *Giaour* de Byron ; prends cet être charmant, blond, frais, blanc, rose, enveloppe-le de l'atmosphère du harem, qui va orientaliser sa grâce et lui donner ce je ne sais quoi qui caractérise les allures ondulées des sultanes...

Mon ami, un événement incroyable, surprenant, inouï, étourdissant, surnaturel !... Ne cherche pas, tu ne trouverais jamais ! jamais ! jamais !... Cela dépasse tout ce qu'un cerveau humain pourrait imaginer de prodigieux et d'abasourdissant.

Hier, j'avais interrompu ma lettre, distrait par Hadidjé, au moment même où je traçais son portrait. La journée s'était écoulée sans que j'eusse retrouvé le loisir de l'achever ; ce matin, j'étais à déjeuner au château, tout seul, dans mon cabinet, où je me fais ordinairement servir pour ne point interrompre mon travail. Je songeais, en lisant le dernier numéro d'un recueil scientifique, lorsque mon oreille est frappée par le bruit d'une voiture roulant sur le sable. Comme je ne reçois que de très rares visites et que mon ami George, le spahi, ne vient qu'à pied, je pensai que c'était mon notaire, accourant me relancer pour quelques affaires... Depuis quinze jours, il me reproche de les négliger. La voiture s'arrête devant le perron. J'entends les gens qui courent à travers l'antichambre. Tout à coup un cri ; puis, des voix confuses qui semblent émues par l'effroi, et enfin de nouveaux bruits de pas, précipités comme dans une déroute subite.

Etonné, j'écoute, lorsque soudain une voix de Stentor fait éclater ces mots :

— Mais qu'est-ce qu'ils ont donc, ces crétins-là ?... Est-ce qu'ils vont me laisser là longtemps avec mon sac ?

Louis, juge si je demeure interdit, stupéfait. Je crois reconnaître la voix de mon oncle défunt, qui, prenant des sons cuivrés de trompette, grossit encore, en ajoutant de son grand ton de commandement :

— François ! si je t'attrape, animal, tu vas voir !

Je me lève, je cours à la fenêtre, et j'aperçois distinctement mon oncle Barbassou-Pacha lui-même.

— Tiens, tu es ici, garçon ? me dit-il.

Moi, je saute par-dessus le balcon et je tombe dans ses bras ; il m'enlève de terre, comme si j'étais un enfant, et nous nous embrassons. Tu devines mon émotion, ma surprise, mon saisissement. Les gens nous regardaient de loin, effarés, n'osant s'approcher.

— Ah ! ça, répéta mon oncle, qu'est-ce qu'ils ont donc ?... Est-ce que j'ai des cornes ?...

— Je vous expliquerai tout cela, lui dis-je ; entrez, pendant qu'on enlèvera vos bagages.

— Allons ! répondit-il, et fais-moi vite déjeuner, j'ai une faim de loup.

Tout cela était dit avec ce calme d'un homme qui n'a jamais pu s'étonner de rien, et avec cet accent marseillais dont le timbre suffit seul à dénoncer un

original. Mon oncle parle sept langues ; à Paris, tu le
sais, il s'énonce avec la pureté d'un Parisien ; mais
dès qu'il met le pied en Provence, c'est fini, il
reprend le ton, il a de l'*assent*.

Il entra d'un pas alerte, en redressant sa haute
taille ; je le suivis. Arrivé dans mon cabinet, voyant
la table servie, il s'assit avec la même aisance que s'il
fût revenu d'une promenade dans le parc, se versa
deux grands verres de vin qu'il avala coup sur coup en
respirant bruyamment avec satisfaction, trancha dans
un pâté, et commença une attaque sérieuse qui n'ad-
mettait pas la moindre possibilité de le prendre pour
un spectre. Je le laissais faire, le contemplant toujours
ébahi.

Quand je le vis en état de répondre :

— Ah ! çà, d'où venez-vous, mon oncle ? lui dis-je.

— *Té !...* je viens du Japon, tu le sais bien ! me
répondit-il comme s'il eût nommé le chef-lieu du
département ; seulement j'ai un peu flâné en route, et
cela m'a empêché de t'écrire.

— Et depuis cinq mois, qu'êtes-vous devenu ?

— Peuh !.. J'ai fait une pointe en Abyssinie pour
voir le Négus, qui me devait deux cent mille francs. Il
ne me les a pas rendus, le gredin !... Mais tu as l'air
tout drôle... Et ce grand *arleri* de François qui me
regarde avec des yeux tout ronds, comme si j'allais
l'avaler... Qu'est-ce que j'ai donc de féroce ?...
Tiens, tu as changé ma livrée ! reprit-il, ils ont l'air
de gens d'église ; est-ce que tu t'es mis dans les
ordres ?

9

— Mais, mon oncle, depuis cinq mois nous portons tous votre deuil.

— Mon deuil?... tu veux rire !

— Depuis cinq mois, nous vous croyons mort, et nous avons reçu tous les documents constatant votre décès !

— Ces documents ont dit que je suis enterré peut-être ? ajouta-t-il sans autrement s'émouvoir.

— Mais assurément ! dis-je. Nous avons aussi l'acte de votre inhumation !

A ce mot, mon oncle Barbassou n'y tint plus, et il lui prit un de ces accès de rire silencieux à lui particuliers.

— En ce cas... tu allais hériter ?... dit-il au milieu de son transport de gaieté, qui lui permettait à peine de parler.

— C'est fait, mon oncle, repris-je, et je suis déjà en possession de tous vos biens !

Cette réponse mit le comble à sa joie, et il repartit de plus belle, si bien, ma foi, que son rire me gagna aussi, pour se communiquer à François... Mais tout à coup mon oncle s'arrêta, comme s'il lui fût venu une réflexion, et, saisissant ma main avec une subite effusion :

— Ah ! j'y pense, tu as dû avoir un fier coup de chagrin, garçon ?

Il y eut dans ce mot tant de franchise, il partait si bien d'un cœur sans arrière-pensée, que, je te le jure, j'en fus ému jusqu'au fond de l'âme ; mes yeux s'emplirent de larmes, et je me jetai à son cou pour l'en remercier.

— Eh bien ! eh bien ! dit-il en me tapant dans le dos pour me calmer, pendant qu'il me tenait embrassé, grand bêta, puisque me voilà !

Le déjeuner fini, la table enlevée, nous restâmes en tête-à-tête.

— Voyons, mon oncle, quand vous allez m'avoir expliqué comment on a pu croire à votre mort, il s'agira de courir bien vite accomplir les démarches pour vous ressusciter.

. — Des démarches ! s'écria-t-il, et pour quoi faire ?

— Mais pour rétablir votre état civil et vos droits de vivant.

— On s'apercevra bien, en me voyant, que je ne suis pas dans l'autre monde ! répliqua-t-il avec tranquillité.

— Puisque vous êtes considéré comme défunt, vous ne pourriez plus ni rien faire, ni rien signer, ni rien contracter...

— Bon, bon !... laisse donc !... Barbassou Gratien-Claude-Anatole ne s'embarrasse pas pour si peu.

— Vos propriétés, dis-je, vos biens, dont j'ai hérité ?...

— As-tu payé les droits d'enregistrement ? me demanda-t-il sérieusement.

— Oui, certainement, mon oncle !

— Donc ?... Est-ce que tu as l'envie de m'en doubler le coût, pour enrichir le gouvernement, qu'il te faudrait encore payer tout de même à ma vraie mort ?

— Comment voulez-vous faire ? dis-je.

— Tu les garderas !... A ton tour, ajouta-t-il d'un ton gouailleur ; voilà quarante ans que j'en ai le tracas, à ton tour, petit !... Tu les administreras, tu t'en occuperas ; c'est toi maintenant qui me payeras la dépense et le tout !

— Vous n'y songez pas, mon oncle ! m'écriai-je. Et même, en supposant que je continue à gérer votre fortune...

— Pardon ! dit-il, *ta fortune !* Elle est à toi, l'enregistrement est payé.

— Notre fortune, enfin, si vous voulez, repris-je en riant, il n'en est pas moins vrai, je le répète, que vous ne pouvez pas rester frappé de mort civile.

— Bah ! bah ! des idées politiques !... D'abord, explique-moi comment je suis mort, cela m'intrigue.

Je lui racontai ce que tu sais de toute cette étonnante histoire : la lettre du notaire m'annonçant la cruelle nouvelle apportée par son second, le lieutenant Rabassu, confirmée par des actes des plus authentiques, et accompagnée d'un portefeuille contenant tous ses papiers, des lettres, des valeurs à son nom, des traités signés par lui, attestant enfin une identité qu'il était impossible de contester.

— Mes papiers ! s'écria-t-il. Ils n'étaient donc pas perdus ?

— Je les ai tous, répondis-je.

— Je comprends maintenant !... C'est la faute à ce maladroit de Lefébure.

— Qu'est-ce que Lefébure? demandai-je.

— Tu vas voir, reprit mon oncle, tout s'explique et
devient clair... Mais, j'y pense, avec la nouvelle de
ma mort, est-ce que Rabassu n'a pas apporté des
chameaux?...

— Aucun chameau, mon oncle?

— C'est drôle !... Enfin, assieds-toi, je vais te
conter cela.

Je m'assis, et mon oncle me fit le récit suivant. Je
te le transcris fidèlement, mon cher Louis ; mais ce
que je ne puis te rendre, c'est l'inimitable accent de
tranquillité dont il l'accompagna, comme s'il m'eût
raconté la fête d'un village voisin.

— Figure-toi, dit-il, qu'en revenant du Japon je
relâche à Java. Naturellement je descends à terre...
Sur le môle, je rencontre Lefébure, un ancien ami au
long cours ; il a quitté la navigation pour se marier
là-bas avec une mulâtresse qui vend du tabac. Je lui
dis : « Bonjour, comment vas-tu ? » Il m'embrasse
et me répond : « Je m'ennuie. — Tu t'ennuies ?...
Eh bien !. viens passer quelques jours à Toulon ; j'ai
mon navire dans le port, je t'offre le voyage et je te
fais ramener le mois prochain par la *Belle Virginie !* »
Ma proposition l'enchante, mais il me répond :
« C'est impossible. — Impossible... Et pourquoi ? —
Parce que j'ai la femme qui ne voudrait pas. — Je lui
dis : Il faut voir. » Nous allons à la boutique, la
femme fait une scène, elle pleure et crie, en l'accablant
d'injures ; ils se battent..., c'est très bien ! Enfin, à un
moment, ils se reposent; j'ajoute : « Mon bon, je

lève l'ancre ce soir à six heures... Je t'attendrai jusqu'à
six heures cinq ! » Cela dit, je m'en vais à mes
affaires. A six heures, je lève l'ancre et je louvoie un
peu. A six heures dix, je partais, quand je vois venir
une barque. Je donne ordre de *stopper*... C'était
Lefébure ; il me faisait des signaux d'arrêt. Il accoste,
monte à bord, et nous filons. Quinze jours après,
nous relâchons pour quelques heures à Ceylan. Le
vingt-sixième jour, en arrivant par le travers d'Aden,
nous voyons un mouvement dans le port. C'était une
frégate de guerre anglaise portant pavillon amiral, à
laquelle on faisait le salut... J'apprends à terre qu'elle
amène une mission chargée d'aller faire des représentations au Négus d'Abyssinie. Et voilà que je rencontre
le *captain* Picklok, un de mes anciens amis, que j'ai
connu à Calcutta, où il commandait les cipayes. Il me
raconte que c'est lui qui escorte les envoyés. Je dis à
Lefébure : « Tiens, le Négus me doit quelque chose...
Allons-nous faire un tour ?... » Lefébure me répond :
« Allons faire un tour ! » J'achète quatre chevaux, une
demi-douzaine de chameaux, que je charge avec mes
provisions de bord, et nous partons avec l'ambassade.
Nous noûs amusons un peu en route. Moi, je connaissais
déjà le pays ; mais voilà qu'à moitié chemin, à Adoua, où
nous faisons une demi-journée de halte, Lefébure fait
la connaissance d'une Arabe. Il veut y rester jusqu'au
lendemain, et me dit : « Pars avec le capitaine ; moi,
je te rejoindrai demain matin avec le convoi des cou-
lis. » Je pars... Le lendemain, pas de Lefébure. Cela
me contrariait, parce qu'il avait gardé les chameaux.

Enfin, je continue ma route, en pensant que je le reprendrais au retour. Bref, j'arrive à la capitale du Négus pour apprendre qu'on est en train de le détrôner. Je veux m'adresser aux Anglais pour faire régler ma petite affaire... Je m'aperçois que j'ai laissé mon portefeuille et mes papiers avec Lefébure, qui tenait les bagages; heureusement, j'avais toujours l'or de ma ceinture. Alors, naturellement, je profite de l'occasion pour aller flâner dans l'intérieur jusqu'en Nubie, où j'ai des connaissances... Je charge le *captain* Picklok de dire à Lefébure de venir me rejoindre à Sennaar avec les chameaux. Me voilà parti : au bout de dix jours, j'arrive à Sennaar; je trouve le roi de Nubie, il n'était pas très rassuré par la situation politique ; il me fait beaucoup d'amitiés, je lui achète des ivoires, des plumes d'autruche...

« Trois semaines se passent; pas de Lefébure ! Alors, naturellement, je profite de l'occasion pour pousser un peu dans le Darfour où j'ai commencé autrefois quelques travaux de géodésie ; mais ne voilà-t-il pas que le neuvième jour, comme j'arrive aux environs d'El-Obéïd, dans le Kordofan, je rencontre une tribu de pillards des Changallas ! Ils m'entourent, je veux me défendre, un grand diable, solide, me saute à la cravate et me fait le croc... Je sens qu'il m'étrangle, je lui envoie un coup de poing dans l'estomac, il tombe à la renverse ; seulement, comme sa main restait crispée à mon col, il m'entraîne, les autres m'assaillent à la fois, me voilà pris ! Il se trouve que mon coup de poing avait tué le nègre : ce qui

n'arrangeait pas mon affaire... On me fourre dans une
hutte, lié comme une vergue, après m'avoir volé tout
mon or.

« J'étais bien gardé. Au bout de huit jours, je me
dis : Barbassou, ton navire est dans le port d'Aden,
tu as des affaires qui t'appellent, et tu ne t'en tireras
qu'en négociant avec douceur. Il faut te résigner à un
sacrifice ! Je fais appeler le chef, et je lui propose
pour ma rançon un baril de cinquante bouteilles de
rhum, dix fusils à piston et deux uniformes complets
de général anglais. Cette offre le tente ; mais, comme
je lui demandais de me faire conduire d'abord auprès
du roi de Nubie, il me répond qu'une fois là je l'enver-
rais promener. On me renferme dans un silo, où je
n'avais pour nourriture que du riz et des bananes... et je
ne les aime pas !... Quant aux femmes : des guenons !...
Enfin, au bout de quatre mois, de négociations en négociations, nous tombons d'accord que je serai ramené
à Sennaar, où je m'engage, sur ma parole, à donner
des garanties. Je pars, toujours attaché, avec dix
cavaliers. Au bout de quinze jours, nous entrons dans
la ville. Je cherche Lefébure... pas de Lefébure ! — Je
vais chez le Roi... il venait de partir pour huit jours de
chasses. Cependant je trouve le cheik gouverneur, je
lui raconte mon affaire. Il me dit que le trésor est
fermé. Je dis aux cavaliers qui m'accompagnaient
qu'ils pouvaient s'en retourner, et que d'Aden je ferais
parvenir ma rançon. Cela ne les contente pas ; l'un
d'eux veut me prendre par le bras, je lui administre
une volée ; bref, le cheik me donne une escorte, et je

reviens à Gondar. Les Anglais étaient repartis, je me
remets en route pour Aden. Arrivé à Adoua, où j'avais
laissé mon ami, je m'informe, je demande Lefébure...
pas de Lefébure ! Enfin j'ai la chance de retrouver son
Arabe : je l'interroge ; elle me répond que le jour
même où je l'avais quitté, ce farceur-là avait pris, vers
deux heures, une insolation, dont il était mort dans
la même journée. Je cherche mes bagages, mes chameaux..., plus de bagages, plus de chameaux !... On
avait tout envoyé au colonel gouverneur d'Aden. J'arrive à Aden, le colonel me dit que tout ce qui est
revenu a été porté à mon bord, avec les papiers trouvés sur mon ami, et qu'on y a joint un acte de décès
en règle, que mon second s'est chargé de faire parvenir à la famille. Je n'en demandai pas davantage.
J'écrivis tout de suite à la femme de Lefébure un petit
billet de politesse, lui apprenant l'accident de son
mari... J'envoyai à mes Changallas la rançon convenue,
en même temps qu'une lettre d'injures au roi de
Nubie. Bref, il y avait quatre mois que mon navire
était reparti. Je pris le lendemain la malle de Suez...;
je suis arrivé cette nuit à Marseille..., et me voilà !

— En effet, dis-je à mon oncle quand il eut achevé,
tout s'explique !... On a dressé l'acte de décès d'après
les papiers trouvés sur votre ami Lefébure, et comme
c'étaient les vôtres...

— On s'est trompé, et cet imbécile de Rabassu a
levé l'ancre pour apporter au notaire la nouvelle de
ma mort.

— C'est limpide, ajoutai-je.

10

— Mais ce qui m'intrigue le plus, reprit-il, c'est de savoir ce que sont devenus mes chameaux !

Comme tu le penses bien, mon cher Louis, cette résurrection inattendue de mon oncle me plongea dans un ordre de sentiments qui me prirent tout entier. Je ne pouvais me rassasier de le voir, de l'entendre, et j'oubliai si complètement ce jour-là tout ce qui n'était pas lui, que je ne songeai même point à mettre le pied hors du château. Je le suivais de chambre en chambre, je le regardais, j'avais besoin de me convaincre qu'il était véritablement en vie... Quant à lui, revenu bien vite de l'étonnement très passager où l'avait un instant jeté la nouvelle de sa mort, il avait repris ce beau sang-froid que tu lui connais... Il présidait à l'arrangement de ses petites affaires, et déballait lui-même ses caisses, pleines de toute sorte d'objets de Nubie, en sifflotant faux des fragments de bamboulas qu'il avait encore dans l'oreille.

Le soir, nous finissions de dîner, lorsqu'il me dit en étendant ses longues jambes sur le divan, de l'air d'un homme qui savoure ses aises :

— Tiens, on est bien ici !... Si tu veux, nous allons y passer quelques semaines.

— Mais autant de semaines que vous voudrez, mon oncle, répondis-je. Et même des mois !

— Parfait !... Mais, reprit-il, est-ce que tu ne t'ennuieras pas ?... car, à moins que tu n'aies une distraction...

— Ah ! m'écriai-je, me rappelant tout à coup

mon harem; j'ai oublié de vous parler de cette affaire!...

— Quoi donc? dit-il. Est-ce que tu l'as déjà la distraction?

— Mais, je crois bien, mon oncle!

— Est-elle jolie?

— Mais, j'en ai quatre!

A ce mot, mon oncle ne sourcilla pas plus que si je lui eusse annoncé que je m'exerçais sur le pipeau champêtre, pour varier mes loisirs; seulement il allongea le bras, prit ma main, qu'il secoua d'un coup sec, à la manière anglaise, et me dit :

— Mes compliments, mon cher!... Je te demande bien pardon de l'indiscrétion.

— Mais, mon oncle, c'est encore toute une histoire! ajoutai-je, non sans quelque embarras..., et c'est toujours votre mort qui l'a amenée!

— Comment ça? Raconte-moi donc la chose.

— Vous savez bien, votre pavillon turc... Kasre-el-Nouzha?

— Je le connais... Eh bien!

— Eh bien! il y a quatre mois, Mohammed-Azis y est arrivé.

— Tiens! dit-il, Mohammed...

— Et vous l'aviez chargé... d'une commission, repris-je.

— C'est vrai, s'écria-t-il, je n'y pensais plus!

— Alors..., mon oncle...

— Il avait fait sa commission... continua-t-il.

— Oui! répondis-je. Et comme vous étiez mort... et

que la commission de Mohammed était dans votre héritage, j'ai cru que je devais...

— Bigre ! dit mon oncle, tu hérites bien, toi !

— Dame... repris-je un peu hésitant, songez que je ne pouvais pas supposer...

— Enfin, c'est fait, dit-il, n'en parlons plus ! Et encore une fois pardonne-moi... Maintenant que je sais la chose, il n'en sera plus question. On ne cause jamais d'affaires de harem entre Turcs. Seulement, ajouta-t-il, et pour n'y plus revenir, je te conseille de garder Mohammed, entends-tu ; il est au pas. Et, pour plus de sûreté, comme je ne dois plus aller flâner par-là, tu lui diras de venir me voir.

— Voulez-vous que je le fasse appeler tout de suite ?

— Non, non, demain ; nous avons le temps... Tiens, fais-moi un peu de musique, veux-tu ?... Joue moi du Verdi...

Et il se mit à entonner avec sa voix de basse, dans les environs du ton : *Parigi, o cara, noi lasceremmo.*

Nous passâmes une soirée ravissante : conversation, musique et jeu. Il me gagna trois francs au piquet, avec une joie folle. Vers minuit, je le reconduisis à sa chambre. Comme il était prêt à entrer dans son lit :

— *Té !...* s'écria-t-il, j'ai là des valeurs que j'oubliais !

Et, prenant un canif, il alla découdre la doublure de son habit, d'où il tira des papiers.

— Tiens, dit-il en me les tendant, voilà pour sept cent mille francs de traites sur Londres et sur Paris, tu les feras toucher.

— Très bien, mon oncle, répondis-je. Et que dési-rez-vous que je fasse de cette somme-là?

— Ah! ma foi, ça te regarde, mon *pichoun!*... Tu penses bien, maintenant que tu as hérité, que je ne vais plus me mêler de ces choses!

— Au moins, donnez-moi un conseil.

— Mais alors, mon bon, ce serait encore moi qui en aurais l'ennui... Après ça, reprit-il, garde-les..., ça te servira pour me donner mon argent de poche!

Là-dessus il se coucha, je lui souhaitai le bon-soir, et j'allais sortir, lorsqu'il me rappela.

— Dis donc, André, écris donc au notaire de venir demain.

— Ah! répliquai-je, vous y arrivez enfin!

— Mais je n'arrive à rien du tout! s'écria-t-il du ton le plus décidé. Seulement, je veux savoir ce que sont devenus mes chameaux!... Tu conçois, j'avais l'intention d'en faire cadeau à la Société Zoologique... Il faut qu'on me les retrouve!... Bonsoir!

A coup sûr, mon cher Louis, je te ferais injure si j'essayais d'appeler ton attention sur l'étrangeté des événements qui me sont arrivés depuis quatre mois. Je ne sache pas que mortel ait jamais passé par des péripéties plus originales. La lettre funèbre du notaire, mon installation à Férouzat, le testament de mon oncle, un harem qui me tombe de Turquie, la prise de possession définitive de mon héritage, le tout couronné par le retour du défunt. Certes, tu en con-viendras, il y a peut-être là des incidents qui ne se

rencontrent point tous les jours. Cependant, si tu
voulais savoir ma pensée, je t'avouerais que tout cela
me paraît, à cette heure, n'être autre chose que le
nécessaire et le *contingent* philosophiques dans leur
raison la plus simple. Je prétendrais même qu'il n'en
saurait être autrement pour le neveu de mon oncle, car
ce serait méconnaître les plus élémentaires principes
de la logique, que de s'étonner de ces quelques menues
aventures, du moment où Barbassou-Pacha y est
introduit comme *cause première*. Le *substratum* de
mon oncle agit si puissamment sur ma destinée, qu'il
semblerait tout à fait paradoxal, à mon sens, de supposer que les choses pussent m'arriver comme à un autre.
Cesse donc de t'étonner de quelques particularités
bizarres, tout juste assez excentriques pour ébaubir
un esprit étroit. Pareil à ces planètes folles qui dévient
parfois de leurs cours, je me meus autour de cet astre
surprenant qu'on appelle Barbassou-Pacha, et il m'entraîne dans son orbite extravagante. En dépit d'une
vaine apparence de complication romanesque, dans
les très simples faits que je t'ai racontés, je te défie de
trouver le moindre grain d'inconséquence; tout s'y
tient, de par les moyens les plus naturels, de par les
prévisions les plus vulgaires du bon sens. Cesse donc
de t'étonner, sinon tu vas tomber au dernier rang de
mon estime.

Étant posé que je suis le neveu de mon oncle, j'en
reviens au résumé de ma situation. A savoir : feu mon
oncle était ressuscité, mais il voulait garder ses avantages de défunt, en me forçant de rester en possession

de son héritage, et je venais de lui dire bonsoir, tandis qu'il rêvait à ses chameaux... Rien de moins compliqué. Si tout cela n'est pas strictement conforme au caractère de Barbassou (Claude-Anatole), je ne m'y connais plus. Cependant cette journée marquée par son retour devait amener des incidents de quelque importance.

Je sortais de chez mon oncle, et je me dirigeais vers la bibliothèque pour écrire sur-le-champ au notaire, lorsque François m'avertit qu'une femme du *Kasre* m'attendait depuis une heure. Une des servantes grecques venait quelquefois au château, soit pour des messages, soit pour demander mes ordres. Je compris aussitôt que ne m'ayant pas vu, ni dans le jour, ni dans la soirée, mes petits animaux, inquiets, envoyaient aux nouvelles. J'allai à ma chambre, où François me dit qu'elle était. En entrant, je l'aperçus debout, immobile près de la fenêtre, enveloppée de son grand *feridjié* sombre ; mais j'eus à peine fermé la porte derrière moi, que tout à coup j'entendis un cri, des sanglots. Le *feridjié* tomba, et je reconnus Kondjé-Gul, qui se jeta à mon cou, me saisit dans ses bras avec les marques du plus violent désespoir.

— Comment, c'est toi ? lui dis-je. Tu viens ici ?...

Haletante, suffoquée par les larmes, elle ne put me répondre. Je devinai plutôt que je n'entendis ces mots :

— Je me suis échappée !.. Je viens mourir avec toi !

— Es-tu folle ! m'écriai-je. Pourquoi mourir ?.. Qu'est-il donc arrivé ?

— Oh! nous savons tout! reprit-elle. Barbassou-Pacha est revenu!.. Il est terrible!.. Il va te tuer, nous aussi, Mohammed aussi!

Et, délirante, elle s'attachait à moi de toutes ses forces, comme si déjà la mort l'eût menacée.

— Mais, enfant! lui-dis-je. Tout cela est insensé... Qui t'a conté cette histoire?

— C'est Mohammed... Il a appris le retour du pacha... Il s'est caché!..

— Mais mon oncle est très bon; il m'adore, il ne songe pas même à vous voir, rien ne sera changé pour nous par son retour.

En me voyant si tranquille, elle commença peu à peu à se rassurer. Pourtant, elle était trop imbue de ses idées turques pour admettre du premier coup une pareille dérogation aux usages.

— Alors, dit-elle en essuyant ses pleurs, il ne tuera que Mohammed?

— Pas même Mohammed! m'écriai-je en riant. Mohammed est un poltron que je tancerai demain d'importance, pour qu'il ne vous fasse plus de ces histoires.

— Bien vrai? reprit-elle, il n'aura que des coups de bâton?

J'étais prêt à protester, lorsque, aux premiers mots, je m'aperçus qu'elle soupçonnait que je voulais me jouer de sa crédulité; ce qui offrait le danger de ranimer ses plus vives craintes, car elle n'allait plus rien croire de toutes mes assurances. Je me contentai donc de lui promettre d'intercéder auprès de Bar-

bassou-Pacha. Une fois convaincue que Mohammed ne
serait lésé que dans son échine, elle n'y pensa plus,
et, avec la mobilité d'esprit qui caractérise ces petits
êtres sauvages, elle se mit à babiller en examinant
tous les objets de ma chambre, touchant à tout avec
une curiosité que rien ne pouvait assouvir.

— Voyons, maintenant, il faut rentrer, lui dis-je,
peu désireux que l'on découvrît cette incartade.

— Oh! non, oh! non, s'écria-t-elle avec une joie
d'enfant. Je suis chez toi,.. laisse-moi voir!

— Mais il faut rassurer Zouhra, Nazli, Hadidjé!

— Elles dorment. Je veux rester un peu ici toute
seule avec toi!.. D'ailleurs, ajouta-t-elle avec une
petite mine encore effrayée, si Barbassou-Pacha avait
dissimulé, s'il venait cette nuit pour te tuer?

— Mais, encore une fois, tu es folle, dis-je.

— Eh bien! alors, pourquoi me renvoyer si vite?

— Parce qu'il n'est pas convenable que tu quittes le
harem, répondis-je. Allons, viens!

— Oh! encore un peu,.. je t'en prie, dit-elle avec
un baiser.

Le moyen de résister, mon cher Louis? je te le
demande.

Je m'assis, la regardant aller, venir et fureter. Il
faut t'apprendre que sous son *feridjé*, qu'elle avait jeté
à mon entrée, elle était vêtue d'une sorte de robe
flottante en cachemire bleu pâle et brodée de vifs
dessins de soie et d'or. De ses larges marches, évasées
du bas, sortaient ses bras blancs. Ce costume produisait un effet pittoresque et charmant au milieu de

11

mon appartement très prosaïque dans son confortable, mais qui cependant lui semblait merveilleux. Elle touchait tout, ne pouvait se rassasier de tout voir, et ses questions ne tarissaient pas... Au bout d'une demi-heure, jugeant sa curiosité satisfaite, comme elle commençait à fureter des livres déposés sur la table :

— Allons, Kondjé-Gul, il faut partir, répétai-je.

En disant ces mots, je ramassai son *feridjié*, pour le lui mettre sur les épaules, mais, comme j'arrivais près d'elle, le bouton qui retenait sa robe au cou se défit tout à coup, sa robe tomba, et, d'un mouvement rapide, elle se glissa dans mon lit comme une couleuvre.

Vers deux heures du matin, je la ramenai au harem. Une pâle lueur éclairait les fenêtres du salon. Hadidjé, Nazli, Zouhra, y étaient encore. Te peindre la terreur qui les saisit au moment où j'entrai, ce serait impossible. En entendant des pas, dans la nuit, elles n'avaient point douté que ce ne fût leur dernier instant. Au bruit de la porte s'ouvrant, elles jetèrent un cri ; les trois pauvres éplorées s'étaient réfugiées dans un angle...

En m'apercevant avec Kondjé-Gul, elles demeurèrent consternées ; en deux mots, je les rassurai.

Quant à Mohammed, il fut impossible de le trouver. Je t'avoue du reste que je ne le cherchai qu'avec un médiocre soin ; je n'étais pas fâché qu'il payât d'une nuit de transes le mal qu'il avait fait par sa sottise à mes pauvres houris.

Ma brebis rentrée au bercail, je regagnai enfin le château.

Faut-il te dire si les péripéties surprenantes de cette journée m'avaient jeté dans des émotions dont j'avais presque peine à me rendre compte?...

La résurrection de mon oncle...

Lefébure...

Les Changallas...

Les chameaux...

Tout cela me battit dans la cervelle toute la nuit.

F. Avril inv

P. Avril inv

CHAPITRE IV

Je m'excuse, mon cher Louis, de t'avoir laissé un mois sans lettres, comme tu me le reproches avec un peu d'aigreur. Tu n'as point soupçonné, je pense, que mon amitié pour toi s'attiédissait. La cause de mon silence, c'est qu'en vérité je n'ai rien à t'apprendre. La simplicité de mon existence n'offre au jour le jour que les mêmes redites des événements les plus simplets. Partagé entre mon harem et mon oncle Barbassou, je jouis du calme des champs, des bois, qui donne à mon esprit cette libre quiétude que trouble toujours un peu l'atmosphère agitée des villes.

Ne crois point du tout, d'ailleurs, que nous vivions en cénobites dédaignant les distractions mondaines; le capitaine n'est pas homme à mener le train d'un

chartreux : il est autant à cheval qu'à pied. Le jour,
excursions, chasses; il visite ses filleuls et mes propriétés; et je te garantis que c'est un fier intendant
que j'ai là!.. Le soir, réceptions au château : le curé,
les Morand père et fils, et deux fois par semaine le
notaire. Whist à deux sous la fiche, piquets animés...
seulement, ce dernier jeu plus rarement, parce que
mon oncle y triche... Vers onze heures, les voitures
sont attelées qui remmènent tout ce monde. J'accompagne mon oncle dans sa chambre, nous causons de
nos affaires, de *ma fiancée*, car il va sans dire que
mon mariage avec sa filleule est convenu, et qu'il ne
nous est même pas venu à l'idée de disserter sur ce
point. Enfin, quand le sommeil le prend, il se couche,
et je m'en vais à El-Nouzha. Nous avons en outre une
occupation très sérieuse, qui consiste à fouiller dans
le tas de merveilles amoncelées dans les greniers du
château.

— Ah! ça, André, me dit un jour mon oncle, avec
l'accent de reproche d'un factotum fidèle, tu as là-haut
un fouillis de belles choses que tu es très bête de
laisser dans l'ombre... A ta place, je sortirais tout ça!

— Sortons tout ça, mon oncle, répondis-je.

Et, là-dessus, nous nous sommes mis au triage, et
tu n'as pas idée de tout ce que nous avons trouvé :
toiles de prix, objets d'arts, meubles rares, armes de
toutes les contrées. Tu verras quel musée cela fait, si
tu pousses une pointe jusqu'ici, comme tu me le
promets... Vrai, pour un artiste de ta trempe, cela
seul vaut le voyage.

Nous faisons aussi des visites aux deux châteaux de
la localité, chez les Montaubec, et chez les Cambouliou ; mais dans la stricte mesure des convenances
de voisinage ; l'élément féminin qu'on y rencontre étant
classé, par mon oncle, dans les bas-fonds de la
zoologie inférieure.

Une fois par semaine, le dîner chez le docteur
Morand, homme de beaucoup de valeur, à qui il n'a
manqué qu'une plus vaste scène, et le seul mortel qui
aurait quelque influence sur le capitaine Barbassou, si
le capitaine Barbassou n'échappait par son caractère
à toute prédominance extérieure. La vie de famille
règne ici dans sa plus heureuse grâce, représentée par
une ribambelle d'enfants. Je t'ai parlé du fils Morand,
le spahi, et de sa cousine Geneviève.

Geneviève, avec ses dix-neuf ans, est de beaucoup
l'aînée de toute une nichée, provenant d'un second
mariage de sa mère. Le docteur, riche pour le pays,
les a tous recueillis à la mort de sa sœur. Rien de plus
charmant et de plus animé que cette maison du bon
Dieu, où l'on respire dans l'air un parfum de bonheur
paisible et d'honnêteté pure. Il faut voir Geneviève, *la
grande*, entourée de ses quatre *petits*, frères et sœurs
à frimousses roses, tous proprets, bien tenus, à la fois
diables et soumis, et qu'elle régit avec une jeune raison
qui n'est point toujours exempte d'espièglerie. Est-elle
jolie ?.. J'avoue que je ne saurais le dire ; la question
de beauté chez elle est si bien primée par un certain
charme d'allures, que l'on ne songe point à s'en rendre
compte. Elle a certainement de beaux yeux, car son

regard attire le regard, on y devine une âme. Georges
Morand, son fiancé, l'adore et, tout *Africain* qu'il est,
subit lui-même une sorte de domination qui le soumet,
lui, son sabre et son cerveau brûlé. Ils sont on ne peut
mieux créés l'un pour l'autre, et ils seront heureux.
Elle corrigera la fougue un peu trop provençale du
guerrier.

Mon oncle fait profession de détester la marmaille...
inutile d'ajouter que, dès que le capitaine arrive,
toute la nichée accourt à lui, et ne quitte plus ses
genoux... Il est leur cheval, il leur fabrique des
bateaux... Et, l'autre jour, tu aurais pu le voir recou-
sant, en grommelant, un bouton à la culotte de Toto
(qu'il avait fait craquer en lui faisant faire la culbute),
de peur que Geneviève ne grondât.

Je suis très cordialement choyé par toute la mai-
sonnée, et tu penses si nous dissertons à perte de vue,
le docteur et moi. Ancien professeur à la faculté de
Montpellier, ses travaux de physiologie l'ont conduit
au matérialisme renforcé. Comme il a lu et relu mes
articles spiritualistes, il s'efforce à me conquérir...
D'un autre côté, mon oncle, mahométan, veut le convertir au déisme. Tu vois d'ici notre accord; on dirait
une académie !

A El-Nouzha, toujours même vie; mais il faut, ici,
que je redresse une erreur dangereuse où tu me parais
t'entretenir, si j'en juge par le ton de tes lettres.
Lorsqu'il s'agit de mon harem, tu as vraiment l'air de
parler du séjour fantastique et troublant du bien-
heureux saint Antoine, en proie aux continuelles ten-

tatives des plus belles voluptueuses de la cour de
Satan. On dirait même, entre nous, que tu es moins
effrayé que curieux de ces terribles flammes. Criminel!..
La vérité, c'est que tout devient habitude, et que, les
premières effervescences passées, cette existence est
beaucoup plus simple que tu ne penses. Il ne faudrait
pas du tout t'imaginer qu'on mène là le train désor-
donné d'une orgie de désirs sans trêve. Ces idées-là,
mon cher, ne sont que le fruit de l'ignorance et de
la présomption. Quoique ayant eu l'honneur d'être un
descendant du singe, l'homme a des raisons de sagesse
qui le tempèrent... Tout cela veut dire que mon harem
n'est, à cette heure, pour moi, que le plus calme
intérieur familial, et, sauf que j'ai quatre femmes,
tout y a pris définitivement les allures les plus ordi-
naires du plus simple ménage. Le soir, causeries autour
de la table du salon, musique et danses, où préside
un aimable enjouement, le tout rehaussé par l'éducation de mes sultanes. Je mêle, dans mes amours, la
superbe orientale d'un vizir aux tendres sentimentalités
d'un Galaor, et j'en suis vraiment arrivé à des raffinements exquis : bref, le pays de Tendre au paradis de
Mahomet, n'était pourtant que, depuis le retour de
mon oncle, quelques nuages ont obscurci les rayons
de ma lune de miel. J'ai des querelles avec Hadidjé et
Nazli, qui veulent absolument faire, une fois, une
escapade au château. Car tu prévois que, l'émotion
passée, cette folle de Kondjé-Gul, pour exciter leur
jalousie sans doute, et se donner des airs de favorite,
n'a point manqué de leur raconter des merveilles de

12

ce lieu qui leur est interdit. Naturellement je me refuse tout net à cette dérogation, contraire à toutes les traditions de harem. De là, scènes renaissantes, pleurs, colères que j'apaise, mais qui se transforment alors en tendres reproches d'épouses dédaignées... Enfin, que te dirais-je? je louvoie comme tous les maris, mais je sens vaguement qu'il y a des événements dans l'air.

Je rouvre ma lettre.

Mon ami, tu ne vas pas t'étonner, n'est-ce pas?... Une nouvelle relative à Barbassou-Pacha!

Avant-hier, comme, selon la coutume, je me livrais à la causerie du soir, au coucher de mon oncle, je vis qu'il bâillait d'une façon insolite. J'avais remarqué déjà ce symptôme, et j'en concluais, à part moi, que, repris par ses instincts natifs de vie aventureuse, il commençait peut-être à se trouver à l'étroit dans le département du Gard... A coup sûr, il lui manquait quelque chose !.. Et je cherchais enfin dans mon esprit quel aliment nouveau je pourrais inventer pour exercer cette activité dévorante, lorsque, comme je le quittais, il me dit :

— A propos, André, j'ai écrit à ta tante que je suis de retour... Elle arrivera probablement d'ici à la fin de la semaine.

— Ah?.. répondis-je. Eh bien! c'est au mieux, mon oncle, je serai enchanté de nous voir en famille.

— Oui, ça meublera la maison! reprit-il. Allons, bonsoir, garçon!

— Bonsoir, mon oncle.

Et je le laissai.

Bien qu'il n'y eût rien que de très rationnel dans ce légitime désir conjugal, tu comprends du reste cependant que je me retirai un peu intrigué... Laquelle de mes tantes allais-je voir arriver?.. Mon oncle m'avait fait part de cet incident d'une façon si naturelle, que je n'avais songé aucunement à lui faire la moindre question indiscrète. Je me mis donc à conjecturer, d'après la situation de son esprit, à laquelle de ses épouses il pouvait bien avoir donné la préférence.

Tout d'abord, je mis à l'écart ma tante Cora, de l'île Bourbon... Il était peu probable que le pacha voulût rien ajouter à ses travaux d'ontologie sur les races de couleur... Ma tante Christina de Postero, à qui son aventure avec Jean Bonaffé méritait une disgrâce, également exclue, il ne restait donc sur les rangs que ma tante Lia Ben Lévy, ma tante Gretchen van Cloth et ma tante Eudoxie de Cornalis; ce qui restreignait déjà de beaucoup la question; mais je t'avoue que j'eus beau mettre en œuvre toutes mes facultés d'induction, étant donné l'âge du capitaine, ses goûts présents, ses projets..., je ne réussis qu'à me perdre dans un dédale d'affirmations, de contradictions, dont il me fut impossible de sortir... Ce que j'avais de mieux à faire, c'était d'attendre... J'attendis.

Je n'attendis point longtemps du reste, car deux jours plus tard, au matin, comme j'étais encore dans ma chambre, j'aperçus venir une calèche. Une dame qui me parut fort belle et fort élégante l'occupait toute

seule. Sur le siège, près du cocher, une femme de
chambre; derrière, deux domestiques de haut style,
dans leur livrée de voyage. La voiture s'arrêta. Au
bruit des roues sur le sable, la fenêtre de mon oncle
s'ouvrit.

— Hé! bonjour, ma chère, s'écria-t-il.

— Bonjour, capitaine! répondit la dame; vous
voyez que l'on ne vous oublie pas, ingrat!

— Je vous en remercie; de mon côté aussi, je ne
suis pas plus oublieux.

— C'est fort bien, reprit la dame; mais vous ne
descendez pas m'offrir la main? Vous êtes galant!

— Comment donc, dit mon oncle, j'accours!

J'avoue que je demeurai un peu intrigué à la vue de
cette voyageuse, dont le grand air ne me rappelait
aucune de mes tantes. Barbassou-Pacha avait-il contracté un nouvel hymen depuis son testament? Par
discrétion, je me tenais coi pour ne point gêner les
effusions; mais, comme en sortant de chez lui, mon
oncle passait devant ma porte, il me dit :

— André, viens-tu?

Je le suivis. Nous arrivâmes au moment où la dame
montait les marches d'un pas alerte.

— Trop tard, capitaine? Je ne pouvais pas rester
là, clouée dans cette voiture.

Ce reproche n'empêcha point qu'ils ne se serrassent
les mains avec une joie très vive. Puis, comme je
survenais :

— Embrasse ta tante Eudoxie, me dit mon oncle
avec sang-froid.

Ainsi renseigné, j'embrassai ma tante; et j'avoue qu'en l'embrassant je ne pus me défendre d'un sourire, en me rappelant ce mot sacramentel.

— Eh quoi! c'est André?... s'écria-t-elle. — Oh! pardonnez-moi, monsieur, reprit-elle bien vite; ce mot de familiarité m'échappait, au souvenir du bel enfant d'autrefois.

— Mais tenez-le pour bien dit, je vous en supplie, madame, répondis-je.

— Oh! non, si vous m'appelez « madame ».

— Qu'à cela ne tienne, *ma tante;* je serai charmé de revenir au passé pour vous obéir.

— Eh bien! *mon neveu,* ajouta-t-elle, donnez ordre qu'on ait soin de mes gens, et entrons!

Tout cela avec le ton dégagé des plus nobles façons, et si bien avec l'aisance suprême d'une femme habituée au plus grand monde, que j'en restai un instant presque intimidé. Mes impressions d'enfant ne m'avaient laissé que le souvenir confus d'une jeune femme aimable, séduisante, telle que je pouvais la juger à cet âge, et ma tante m'apparaissait soudain sous un aspect que je n'avais point prévu. A coup sûr, je ne l'eusse jamais reconnue, bien que le temps n'ait guère altéré la beauté de son visage.

Pour te faire son portrait à nouveau, imagine une femme d'environ trente-cinq ans, bien qu'elle en ait quarante-deux sonnés. Un embonpoint, un peu marqué peut-être, mais qui cependant ne lui ôte rien de sa grâce, car elle est grande, ajoute encore à ses airs de patricienne. Le port de tête haut, le regard assuré,

profond : tout en elle révélerait une femme supérieure,
n'était une extrême simplicité d'allures qui vous charme
à première vue. Un son de voix velouté, malgré la dé-
cision de sa parole, un léger accent chanté, lui donnent
tout à fait la désinvolture d'une grande dame russe.
Telle est ma tante.

Mon oncle lui avait offert son bras. Dès que nous
fûmes au salon :

— Ah ça! vous allez m'expliquer bien vite quelle
est cette histoire de trépas qui m'est venue par un
notaire, dit-elle en défaisant son chapeau. Voilà six
mois que je me crois veuve !

— Vous pouvez voir qu'il n'en est rien, répondit
mon oncle.

— C'est agréable! s'écria-t-elle en riant et en lui
tendant une seconde fois la main. Encore une de
vos originalités, sans doute !

— Pas du tout, ma chère; voici André qui pourra
vous dire que j'ai positivement passé pour mort, et
qu'il a porté mon deuil... Il a même hérité de mes
biens.

— A quelque chose malheur est bon, répliqua-t-elle;
mais comment vous a-t-on descendu au tombeau par
erreur? Cela m'intrigue ..

— J'étais en Abyssinie...

— Ici près ! dit-elle en l'interrompant.

— Oui, reprit mon oncle. Un ami qui voyageait
avec moi est resté en route, pendant que j'allais en
avant; il est mort si maladroitement que, comme il
avait avec lui mes bagages, mes papiers ont servi à

dresser son acte de décès. Ce n'est qu'à mon retour ici
que j'ai su, cinq mois plus tard, que j'étais tenu pour
défunt... Vous voyez comme c'est simple.

— En effet, dit ma tante, ces choses-là arrivent à
tout le monde ! Cela vous apprendra à ne plus m'emmener dans vos voyages... Est-ce aussi à cause de cette
promenade en Abyssinie que je ne vous ai pas vu depuis
deux ans ?... Restez, monsieur mon neveu, ajouta-t-
elle d'un ton plaisant, c'est instructif une scène de
ménage ; cela forme... Allons, répondez, capitaine.

— Deux ans ?... répliqua mon oncle. Est-ce qu'il
y a vraiment deux ans ?

— Consultez vos papiers de bord, si on ne les a pas
enterrés avec votre ami.

— Pardonnez, chère Eudoxie, j'ai eu tout ce temps
d'immenses affaires...

— Oui, reprit ma tante, on les connaît vos grandes
affaires, et j'en ai appris de belles ! Savez-vous ce que
m'a dit lord Clifden, à Pétersbourg, il y a trois mois,
en me complimentant sur mon deuil de veuve ? — qui
m'allait fort bien, soit dit en passant ; — il m'a affirmé
que, de votre vivant, vous aviez été bigame.

— Comme c'est vraisemblable ! s'écria mon oncle
avec aplomb.

— Il m'a déclaré vous avoir vu à Madras avec une
Espagnole, jolie, et jeune, perfide que vous êtes !
laquelle se parait ouvertement du nom de señora Barbassou. C'était bien la peine de m'enlever, pour me
traiter ainsi !

— Lord Clifden vous a fait une histoire, ma chère ;

et c'est un très mauvais plaisant. J'espère que vous ne
l'avez pas cru.

— Ma foi, vous êtes un si grand original ! répondit-
elle en riant.

— Et vous, reprit mon oncle, dont le sang-froid
n'avait point été un instant ébranlé, qu'avez-vous
fait ?... Où étiez-vous ?...

— Oh ! s'il me fallait remonter au jour de votre
départ, je m'y perdrais, répondit ma tante. Il y a un
an, à cette époque, j'étais dans mes terres de Crimée,
où je me suis ennuyée cinq mois ; puis j'ai passé l'hiver
à Pétersbourg, le printemps à mon château de Corfou,
où j'eus l'avantage d'avoir toutes mes aises pour vous
pleurer. Enfin, j'étais à Vienne depuis deux mois,
lorsque, il y a huit jours, j'ai reçu de mon intendant
la lettre où vous me faisiez l'honneur de m'apprendre
votre résurrection, en même temps que votre désir
de me voir. Vite j'ai fait mes visites d'adieu, et me
voilà !

— Maintenant, ajouta-t-elle en lui tendant un plaid,
si vous voulez bien me permettre de me défaire de ces
habits de voyage, vous mettrez le comble à mes vœux.

— Je vais vous conduire à votre appartement,
répondit le capitaine.

— Mon neveu, dit-elle, en me faisant une révérence, préparez-vous à servir mes caprices : j'en ai
beaucoup quand j'aime... A votre tour : tenez-le pour
dit !

Ils sortirent, et je demeurai tout étonné de leur
mutuel accueil. Tu comprends déjà l'effet que devait

me produire ma tante ; mais je n'étais pas moins surpris
de ce que je découvrais aussi de nouveau chez mon
oncle, dans ses façons, dans son costume d'une réelle
élégance. Sa barbe en rudes broussailles était taillée à
la Henri IV, ses moustaches relevées en touffes... Il ne
jurait plus ; son langage avait repris tout à coup la
correction la plus mondaine, sans contrainte, sans
embarras et avec une mesure si naturelle, qu'elle eût
révélé véritablement la plus longue pratique des salons.
Il n'avait point bronché. Sa galanterie franche n'avait
rien d'apprêté ; c'était un autre homme, et il était évident que ma tante Eudoxie de Cornalis n'avait jamais
connu que cet homme-là.

— Eh bien ! comment trouves-tu ta tante ? me
demanda-t-il, comme il rentrait au bout de cinq
minutes.

— A ravir, mon oncle, et gracieuse au possible !

— Attendais-tu par hasard une guenon ? s'écria-t-il.

— Certes non ! répondis-je. Mais ma tante pouvait
être la beauté même, sans posséder ce caractère et
ces qualités d'esprit que je lui soupçonne.

— Oh ! tu ne peux guère encore la juger, reprit-il
négligemment. Tu verras cela plus tard ; c'est une
femme !

Ma tante ne redescendit qu'au déjeuner. A son
entrée, il y eut comme une sorte de rayonnement
joyeux dans la salle, ordinairement peuplée de mon
oncle et de son neveu. Mon oncle, à coup sûr, ressentit
la même impression que moi ; car, se penchant de mon
côté, et, avec son superbe flegme, il me dit à mi-voix :

13

— Vois-tu déjà comme cela meuble !...

La comtesse s'assit, et, tout en ôtant ses gants, promena son regard sur la table, sur les crédences, sur les gens et sur l'arrangement de la salle.

— François, dit-elle au vieux valet de chambre de mon oncle, envoyez-moi, je vous prie, le jardinier à quatre heures.

— Oui, madame la comtesse.

— Et puis aussi le maître d'hôtel..., que je ne vois point là.

— Le maître d'hôtel, répliqua mon oncle, c'est moi.

— Parfait! mes compliments, reprit-elle; j'aurais dû m'en douter.

— Il me semble cependant que je m'en tire bien. Est-ce que ce mobilier nouveau n'est pas de votre goût?

— Il est très beau, au contraire, et j'y reconnais votre passion de brocanteur de belles choses; mais il y manque la vie animée. Qu'est-ce que c'est, je vous le demande, que ces grands vases, ouvrant à la poussière des bouches immenses?

— Ces mandarins! dit mon oncle, ils viennent de chez l'empereur de la Chine.

— Ah! les hommes! s'écria ma tante en riant; ils seraient dans le paradis qu'ils oublieraient de contempler l'Éternel! Mais, capitaine, mon époux et seigneur, à quoi vous sert donc d'avoir des serres pleines de fleurs, si vous n'en réjouissez pas vos yeux?

Le déjeuner fut charmant, enjoué. Tout en devisant, d'un signe ma tante donnait ses ordres à François, pour ces mille soins qu'une femme seule sait inventer, et, comme par enchantement, mon oncle trouvait tout sous sa main : avant qu'il eût le temps de demander à boire, son verre était rempli. Nous n'avions jamais été servis de la sorte. Quand nous eûmes quitté la table :

— Allons faire un tour de parc, dit ma tante.

Elle prit mon bras, nous partîmes. Je ne te ferai point un récit de cette promenade pendant laquelle, ma tante et moi, nous achevâmes de cultiver notre connaissance ; nous fûmes bientôt en grande sympathie. Avec un tact suprême, et sans paraître y toucher, au bout d'un quart d'heure, par des questions discrètes, elle m'avait amené à tout lui raconter de moi, depuis *a* jusqu'à *z*, mes études, mes goûts, y compris bien entendu mes fredaines de garçon, qui la firent plus d'une fois sourire. J'en exceptai pourtant, tu le penses, les révélations sur ma vie de pacha. Mon oncle marchait près de nous, nous laissant causer ; on eût dit vraiment qu'il reprenait son train marital, interrompu la veille, sans qu'aucun incident appréciable en eût troublé le cours. A un moment, nous passâmes devant le sentier qui mène à la maison turque.

— Ah ! entrons à El-Nouzha ! dit ma tante.

A ce mot, je jetai vers mon oncle un regard de détresse ; lui ne sourcilla point.

— La porte de communication est condamnée, dit-il ; Kasre-el-Nouzha est loué.

— Loué ! s'écria-t-elle ; à qui donc ?

— A un grand personnage, un ami de Constantinople, Mohammed-Azis ; vous ne le connaissez pas.

— Ingrat ! reprit-elle en riant, c'est ainsi que vous
gardez le culte de mon souvenir.

Elle n'insista pas. Tu devines si je respirai.

Au bout d'une heure de promenade à travers le
parc, ma tante Eudoxie avait achevé ma conquête.
Pourtant, bien que tout en elle excitât ma curiosité,
je l'avais peu interrogée, ne voulant point, par conve-
nance, faire mine de tout ignorer de son existence,
situation en effet bizarre pour un neveu. Elle me parut
du reste très disposée à me répondre sans détour et à
me traiter en camarade. Ce qui me surprenait par-
dessus tout, c'était l'attitude de mon oncle, qui ne
m'avait jamais plus parlé d'elle que de ma tante Cora
des Grands-Palmiers. Il régnait entre eux le ton
affectueux des meilleurs ménages ; ils évoquaient le
passé, et je découvrais que leurs liens n'avaient jamais
été relâchés, malgré les procédés mahométans de mon
oncle, dont elle semblait vraiment n'avoir aucun
soupçon. J'apprenais qu'elle l'avait suivi, à son bord,
dans beaucoup de ses voyages ; que, il y a deux ans, il
avait demeuré six mois chez elle à Corfou. — Quant à
lui, il causait avec l'innocence parfaite d'une âme si
simple, que j'en venais à la conviction qu'il devait se
trouver tout aussi bien en règle avec ses autres
hymens, et qu'il n'eût point été plus embarrassé avec
ma tante Euphrosine ou ma tante Van Cloth, si par
hasard elles fussent survenues.

Comme nous rentrions au château, ma tante me
pria de faire porter quelques lettres à la poste. J'allai
chez elle pour les prendre ; elle avait eu le temps d'en

écrire une demi-douzaine pour tous les pays. Tandis
qu'elle les cachetait, j'examinai les mille objets dont
elle avait déjà meublé son boudoir : des fleurs dans les
vases, des livres, des albums sur la table; sur la
cheminée, quelques portraits dressés sur de petits
chevalets dorés, parmi lesquels une miniature admirable, tête d'homme, jeune, superbe, en costume turc
brodé d'or, coiffé d'un fez orné d'une aigrette de
pierreries.

— Reconnaissez-vous ce monsieur? dit ma tante,
comme je me penchais pour regarder de plus près.

— Quoi? m'écriai-je, serait-ce mon oncle?

— En personne, dans ses atours de grand mama-
mouchi; c'est une fière rareté! car vous savez qu'il a
les idées turques là-dessus : « on ne doit pas laisser
prendre son image ».

— C'est ma foi vrai! dis-je. Voilà le premier portrait
de lui que je vois.

— J'ai tout lieu de croire qu'il est l'unique, reprit-
elle en riant; c'est la plus laborieuse victoire que j'aie
jamais remportée sur son entêtement de mule.

Nous nous mîmes à parler de mon oncle, de ses
originalités, mêlées à des facultés si rares. Elle me
raconta certains traits de sa vie qui ne dépareraient
point les légendes de quelque héros d'autrefois, entre
autres, l'histoire de leur mariage; la voici en trois
mots :

Ma tante, descendante d'une des plus grandes et
des plus riches familles grecques, habitait avec son père
un château de Thessalie, pays en partie mahométan.

Pendant les fêtes du Baïram, les Turcs commencèrent un massacre de chrétiens qui se prolongea trois jours durant. Quelques familles, réfugiées dans une église, s'y étaient fortifiées et se défendaient désespérément avec leurs serviteurs. Déjà les assassins avaient brisé la porte du sanctuaire, tout allait être égorgé, quand soudain un homme arrive au galop, à peine suivi de quelques soldats. Il frappe de son cimeterre, à coups redoublés, en plein dans la foule des assaillants. Il atteint le portail, faisant cabrer son cheval sur les dalles ; il tue et terrifie... Les chrétiens sont sauvés !

Ce cavalier, ce cimeterre... C'était mon oncle, qui commandait alors la province.

Les malheureux échappés à la mort le pressent, l'entourent ; les filles et les femmes embrassent ses genoux. Ma tante était parmi les éplorées, elle avait quinze ans, elle était belle comme le jour. Tu devines si son imagination fut saisie à la vue de ce superbe sauveur. Mon oncle de son côté avait reçu le coup de foudre en contemplant tant de beauté. Ayant à juger et à punir les rebelles, il établit son quartier général dans le château des Cornalis. Il fait tomber vingt têtes, et demande la main d'Eudoxie, que, malgré la reconnaissance, le père refuse d'accorder à un général turc. Désespoir des amants ; ils se séparent, en échangeant des serments d'amour éternel. — Bref, après trois mois de correspondances et d'entrevues secrètes, un enlèvement, aussitôt couronné par l'hymen. Ce fut à la suite de cette circonstance que, converti par l'amour, et encore une fois disgracié du reste pour

avoir trop bien exercé la justice en faveur des chrétiens, mon oncle quitta pour la dernière fois le service
du Sultan. Le pardon des Cornalis s'ensuivit; alors aussi
il obtint du pape le titre de comte du saint-empire.

Tout cela t'explique comment ma tante, héritière
de grands biens, possède de son chef une fortune
seigneuriale en Crimée.

Nous vivons donc en famille depuis une quinzaine
de jours, et, pendant ces quinze jours, Férouzat s'est
entièrement modifié. Ma tante Eudoxie est en effet
très meublante, ainsi que l'avait annoncé mon oncle,
et elle apporte parmi nous une animation des plus
attrayantes. Ses manières ont tout naturellement
introduit dans notre cercle d'amis un petit fonds
d'étiquette, qui n'exclut point les libertés de la villé-
giature, ni ce certain laisser-aller élégant qui est une
des grâces des gens de bonne compagnie. Comme il
était à prévoir, la comtesse de Monteclaro, fort liée
autrefois avec le docteur Morand, ne pouvait manquer
de se prendre de très vive amitié pour Geneviève; il
en résulte que Geneviève et les enfants passent à peu
près toutes les journées au château. Le soir, nous avons
des *raouts* auxquels est convié l'élément jeune du
voisinage; ma tante, excellente musicienne, organise
des concerts, et le tout se termine parfois par des
sauteries.

Je gagne à ces distractions mondaines une plus
grande netteté de vues dans l'analyse de ma vie orientale, enveloppée plus que jamais du plus profond
mystère. J'ai inventé un important travail de botanique

sur la flore de Provence, pour justifier des excursions
quotidiennes, qui aboutissent naturellement à El-
Nouzha. On sait d'ailleurs que je visite quelquefois
son Excellence Mohammed-Azis; mais avec la discrétion que commande le respect d'une grande infortune.
Nul ne jase même plus sur le ministre exilé, il est
reconnu « qu'il s'enferme comme un ours », et voilà
tout.

Ma tante est décidément une femme. Rien de plus
gracieux que le ton de nos causeries; c'est à la fois de
sa part une sorte de gâterie maternelle et de camaraderie. Le souvenir de l'enfant qu'elle faisait sauter sur
ses genoux ne s'était point effacé dans son esprit; et,
bien que depuis ce temps j'eusse oublié jusqu'à son
existence, mon affection, pour être toute neuve, n'en
est pas moins sincère; puis, te l'avouerai-je, élevé
dans l'isolement du collège ou des écoles, je me sens
heureux de ces joies du *home* qui m'étaient tout à fait
inconnues.

Comme tu le devines, ma tante est au courant des
fameux projets de mon oncle : elle connaît Anna
Campbell, la *filleule* du pacha. Il faut l'entendre le
railler sur ce parrainage, de par lequel elle prétend
« que le capitaine est rentré dans le giron de la foi,
sans s'en douter »; elle me dit qu'Anna est charmante.
Ainsi choyé, je vis du reste à ma guise, parfois occupé
tout le jour dans la bibliothèque. Je dois ajouter
pourtant que ma tante, fine comme l'ambre, com-
mente à sa façon mes fréquentes absences du château.

— André, me demanda-t-elle l'autre jour en riant, votre *botanique*... est-elle brune, ou blonde?

— Blonde, ma tante! ai-je répondu en riant comme elle.

Au milieu de tout cela, le pacha, toujours pareil à un dieu de l'Olympe, poursuit sa carrière avec le calme dont il ne se départ jamais. Il y a deux jours, il nous est tombé Rabassu, son lieutenant; Rabassu que mon oncle appelle «l'auteur de sa mort». Il ramène de Zanzibar la *Belle-Virginie,* avec une cargaison de cannelle, car tu sais, nous faisons, ou plutôt *je fais* encore le commerce des épices. Je suis devenu la raison sociale, il faut que je liquide les derniers marchés. Rabassu a appris, dès son entrée à Toulon, la résurrection de Barbassou-Pacha. Il est accouru tout penaud, et tremblait positivement en abordant le capitaine, à la pensée de la bourrasque qu'il allait essuyer; mais tout s'est très bien passé. Au premier balbutiement d'explication, mon oncle l'a interrompu par une gourmade amicale, et s'est contenté de le persifler sur sa crédulité naïve. Seulement l'incident a réveillé l'affaire des chameaux. — Où sont ils?... Le capitaine les a annoncés au jardin Zoologique de Marseille, son honneur est engagé; il veut qu'on les lui retrouve. Je suis de son avis : mon héritage est incomplet. Des lettres très pressantes viennent d'être envoyées à son ami Picklock et au commandant d'Aden. — S'il le faut, sommation sera faite à l'Angleterre. — Il est évident qu'elle est responsable.

Dans ma prochaine épître, je te raconterai ce qu'il

14

y a de nouveau à El-Nouzha, depuis que j'ai suspendu ce côté de mon intéressante histoire. Il y a du progrès parmi mes houris, et leur éducation se fait. Nous marchons sur des roses.

P Avril inv.

P. Avril inv

CHAPITRE V

Mon ami, on calomnie les Turcs, c'est positif. Il ne
suffit point de dire, ou de croire avec le vulgaire
que ces gens à turbans croupissent dans le matérialisme
et ne sont point civilisés, il faudrait encore les convaincre d'erreur. Absolus dans une singulière infatuation
de nos idées, de nos mœurs et de nous-mêmes, nous
tranchons volontiers, par des décisions souveraines, les
plus hautes questions de sentiment. Les tournois, les
cours d'amour d'Isaure, et le collège de la gaie
science ont réglé le culte du parfait amant pour sa
dame. Notre prétention au troubadourisme n'a jamais
décliné. Les miévreries de l'Astrée se sont érigées
en code, et nous avons même réussi à faire accepter

cette croyance que : le chevalier français est le parangon des belles manières d'amour, le type achevé des
grâces galantes. Le « Mourir pour sa belle » éclot si
naturellement sur nos lèvres, que le moindre sous-
lieutenant le pourrait chanter à Célimène, sans la
faire éclater de rire.

Cependant tu conviendras, je l'espère, qu'il faudrait peut-être en rabattre un peu de ces formules
banales... Que nous nous vantions d'aimer, ce n'est
pas là une grande affaire. Entre nous, philosophes,
le tout est de savoir si notre idéal est l'idéal supérieur ;
si notre culte pour la femme est plus digne d'elle et
de nous que le culte tout païen des peuples orientaux.
— Ici, se dresse tout d'abord la question primor-
diale : Polygamie, monogamie, deux institutions
résultant de lois humaines et divines, inscrites et défi-
nies toutes deux dans des codes de morale et dans des
livres saints. L'une, prenant sa source dans la Bible
et restant fidèle à ses traditions ; l'autre, naissant un
jour des simples conventions d'une société nouvelle.
De ce que notre orgueil admet d'emblée la supériorité
de notre civilisation vieillie, il ne faudrait point conclure cependant que nous possédons seuls la notion
du vrai absolu. La toute sagesse n'est qu'en Dieu, et
la Vérité n'existe pour nous que selon le lieu, les
mœurs et le temps... Jacob épousant à la fois Lia et
Rachel, les deux filles de Laban, n'était-il pas plus
près que nous du sentiment primitif de la loi naturelle
et de la révélation ? Oserais-tu le blâmer, toi chétif,
de ce que, cédant aux supplications de sa Rachel

bien-aimée, il épousa même un peu, par surcroît, sa
servante Bala, à la seule fin de se donner un fils... En
présence de cette idylle de l'âge patriarcal, que deviennent nos théories, nos idées, nos préjugés, fruits d'une
éducation vaine?...

Certes, tu ne me feras point l'injure de croire que,
chancelant dans mes croyances, je songe à déserter ici
les principes dans lesquels je suis né. Mais une étude,
aussi sérieuse que celle à laquelle je me dévoue,
réclame le plus sincère et le plus loyal examen... Je
ne juge pas, je constate... En fait, il est positif que,
de nos jours encore, les peuples inscrivant dans leurs
lois la pluralité des femmes sont de beaucoup plus
nombreux que les peuples monogames... L'autorité de
la statistique démontre que sur un milliard d'habitants
de la terre, le christianisme, avec toutes ses branches
et judaïsme compris, ne compte que pour deux cent
soixante millions d'âmes — selon Balbi — deux cent
quarante millions, selon la société biblique de Londres. Le reste : Mahométans, Boudhistes, Pyrolâtres,
Idolâtres cultivant plus ou moins la polygamie, il en
résulte que, sur notre globe terraqué, les monogames
ne sont positivement que dans la proportion d'un
tiers. Voilà la vérité vraie !...

Avons-nous tort?... Ont-ils raison?... Décider sur ce
point n'est pas mon affaire. Des philosophes et des
théologiens autrement entêtés que moi y ont perdu
leur latin aussi bien que leur grec. Voltaire, qui était
fort subtil, a réglé la question à sa manière, en
supposant qu'un Dieu imaginaire avait décrété

cette originale inégalité de situation, en disant :

« Je vais tirer une ligne du mont Caucase à l'Égypte et de l'Égypte au mont Atlas : tous ceux qui habiteront à l'orient de cette ligne pourront épouser plusieurs femmes; ceux qui seront à l'occident n'en auront qu'une ».

Et, de fait, il en est ainsi.

Mais, ce point important résolu, il nous reste à élucider une question plus haute, toute de sentiment. Le culte de la femme étant notre seul objectif, il s'agit de décider de quel côté de la ligne ce culte est le plus sacré, le plus digne, et le plus flatteur pour elle. À coup sûr, notre dogme est plus pur, notre loi plus économique. Cependant, en juges sincères, il nous faudrait peut-être examiner si nous ne dérogeons pas à nos principes absolus. Et, je l'avoue, ce n'est point sans quelque embarras que j'aborde ici ce point délicat. Devant tout tribunal, la polygamie est un cas pendable... Je le veux bien, mais ne pourrait-on pas dire que, dans la pratique, la Cour sait fort bien que la loi n'est pas observée... Quel juge, le plus austère, n'y a point contrevenu? En somme, confessons-le tout bas si tu veux, mais à moins d'avoir catalogué ses amours, comme don Juan, et sans même être un Lovelace, quel est l'homme de trente ans, je te prie, capable de se rappeler le nombre de ses maîtresses?...

Quoi, c'est là cette monogamie dont nous faisons si grand bruit?

Diras-tu qu'il ne faut voir dans ces erreurs que la licence d'une dépravation tolérée au profit d'un idéal

de vertu?... Mais, déduis les conséquences fatales de
cette hypocrisie. Que deviennent les aspirations de
nos vingt ans, les illusions, les rêves, dans ces liaisons banales, dans ces promiscuités dégradantes qui
sont le courant de nos mœurs, et d'où l'on sort à
trente ans sceptique, le cœur et l'âme flétris?... De ces
ivresses malsaines, que recueillir, sinon le mépris de
la femme et le doute de toute vertu?...

Chez le Turc, l'amour illégitime n'existant pas, la
femme est un objet de respect absolu. N'ayant jamais
qu'un maître elle ne saurait jamais déchoir à ses yeux.
Achetée esclave, elle devient épouse du jour où elle
entre au harem; ses droits sont sacrés, elle ne peut
plus être abandonnée. Les lois la protègent, elle a une
position reconnue, un titre... ses enfants sont légi-
times, et si par hasard...

. . . .

J'interromps cette digression philosophique pour
t'annoncer un événement majeur... El-Nouzha vient
d'être le théâtre de péripéties sanglantes... Une
révolte s'est déclarée parmi mes sultanes...

Mon harem est en grève!

Comment a éclaté ce coup de foudre, au moment
même où je me berçais de la plus innocente quiétude?... Il n'est possible de le comprendre qu'en
remontant le cours des faits intimes que les changements survenus à Férouzat m'avaient fait négliger.

Tu n'as pas oublié, je pense, la terrible alerte jetée

dans le *kasre* par la nouvelle de la résurrection de
mon oncle. Cette journée de transes et d'angoisses
avait été vraiment très cruelle, pour mes pauvres houris, s'attendant à quelque drame turc et funèbre. Les
terreurs dissipées, une recrudescence d'expansions
s'était exhalée de tous les cœurs ; mais, par disgrâce, je
te l'ai dit, un petit détail en apparence insignifiant
de cette alerte devait troubler l'harmonie jusque-là
si parfaite, et susciter des jalousies. Kondjé-Gul était
allée au château, et une envie folle de tenter pareille
escapade s'était logée dans la tête de Nazli et de Zouhra. J'avais dénoncé ma formelle opposition. Ce désir
puéril s'était naturellement changé en idée fixe, du
moment qu'il avait rencontré un obstacle. Dans le
cercle restreint de pensées où elles se meuvent, leurs
imaginations s'étaient montées. La curiosité, l'attrait
du fruit défendu... Bref, voyant leur désolation réelle,
qui s'avivait encore par mille soupçons jaloux d'une
préférence pour Kondjé-Gul, j'en étais presque venu
à la résolution de céder une fois, lorsque ma tante
arriva, ce qui coupait court à toute velléité de faiblesse.

Je me croyais donc armé d'une triomphante raison
de refus ; mais il en fut tout autrement. En apprenant
que la femme de mon oncle était au château, elles me
demandèrent à faire sa connaissance. Selon l'usage
turc, elles devaient même, comme *cadines*, une visite
à la femme de mon oncle, « que son titre d'épouse légitime mettait hiérarchiquement au-dessus d'elles ».
Je m'en tirai en leur objectant que ma tante étant

chrétienne, sa foi lui défendait toute relation musulmane.

Mon ami, ce qui distingue particulièrement la femme
turque de la femme perfectionnée par notre civilisation
remarquable, c'est la forme du respect instinctif, inné,
qu'elle garde toujours pour l'homme : l'homme est le
maître, le seigneur, elle est sa servante et il ne lui
viendrait jamais à l'idée qu'elle pût être son égale. Le
Koran, sur ce point, n'a guère modifié la tradition biblique. Malheureusement, je le confesse, j'ai dérogé
dans mon ménage à la loi de l'Islam. Épris d'un idéal
supérieur, tu comprendras, sans que je l'énonce, que
mon premier soin a été d'abolir l'esclavage du harem,
en inculquant tout d'abord à mes houris des principes
conformes à mon titre de chrétien. Je voulais, nouveau
Prométhée, animer de l'étincelle divine ces jeunes et
belles barbares, encore attardées dans leurs superstitions d'Orient ; je voulais élever leur âme, cultiver
leur esprit, en faire mes compagnes enfin, et non plus
des ilotes. ·

Je puis proclamer, avec orgueil, que j'ai en partie
réussi dans ma tâche. Trois mois de ce régime ne
s'étaient point écoulés que toute trace de joug avait
disparu. Avec ce don de métamorphose que possède
la femme, et que nous ne posséderons jamais, grâce
surtout aux révélations de nos mœurs, de nos usages,
puisés dans des romans, choisis par moi, que Kondjé-
Gul leur lisait pendant mes absences, et qu'elles écoutaient émerveillées, avides de tout connaître de ce
monde qu'elles ignoraient, j'obtins bientôt un produit

15

charmant. Ce mélange exotique et bizarre de grâces
sultanesques s'harmonisant avec la recherche de nos
grâces civilisées, ces ignorances naïves et ces intui-
tions de coquetterie féline, ces voluptueuses allures
s'essayant à de pudibondes réserves, tout cela m'offrait
le plus ravissant sujet d'études que jamais philosophe
ait abordé.

Cependant, je dois en faire l'aveu, l'éducation de
leur intelligence ne marchait point de même pas que
la culture de l'âme, et les exposait encore à bien des
solécismes. J'avais d'ailleurs intérêt à les tenir dans une
certaine ignorance des lois absolues de notre monde.
Imbues de leurs croyances natives, leur crédulité ac-
ceptait sans hésitation tout ce qu'il me plaisait de leur
raconter sur « les usages des harems de France », et
elles s'y conformaient sans prétendre à plus de science.
Il n'en résulta pas moins dans leur esprit des principes
d'indépendance et de volonté qui devaient naître avec
l'élévation de leurs sentiments. Cette notion d'un
amour plus tendre et plus vrai leur était désormais une
arme contre mon autorité absolue. Heureux d'être un
amant plutôt qu'un maître, je n'y perdais rien ;
l'amour s'avive de ces mille jolis stratagèmes d'une
femme qui aime, qui veut... et ne veut pas. Et moi,
j'avais quatre femmes.

De leur côté, n'ayant d'autre ambition, d'autre
souci que de me plaire, comme à l'unique objet de
leur commune flamme, chacune d'elle s'efforçait à me
conquérir pour prendre avantage sur ses rivales,
émulation dont j'avais tous les profits. Cependant,

bien que je fisse le partage de mes tendresses avec une
équité rare, je n'évitais pas toujours entre elles les
querelles de jalousie. C'étaient alors des tristesses, de
tendres reproches, nuages se fondant en pleurs. L'accord revenait avec ses gaietés folles ; mais tu ne sais pas
ce que c'est que de tenir dans la concorde d'un parfait ménage ces imaginations mobiles, exaltées par
leur soleil d'Orient, qui mêlaient leurs superstitions
aux idées supérieures dont je m'efforçais de leur
inculquer les notions, et qu'elles prenaient parfois à
contresens. Tout cela produisait des originalités
charmantes. Mes petits animaux devenaient femmes ;
et, avec le sentiment d'un amour plus réfléchi, je
voyais poindre aussi des caprices de coquetterie
mutine, au moindre soupçon de préférence dont elles
croyaient pouvoir m'accuser.

Il faut te dire que Kondjé-Gul, réellement très
intelligente, s'était mise à étudier avec beaucoup
d'ardeur ; il s'ensuivit naturellement qu'elle profita
mieux des leçons que les autres prenaient en se jouant.
En trois mois, elle avait su passablement le français ;
c'était elle qui leur traduisait les romans. De là, une
supériorité qui devait déjà susciter quelques envies,
n'eût été par surcroît la fameuse escapade au château,
dont la folle leur faisait des récits merveilleux pour se
donner des airs de favorite. Il en advint que Hadidjé,
Nazli et Zouhra prirent à la fin ombrage de ses succès.
Kondjé-Gul avait le tort de viser à les dépasser.
« Kondjé-Gul, disaient-elles, voulait faire la savante.
Kondjé-Gul prenait des airs de sultane Validé. » Je

dois avouer que cette coquette ne s'appliquait que
trop bien à leur faire sentir ses avantages, dont elle
était un peu fière. Un soir, elle se mit au piano et,
négligemment, joua un bout de valse qu'elle avait
apprise en secret pour me faire une surprise. Tu
devines l'effet. Ce triomphe acheva l'excitation des
esprits; la soirée se passa en bouderies.

Enfin, un jour, en arrivant au harem, je trouvai
Kondjé-Gul enfermée chez elle tout en larmes. L'orage,
longtemps suspendu, avait fondu sur sa tête altière :
Hadidjé, Zouhra, Nazli, l'avaient battue.

J'apaisai encore les discordes au moyen d'une
nouvelle déclaration de principes. La réconciliation
fut scellée dans une effusion générale ; mais une
faction était née. Au moment où je m'y attendais le
moins, Nazli, Hadidjé et Zouhra reprirent leur idée
de venir en secret au château. Ce projet, toujours
caressé, qui n'avait donné jusque-là qu'une suite
d'escarmouches détachées, fut alors poursuivi en corps
de troupes, combinant leurs manœuvres de siège avec
une entente rare de hardiesse et de prudence. Leur
arme nouvelle, c'était la tendresse et ces mille cajo-
leries de femmes qui nous font presque toujours céder,
de guerre lasse, à leurs plus injustes volontés. Mon
ménage oriental ne marchait plus que sur des fleurs...,
mais le piège était sous la jonchée... Au bout de
quelques semaines, quand je fus bien enlacé dans
les rets subtils de leurs astuces, la tactique changea
avec ensemble ; elles ne dirent plus un mot de Férouzat;
seulement, je vis bientôt s'accuser çà et là des caprices

frivoles, des maussaderies soudaines, des refus
inattendus...

Mes odalisques étaient civilisées.

J'étais trop bon tacticien moi-même pour me laisser
déborder par ce jeu de coquetteries, dont je feignais
de ne point voir l'accord. Au moindre avantage
qu'elles semblaient remporter sur moi, je détournais
aussitôt mes attentions sur Kondjé-Gul, et la faction
se débandait, se rendait tout entière à merci. Malheureusement, Kondjé-Gul, confiante dans ma faiblesse
pour elle, voulut tenter une victoire décisive par un
grand coup d'éclat. Un de ces derniers soirs, comme elle
m'avait accompagné jusqu'à la porte secrète, elle la
franchit tout à coup, en riant, et prit sa course vers
le château, en plein parc de Férouzat. Je m'élançai
sur ses traces et l'eus bientôt atteinte, embarrassée
qu'elle était de ses babouches et de sa robe traînante.
Je la ramenai au harem, où les autres semblaient
attendre tout en émoi le résultat d'une aussi audacieuse
tentative. J'appris là « qu'elle s'était vantée d'obtenir
sur elles ce nouveau triomphe ». L'esclandre était
publique. Après un tel acte de révolte, il fallait un
exemple; je fus sévère, une scène terrible s'ensuivit.
Kondjé-Gul avait trop d'orgueil pour s'humilier devant
ses rivales qui se réjouissaient de sa défaite. Égarée
par le dépit, emportée par sa folle tête, elle amena
entre nous une brouille complète; pendant trois
jours, elle resta hautaine, arrogante, acceptant sa
disgrâce, sans daigner faire un pas vers une réconciliation. Inutile de te dire si Nazli, Hadidjé et

Zouhra redoublèrent de gentillesses et de soins.

J'en étais là, lorsque survint l'événement capital que j'ai entrepris de te narrer.

L'autre soir, j'étais au harem, Nazli et Zouhra jouaient des airs turcs sur la cithare, tandis que Hadidjé, assise à mes pieds, la tête appuyée sur ses mains croisées sur mes genoux, murmurait en chantant les paroles de chaque mélodie. Kondjé-Gul, digne et froide, dans l'attitude à la fois provocante et résignée d'une rebelle endurcie, fumait une cigarette auprès de la véranda; mais les coups d'œil furtifs qu'elle jetait sur Hadidjé démentaient son calme affecté. Depuis l'avant-veille, nous n'avions point échangé une parole ; elle s'était ce jour-là attifée avec une étonnante recherche, comme pour me faire contempler les splendeurs de mon paradis perdu : son admirable chevelure, en longues tresses, pendait un peu en désordre sous sa calotte brodée de perles. En dépit d'un grand voile de gaze, dont elle feignait de s'envelopper pour dérober ses attraits à mes regards profanes, son corsage mal attaché tombait juste à point pour laisser voir les délicieuses fossettes de ses épaules, et les blancheurs de sa poitrine de neige. Son visage de Vénus irritée avait une expression mutine et résolue. Elle avait mis du noir sous ses yeux (ce que je proscris), et s'était allongé les sourcils, qui se rejoignaient à la turque... La criminelle était adorable ainsi.

Tu vois donc le tableau, et tu devines ma situation d'esprit. Les sons étranges de la cithare, ces vibrations pénétrantes et d'une si singulière mélancolie, ces

costumes gracieux et bizarres, ce salon imprégné du
parfum des fleurs dont les filles d'Orient sont toujours
parées ; par-dessus tout, cet atmosphère de volupté
dont je ne puis te rendre le charme ; enfin jusqu'à la
révoltée, sombre et jalouse dans un coin du cadre,
tout cela, bien que je n'en sois plus surpris, me tenait
dans une sorte de béatitude de vizir satisfait que je ne
saurais t'analyser, mais que tu dois comprendre.

A un moment, la musique cessa.

— André, me dit Hadidjé, ne veux-tu pas venir un
peu au jardin ?

— Allons ! répliquai-je, et je me levai.

Elle prit mon bras. Zouhra et Nazli nous suivirent.
En sortant par la véranda, je passai près de Kondjé-
Gul ; elle fit un mouvement de recul superbe, comme
si elle eût craint que sa robe ne fût frolée par moi. Et,
foudroyant Hadidjé sous l'impression de son mépris,
elle s'enveloppa de son voile et s'accouda sur la
balustre, nous regardant partir. Il faisait ce soir-là un
délicieux temps d'automne, l'air était tiède, le ciel
clair, étoilé. Sous nos pas bruissaient les feuilles sèches.
Hadidjé voulut faire une promenade en bateau, nous
allâmes vers le lac. Tout en voguant, par les éclaircies
d'arbres, nous apercevions parfois Kondjé-Gul, dont
la silhouette immobile se détachait comme une ombre
solitaire, devant la fenêtre illuminée du salon.

— C'est bien fait ! dit Hadidjé qui ramait avec
Nazli, elle s'ennuie ! Aussi pourquoi veut-elle prétendre
à des privilèges sur nous ? Restons ici.

— Oh ! répondit Zouhra, indolente sur ses coussins, pas toute la soirée, car il fait un peu froid.

— Pourquoi n'as-tu pas pris ton *feridjié*, frileuse ?
reprit Nazli.

— Je vais aller le chercher si tu veux, dis-je à
Zouhra.

— Oh ! non, répondit-elle vivement; si tu nous
laissais, nous aurions peur.

— Eh bien ! je vais y aller, moi, reprit Hadidjé
qui tenait à son idée. Abordons.

Nous accostâmes au plus près du château, Hadidjé
peu rassurée, malgré tout.

— Regarde-moi bien tout le temps, n'est-ce pas ?
me dit-elle en ramassant sa longue jupe. Et elle s'éloi-
gna en courant.

Nous la vîmes bientôt atteindre la véranda. Elle
monta les degrés, passa devant Kondjé-Gul. Il nous
sembla que Kondjé-Gul lui parla avec véhémence, et
qu'elle lui répondit sur le même ton. Enfin elles
étaient rentrées toutes deux, quand tout à coup nous
entendîmes des cris perçants. Prévoyant quelque
algarade entre mes deux jalouses, je m'élançai, suivi
de loin par Zouhra et Nazli, tremblantes de rester
seules. En entrant au harem, je trouvai Hadidjé et
Kondjé-Gul les cheveux épars, les vêtements déchirés,
enlacées l'une à l'autre. Kondjé-Gul s'était armée d'un
petit poignard d'or qu'elle portait dans ses cheveux,
elle en frappait Hadidjé. A ma vue, elle s'enfuit, et
courut s'enfermer dans sa chambre.

Nous nous empressâmes auprès de la pauvre Hadidjé.
Elle avait été atteinte à l'épaule et le sang coulait.

Par bonheur, l'arme, trop inoffensive pour blesser
grièvement, n'avait pu pénétrer; mais, brisée sur le
coup, elle avait produit une assez large égratignure.
Je fus bientôt rassuré. J'apaisai les cris, non sans
efforts. Mohammed et les gens étaient accourus, je les
renvoyai tous, et ayant calmé Nazli et Zouhra,
j'étanchai la blessure avec de l'eau. Au bout de
quelques minutes, Hadidjé, qui s'était crue morte,
reprit elle-même son sang-froid et ne se plaignit que
tout juste ce qu'il fallait pour rester intéressante.

Je l'interrogeai alors.

Elle nous dit que, comme elle était entrée dans le
salon pour prendre un *féridjé*, Kondjé-Gul l'avait
suivie, et là, s'abandonnant tout à coup à une scène
de violence, elle l'avait accusée d'être la cause de sa
disgrâce, lui reprochant d'hypocrites manèges pour
m'accaparer. Hadidjé, suivant sa version, n'avait
répondu qu'avec une extrême douceur, lorsque soudainement Kondjé-Gul, exaspérée, s'était précipitée
sur elle avec son poignard.

Je connaissais trop le caractère de Hadidjé pour
ajouter foi entière à tout son récit; mais il importait
de couper court à de telles équipées. Le bonheur de
mon ménage, jusque-là si paisible, était compromis
si je n'agissais point en époux équitable et sévère.
Après l'attentat commis par Kondjé-Gul, mes houris, la
tête montée, réclamaient une vengeance éclatante, et
demandaient déjà que je la livrasse au cadi. — Le
cadi, c'était beaucoup. — J'eus peine cependant à
désarmer leurs rigueurs; enfin elle s'en tinrent à un

16

châtiment moins tragique, qui se bornait à l'exclusion de cette indigne compagne, et à son renvoi.

De telles escapades pouvait faire du bruit au dehors et causer un scandale. Bien que je fisse la part de la passion, chez mes houris, dans ces exigences d'une exécution un peu sommaire, je ne me dissimulais point qu'à tout prendre il fallait sévir, quel que fût l'embarras où me jetait cette aventure. Je promis de donner satisfaction à leur légitime courroux. Et, laissant Hadidjé aux soins de Zouhra et de Nazli, je déclarai que j'allais, à l'instant, faire subir un interrogatoire à la coupable,.. après quoi, je prononcerais la sentence.

P Avril inv

CHAPITRE VI

Kondjé-Gul s'était enfermée chez elle. Je la trouvai assise sur son lit défait, et dont les coussins semblaient avoir été foulés dans un accès de désespoir et de rage : une attitude de foudroyée, le regard sombre, ses mains contractées sur ses genoux. Son visage et son cou portaient la trace des ongles de Hadidjé. Le noir de ses yeux s'était, par places, étendu sur ses joues, et l'avait toute barbouillée. L'air d'une petite sauvage, avec l'air renfrogné d'un enfant.

Elle ne bougea pas à mon entrée ; je marchai jusqu'à elle, et avec l'accent solennel d'un juge :

— Malheureuse,... qu'as-tu fait ? lui dis-je.

Elle garda le silence et demeura immobile, les yeux fixés sur le tapis.

— Après une telle action, ne répondras-tu pas ?
repris-je.

— Pourquoi l'aimes-tu ?... dit-elle enfin d'un ton
farouche.

— Et pourquoi t'aimerai-je, toi ? répliquai-je, quand
ton méchant caractère, ta jalousie, t'emportent à la
désobéissance, au crime ?... quand tu suscites parmi
nous des querelles, des discordes ?...

A ces reproches, Kondjé-Gul se dressa tout à coup
devant moi :

— Alors tu ne m'aimes plus ? s'écria-t-elle avec
explosion.

Mon interrogatoire s'égarait.

— Ce n'est point l'heure de te répondre. En ce
moment, je te demande compte de l'action que tu viens
de commettre.

— Eh bien ! si tu ne m'aimes plus, je veux que tu
me l'avoues, et je mourrai ! Que t'ai-je fait pour que
tu me préfères Hadidjé ? Elle est plus belle que moi,
peut-être ? Si tu me trouves laide, ajouta-t-elle avec
l'accent d'un désespoir concentré, dis-le, j'irai me
jeter dans le lac, et tu ne me verras plus !

— Mais non, je ne dis pas cela, repris-je, essayant
d'arrêter cette diversion.

— Alors que me reproches-tu ? Ton Hadidjé t'aime
mieux que moi sans doute ?..

— Il ne s'agit point des sentiments de Hadidjé ni
des miens. Il s'agit de tes violences, du coup de
poignard dont tu l'as frappée !

— Pourquoi m'a-t-elle dit que tu ne m'aimes plus ?
répondit-elle.

— Elle t'a dit cela ?

— Oui ! Et elle prétend que tu l'as juré. Moi, je ne
veux pas être méprisée comme une esclave. J'ai appris
dans tes livres que les femmes de ton pays meurent
quand elles ne sont plus aimées ; si tu ne m'aimes plus,
je veux mourir ! Tu m'as dit que j'ai un cœur, une
âme, une intelligence comme elles, et que l'amour
d'une femme la fait l'égale de son maître. Oses-tu dire,
ingrat, que je ne t'aime pas ! Ai-je jamais été jalouse
de Zouhra, de Nazli ? Pourquoi cette Hadidjé serait-
elle tout pour toi ? Si tu ne veux plus de moi, ajouta-
t-elle avec une explosion de douleur, eh bien ! coupe
mes cheveux, rase mes sourcils, et mets-moi avec les
servantes !..

En disant ces mots, elle s'était jetée à mes pieds,
qu'elle embrassait comme en délire. Ses larmes ruisselaient sur ses joues, sur mes mains qu'elle couvrait de
baisers. Dans le désordre de son affliction, elle avait
des accents d'une si poignante détresse que, décidé
à punir, je me sentais attendri malgré moi. Devant
ces élans d'une passion qui ne concevait rien en
dehors de sa fureur jalouse, je m'apercevais que
j'essayais vainement d'éveiller en elle la conscience
de son action coupable. Elle n'écoutait, ne ressentait
que le cri de sa propre douleur. — Je ne l'aimais
plus, et j'aimais Hadidjé ! — Ces mots revenaient sur
ses lèvres avec des sanglots si déchirants que, ému
de pitié, oubliant mes résolutions, je ne pus me

défendre de laisser échapper une parole de protesta-
tion. A peine l'eus-je prononcée :

— Est-ce vrai ?.. s'écria-t-elle. Tu m'aimes ; le
jurerais-tu ?..

Je compris mon imprudence, mais il était trop tard.
Kondjé-Gul, passant de l'affliction à la joie, m'avait
enlacé de ses bras. Je voulais rester sévère ; comment
lutter cependant par la raison contre ces éclats d'une
jalousie lancinante ? Elle ne m'écoutait pas ; emportée
par tout ce qu'un sentiment déraisonné peut inspirer
d'effervescence, de fougues, .de supplications et de
plaintes, elle m'implorait. Un moment, je crus avoir
enfin ramené son esprit à la réalité de notre situation
et de mes justes griefs contre sa conduite.

— Eh bien! oui, dit-elle, j'ai été folle ; depuis
trois jours, j'aurais dû me jeter à tes pieds ! Si tu savais
comme j'étais malheureuse ! Tiens, quand tu es entré
tout à l'heure, croyant t'avoir perdu pour toujours, je
cherchais comment j'allais me tuer... Mais tu m'as
pardonné, n'est-ce pas ?.. Non, ne me parle pas
d'elles ! reprit-elle vivement, voyant que j'allais répondre. Tu sais bien que je ne suis plus comme elles ;
tu as formé mon cœur. Je ne t'aime plus comme elles,
moi !.. Mais toi, tu m'aimeras comme tu voudras,
comme ta servante, si c'est ta volonté. Enferme-moi
pour me punir ; je ne te demande rien que de te voir,
que de t'aimer. Oui, j'ai mal fait de frapper cette
Hadidjé ; tu sais bien que je suis encore une sauvage,
puisque tu me le dis souvent... Eh bien ! apprends-moi
tes sentiments, ta religion...

— Dis comment tu me veux? ajouta-t-elle enfin d'une voix si douce et si attendrie que j'en fus tout remué.

J'étais atterré de ce langage, de cette éloquence passionnée que je ne soupçonnais pas, et que j'entendais sortir de ses lèvres pour la première fois. Le papillon de l'âme avait ouvert ses ailes, Psyché était née à l'amour!.. Non plus à cet amour passif et vague qui n'était que l'éveil des sens et de la volupté, mais à cet amour du cœur qui est la vie, avec ses souffrances, ses joies, ses délires. Je la contemplais tout surpris, me sentant attiré par je ne sais quel charme nouveau...

Louis, que te dirai-je? Une heure après être entré chez Kondjé-Gul, notre brouille, ses jalousies, son crime, le châtiment promis, tout était oublié.

Cependant, revenu à une plus exacte appréciation de ma défaite, je ne pus me dissimuler l'embarras qui allait résulter pour moi d'une aussi étrange conduite. Il était au moins bizarre de laisser voir à mes femmes que la scène de violence et le coup de poignard reçu par la pauvre Hadidjé fussent devenus précisément une cause de réconciliation... Comment reparaître devant la victime à qui je devais justice?... Il était vraiment impossible de montrer un tel dédain du *fas* et du *nefas*, en couronnant son attentat par un aussi incroyable pardon : qu'allaient dire Zouhra et Nazli?.. C'en était fait de mon autorité, de mon caractère.

Il fallait donc à tout prix voiler ma trop imprudente faiblesse, jusqu'à ce que les passions fussent apaisées, jusqu'au moment enfin où une démarche de Kondjé-

Gul, auprès de Hadidjé, pourrait amener l'excuse d'un égarement fâcheux.

Mais, aux premiers mots que je prononçai pour faire appel à sa raison, Kondjé-Gul, toute orgueilleuse de m'avoir reconquis, se faisant une arme de ma défection même, ne voulut point entendre parler d'humiliation auprès d'une rivale. En vain je lui représentai que ma dignité, les convenances et la justice étaient en jeu ; elle tenait à sa victoire et ne voulait rien rabattre de ses avantages. Je la pris sur tous les tons, essayant de nouveau les reproches sévères.

— Tiens, regarde-toi ! dis-je en lui donnant une petite glace.

En s'apercevant toute barbouillée, elle partit d'un éclat de rire. Je te l'ai dit, la malheureuse était adorable ainsi. A la fin pourtant, elle comprit la gravité de la situation.

— Eh bien ! sais-tu ? me dit-elle, voilà ce que nous ferons, et ce sera très gentil. Elles vont croire que tu m'as beaucoup grondée... Et c'est bien vrai, car as-tu été méchant en arrivant ici !

— Tu ne le méritais peut-être pas ? répondis-je.

— Tais-toi ! reprit-elle avec une moue d'enfant, en me mettant ses doigts sur la bouche, tu vas recommencer !.. Laisse-moi dire mon projet, qui arrange tout.

— Voyons ton projet.

— Écoute, tu leur diras que tu as été inexorable, et que tu m'as traitée comme une odieuse créature.

Moi, j'aurai l'air encore plus fâchée contre toi. Devant
elles, nous nous bouderons, nous leur ferons croire
que tout est fini entre nous, que tu as décidé de me
renvoyer, de me faire vendre...

— Quelle idée! lui dis-je.

— Je t'en prie... Cela sera si charmant, ce secret!..
Et alors il me semblera que je suis plus aimée
qu'elles.

— Parce que nous les tromperons, je suppose.

— Eh bien! oui, s'écria-t-elle en riant, parce que
nous les tromperons! D'ailleurs, ajouta-t-elle d'un
ton convaincu, tu comprends bien toi-même qu'il ne
serait pas raisonnable d'agir autrement. D'abord, je te
le déclare, jamais je ne demanderai pardon à cette
maudite Hadidjé!

Il fallait bien accepter momentanément ce compromis, qui sauvegardait au moins les exigences du
décorum. En quittant Kondjé-Gul, je rentrai prudem-
ment au château, pour éviter toute explication avec
mes femmes.

Cependant, je dois l'avouer, ce ne fut point sans
quelques appréhensions que je revins le lendemain au
hárem; mais je fus bientôt rassuré en contemplant
l'accord aimable qui régnait entre mes houris.
L'absence de Kondjé-Gul, restée stoïquement enfermée, ne leur laissait aucun doute sur sa complète
disgrâce et sur son renvoi certain. J'appris même que,
montrant quelques marques bleues, la folle avait
raconté à Nazli que je l'avais battue. Hadidjé, un peu
fière de sa blessure, continuait à prendre des airs

17

intéressants, en sa qualité d'héroïne principale de
cette terrible tragédie. Comme en réalité ce n'était
qu'une égratignure qui la faisait peu souffrir, elle
ne s'en plaignait guère que pour accentuer ses
caprices. Après les orages des derniers jours, la
matinée se passa donc comme une idylle. L'harmonie
était dans tous les cœurs : je les quittai convaincues
qu'à la façon dont j'avais accompli mon grand acte de
justice, elles n'avaient plus rien à redouter d'une rivale.

Satisfait de ce dénouement, qui n'avait point été
sans me donner quelque souci, je retournais au
château, lorsque, en traversant les massifs, je vis tout
à coup apparaître Kondjé-Gul, qui accourut se jeter
dans mes bras.

— Comment! tu es ici? lui dis-je.

— Oui, j'ai voulu te voir, t'embrasser, s'écria-t-elle,
exultante de joie comme un enfant, et puis t'entendre
dire que tu m'aimes toujours.

— Folle! si on te voyait.

— Bon, reprit-elle, j'ai sauté par ma fenêtre;
on me croit prisonnière. Je me suis glissée sous la
véranda pour n'être pas aperçue par Mohammed,
et je suis venue ici te guetter. Ne me gronde pas;
maintenant que je t'ai vu, je rentre, de peur de
donner des soupçons *à tes femmes*... Dis, si j'ai de la
raison!

Puis, comme elle repartait en courant :

— Et toi, sois prudent! ajouta-t-elle d'un petit ton
d'importance.

Huit jours se sont écoulés, depuis ces événements

dramatiques, suivis d'un si singulier dénouement. Me
voilà décidément en état de feintise réglée dans mon
ménage : j'ai une intrigue cachée avec une de mes
femmes. Kondjé-Gul, jouant la froideur, accentue son
rôle avec des affectations mélancoliques, mêlées de
façons hautaines du plus curieux effet, et la folle en
est ravie. Après deux ou trois jours de claustration,
elle a reparu ; elle cause cyniquement de son prochain
renvoi et s'en réjouit. Nous nous traitons comme des
époux définitivement divorcés, qui se payent néanmoins, en gens bien élevés, un dernier tribut de
stricte politesse après un irréparable désaccord.
Hadidjé, Zouhra et Nazli, confiantes dans une victoire
qui leur paraît désormais assurée, admirent mon
grand caractère de justicier.

Mon cher Louis, faut-il te confesser le plus étrange
résultat de cette affaire ? — Oui, n'est-ce pas ? — Je
t'ai promis que cette étude psychologique serait sincère et que rien n'y serait éludé. Eh bien ! dans mes
observations d'analyste, ce mystère avec Gondjé-Gul,
ces saveurs de fruit défendu, sont très certainement ce
que j'ai encore découvert de plus exquis. Dis, si tu
veux, que je suis un pandour, une âme pervertie par
les expériences d'un épicurisme effréné, dis que
l'attrait de la dissimulation, du mensonge, que cette
connivence empruntant les formes d'une puérile trahi-
son, ont pour mon cœur blasé des excitations malsaines, tu diras vrai peut-être. — Je préférerais seulement
que tu t'exprimasses avec une moins rude franchise.

Enfin tu n'exigeras pas de moi, je le suppose, que

je te rende raison des fragilités de l'espèce. Je devine
ta pensée : lâchons le mot !.. Malgré mon étalage de
principes, au mépris de ce devoir étroit, que je
m'étais prescrit, d'un égal partage de mon cœur dans
mon ménage, j'ai tout l'air d'avoir fait choix d'une
favorite... En suis-je tombé là ?.. Je l'ignore. A quoi
bon d'ailleurs épiloguer ? La possession tranquille
est-elle l'écueil de l'amour ? La contrainte est-elle au
contraire un aiguillon ? Sans déraisonner sur ce fond
des inconséquences humaines, il me paraît bien plus
simple de reconnaître ici, comme Kondjé-Gul, un
arrêt de la Fatalité. Oserais-tu me blâmer de sacrifier
de vaines théories à l'intérêt supérieur qui me
guide ? Le fait, c'est que cette nécessité de dissimulation, ces feintises, ces rendez-vous clandestins, ont
amené entre Kondjé-Gul et moi je ne sais quel renou-
veau d'adorables expansions. Il faut nous voir, durant
le jour, guindés tous deux en présence *des autres*.
Quelles manœuvres pour échanger furtivement quelque sourire, un serrement de main dans l'ombre ;
quels jolis airs de dédain elle sait prendre pour ses
rivales endormies dans leur quiétude trompeuse.
Sommes-nous seuls par hasard :

— Vite, dit-elle, *tes femmes* ne sont pas là. — Et
elle se jette dans mes bras.

Ce mot, sur ses lèvres, te révèle tout un nouvel
ordre de sentiments, une forme étrange de l'amour
qui ne peut naître que par l'éducation du harem. Bien
que déjà civilisée par le cœur, Kondjé-Gul, encore
attardée dans ses idées, ne prend nul souci de mes au

tres femmes. Imbue de ses traditions, elle ne concevrait pas que je fusse réduit à ce singulier dénuement d'un pauvre, ou d'un avare, se refusant le luxe de quelques odalisques. A ses yeux, Hadidjé, Zouhra, Nazli, font partie de ma maison, du train régulier de ma vie ; mais elle, elle me possède en secret. « Pour elle, je suis infidèle, j'entre dans sa chambre, la nuit, en escaladant sa fenêtre, quand tout est endormi. »

Tout cela est insensé, me diras-tu. — Hé! mon cher, le bonheur ne se compose que de ces riens, dont notre imagination fait le plus souvent tous les frais. — Dans ces entrevues cachées, j'ai découvert chez Kondjé-Gul, décidément douée d'une intelligence ouverte et droite, mille grâces que je n'avais même pu soupçonner dans nos habitudes de harem. Rien de plus étrange et de plus charmant que cet amour d'esclave, encore humble et craintif, et comme ébloui par le rayonnement de son rêve. Ses idées orientales, ses superstitions d'enfance, se mêlant aux notions indécises qu'elle a de notre monde et d'un idéal plus vrai, forment dans son cœur et dans son esprit le plus original contraste. On dirait un oiseau soudainement surpris de se sentir des ailes, et qui n'ose encore s'élancer dans l'espace. Joins à tout cela les fougues d'une passion exaltée peut-être par la solitude, ou par la satisfaction d'une victoire obtenue sur des rivales, et, si tu blâmes ma conduite, tu comprendras du moins les séductions qui ont précipité ma chute.

A Férouzat, grande nouvelle : les chameaux sont retrouvés! Une lettre du capitaine Picklock nous l'an-

nonce. Mon oncle est dans la joie; nous projetons un
voyage à Marseille pour aller les recevoir. D'autre
part, ma tante a entrepris, sans avoir l'air d'y toucher,
une grande œuvre de bienfaisance avec le docteur
Morand. — Il faut te dire que le docteur a découvert
ici, il y a quelques années, une source d'eau thermale
ferrugineuse dont les effets ont été vraiment merveilleux sur quelques rares sujets qu'il a pu attirer dans
ce trou. Il s'agit d'y établir une sorte d'hôpital pour
les convalescents. Ma tante a tout de suite décidé
qu'elle, mon oncle, ou moi, nous en ferions les fonds.
Une centaine de mille francs à peine sont plus que
suffisants pour cette modeste fondation. Seulement,
par un sentiment de délicatesse, et pour voiler toute
apparence d'ostentation, il a été convenu, avec le
maire et le curé, qu'on ferait appel à des souscriptions
pour donner à l'œuvre une apparence de charité
commune, et de dissimuler un bienfait tout personnel
en y associant le pays. Il s'ensuit que Férouzat a eu la
visite du préfet, orné de quelques conseillers généraux,
et que, de plus, ma tante a organisé en comité les nota-
bles du voisinage. Je suis naturellement son secrétaire,
et je te laisse à penser si son activité me surmène.

Je t'assure qu'il y a dans ma tante l'étoffe d'un
homme d'État.

Mon ami, un incident d'ordre public et d'une gravité tout exceptionnelle vient de me jeter dans le plus
grand désarroi.

L'autre matin, ma tante partait en tournée pour sa fameuse affaire.

— André, me dit-elle, accompagnez-moi comme un beau neveu, j'ai besoin de vous.

Et nous voilà partis en calèche dans la grande allée du château ; moi, pensant que nous allions chez le docteur, ou chez les Cambouliou. Arrivés à la grille, Bernard, du haut de son siège, demande les ordres.

— A El-Nouzha, dit ma tante.

— Quoi ! m'écriai-je, chez Mohammed-Azis ?

— Oui, reprit-elle, le nom de son Excellence fera très bien sur notre liste, il y sera comme un gage de nos bonnes relations extérieures.

— Y songez-vous ?... Un mahométan !

— Bon, la charité d'un infidèle ne se distingue pas dans ses effets de la charité d'un chrétien.

— Mais il vit fort retiré ; une telle visite va beaucoup le surprendre.

— Vous êtes lié avec lui, vous êtes mon introducteur, rien de plus correct ; c'est pourquoi je vous ai emmené.

Rien de plus correct en effet : j'étais pris, engrené ; je ne savais plus que dire, craignant de donner l'éveil à cette finesse si pénétrante. Je ne me dissimulais pas que le véritable objectif de ma tante était de satisfaire une curiosité depuis trop longtemps nourrie. Comment lutter contre ce désir tenace ? Par quel prétexte plausible pouvais-je la détourner d'une démarche si naturelle et si bien justifiée ? J'étais pris, et je n'avais plus à espérer que dans la tenue de Mohammed-Azis et dans son

baragouin, qui rendrait du moins la conversation
si difficile que j'y interviendrais aisément. Nous rou-
lions toujours; ma tante était ravie. Je réussis assez
bien à dissimuler mes préoccupations. Après tout, le
principal danger était évité, du moment que ma tante
se présentait par l'entrée officielle d'El-Nouzha. Le
sélamlik qu'habitait Mohammed, et où nous allions
être reçus, est, selon l'usage turc, totalement séparé
du harem, dont les jardins sont à l'abri de tout regard
de ce côté.

Au bout d'un quart d'heure, nous arrivions devant
la demeure de son Excellence. La porte était fermée,
comme toujours. Le valet de pied descendit, sonna;
nul ne répondit. J'espérai un instant; mais au troisième coup de cloche, ordonné par ma tante, un des
gens de Mohammed, cerbère à poste fixe de ce côté,
parut dans l'encadrement de la petite porte.

— Son Excellence Mohammed-Azis est au château,
n'est-ce pas? lui cria ma tante. Annoncez-lui la visite
de M. André de Peyrade.

Me reconnaissant dans la voiture, Cerbère hésitait.
Il allait tout bonnement ouvrir pour faire passer la
calèche. Je lui enjoignis vivement d'obéir à ma tante.
Faire avertir Mohammed, c'était déjà le mettre sur ses
gardes.

— Il est inutile de faire entrer la voiture, me dit
ma tante, nous traverserons la pelouse à pied. Y
est-elle encore, la pelouse?

— Oui, ma tante.

— Alors, donnez-moi la main pour descendre, et

en avant! Si son Excellence ne reçoit pas, j'aurai du moins entrevu un coin du parc... Quelle idée a eue le capitaine de lui louer cela?

Elle m'entraîna sans plus de façons, et nous entrâmes.

— Oh! les sycomores sont devenus superbes, dit-elle.

A ce moment, nous aperçûmes Mohammed descendant le perron et venant au-devant de nous.

— Ah! son Excellence est dans les vieilles idées, reprit ma tante, il garde le costume des croyants. Puisqu'il vient, hâtons-nous par politesse.

Le péril était imminent, et rien ne pouvait plus m'en sauver. Je fis appel à tout mon sang-froid. A quelques pas de son Excellence, je me détachai vivement et courus à lui.

— Attention, lui dis-je à mi-voix, c'est ma tante. Tiens-toi, et qu'elle ne soupçonne rien !

Je fis alors la présentation officielle en m'énonçant en ce fameux *sabir* que tu sais. Mohammed ébauchait déjà, dans le même idiome, un compliment digne autant qu'obscur, quand ma tante, tout à coup, lui répondit dans le turc le plus pur... Je me sentis perdu.

Une minute après, nous étions installés dans le salon du sélamlik. Ma tante exposa l'objet de sa démarche. Je dois dire que cet animal de Mohammed joua son rôle avec une gravité des plus plaisantes, bien que pourtant un peu craintive, comme s'il eût senti planer dans l'air un vague souvenir des coups de

18

bâton à l'aide desquels sans doute mon oncle l'avait
stylé. Je ne le quittais pas du regard, et ses yeux
allaient de ma tante à son neveu avec une expression
de détresse. Il suait à grosses gouttes. Enfin, sur un
signe de moi, il avait promis généreusement sa sou-
scription, et ne s'en était pas mal tiré.

Je respirais déjà, allégé de mes transes, lorsque ma
tante, au moment de clore l'entrevue, lui exprima dans
les formes de la plus gracieuse étiquette, le désir de
faire une visite à ses filles, dont elle serait enchantée
de faire la connaissance.

J'eus un étourdissement. Refuser l'entrée du harem
à une femme du rang de ma tante, c'était une offense;
elle savait trop les coutumes musulmanes pour qu'il
fût possible de lui opposer une défaite. Mohammed,
toujours majestueux, n'hésita point à répondre par un
salut d'acquiescement; et, sans le moindre embarras,
il se leva en disant qu'il allait leur faire annoncer cette
bonne fortune. Je fus un peu rassuré. A la façon dont
le drôle avait joué l'Excellence, il était évident que ce
n'était point la première fois qu'il se trouvait appelé à
sauver la situation.

— Vous voudriez bien me suivre, me dit en riant
ma tante, lorsqu'il nous eut quittés.

— Certes oui, répondis-je d'un ton assez dégagé.
Pourtant si ses filles lui ressemblent, avouez qu'il vaut
peut-être mieux rester sur l'illusion.

— Innocent ! Avec un Turc, on ne sait jamais ces
choses-là.

Mohammed rentrait dire à ma tante qu'elle était

annoncée ; et, la précédant en grande cérémonie, il lui ouvrit les portes communiquant au harem.

Je restai seul. Qu'allait-il advenir ? Bien que je fusse déjà tranquillisé par l'incroyable aplomb de mon eunuque, l'instant était critique. Il était évident qu'il devait y avoir une grande agitation parmi mes houris. A l'aise dans leurs bavardages, puisque ma tante parlait le turc, elles allaient peut-être naïvement tout trahir. Qu'une d'elles prononçât mon nom, ma tante savait tout.

J'attendais, dans une inquiétude que tu devines. Enfin, après une demi-heure d'anxiétés cruelles, le bruit de la porte dans la pièce voisine m'avertit que j'allais connaître mon sort. Ma tante reparut, je n'osais la regarder. Par bonheur, aux premiers mots, je compris que j'en avais été quitte pour la peur : elle complimentait Mohammed d'être un aussi heureux père, lui promettant de revenir souvent dépenser quelques heures avec ses aimables filles, *qu'elle espérait recevoir aussi au château...* Nous prîmes enfin congé de son Excellence.

Au retour, ma tante ne tarit pas d'éloges sur les jeunes musulmanes en me raillant de ma longue attente solitaire, séparé par quelques murs de si jolis oiseaux emprisonnés dans leur cage d'or. Pendant tout le déjeuner, elle régala mon oncle de la description de ces merveilles de beauté. Il me regardait du coin de l'œil, d'un air furibond.

Dès que je pus m'échapper, je courus à El-Nouzha pour interroger Mohammed sur ce qui s'était passé au

harem. Il me raconta la scène dans ses plus grands
détails. Nazli, Hadidjé et Zourah étaient seules
lorsqu'il avait été les préparer à la visite de ma tante.
Kondjé-Gul lisant dans sa chambre, on ne l'avait point
fait avertir. A la nouvelle d'un si grand événement,
mes houris avaient jeté des cris de joie. Dressé par
mon oncle à ne jamais oublier son rôle de père, il
avait eu le soin de leur rappeler que, par suite des
usages particuliers à la France, elles ne devaient point
laisser soupçonner qu'elles me connussent... Elles
avaient promis ce qu'il avait voulu, jurant d'observer
toutes ses recommandations. Ma tante avait été alors
introduite. A sa vue, mes houris se levèrent un peu
intimidées, ma tante les mit bien vite en confiance
avec un compliment turc, et la conversation s'engagea.
Inutile de te dire que la toilette de la comtesse de
Monteclaro en fut le principal thème.

Je ne te peindrai pas l'émoi dans lequel je trouvai
mes sultanes, ni les récits qu'elles me firent à leur
tour de ce grand événement. Leurs imaginations
lancées s'entretenaient déjà de la nécessité absolue
de rendre la visite de ma tante, dont la grâce les
avait si naturellement charmées qu'elles ne supposaient
même plus qu'il pût naître un obstacle à des relations
si bien engagées. Elles ne tarirent pas de la soirée sur
les incidents de cette heureuse aubaine ; affectant,
devant Kondjé-Gul, laissée à l'écart, et qu'elles comp-
taient bien ne point associer à leur existence nouvelle,
de rappeler tous les gracieux propos que la femme du
pacha leur avait prodigués. C'était à coup sûr une

revanche éclatante de cette escapade d'un soir dont
leur rivale avait été si fière. La pauvre Kondjé-Gul,
déjà désolée de n'avoir point eu sa part de cette fête
inattendue, écoutait en silence, m'interrogeant des
yeux tout atterrée. Je la rassurai d'un geste, laissant
bavarder les folles, et déborder des effervescences de
joies, des projets renversants qu'il eût été inutile de
discuter.

Je songeais, à part moi, au dénouement forcé de cette
complication imprévue. Bien que j'en fusse quitte
cette fois pour la peur, le voile qui couvrait les secrets
d'El-Nouzha ne tenait plus qu'à un fil ; ma tante n'était
point femme à s'abuser longtemps : le moindre mot
imprudent, le moindre indice, allaient éveiller le
soupçon dans cet esprit si subtil. La curiosité aidant,
je n'étais même pas sûr, au fond, qu'elle ne se prêtât
point avec empressement à un échange de relations
suivies avec les filles de son Excellence ; c'était à faire
frémir.

Le résultat de mes réflexions fut de prendre un
parti décisif, pour couper court à des péripéties plus
que délicates et trop faciles à prévoir. Certes j'avais
pu, m'entourant du plus profond mystère, continuer
sans scrupules, à quelques pas du château, mon train
de vie orientale si sûrement abrité derrière les murs
d'El-Nouzha. Ce n'était là en somme qu'une de ces
intrigues que ma tante elle-même me supposait dans le
voisinage ; mais après cette visite au *Kasre*, qui l'avait
mise en contact avec mes houris, le plus vulgaire
respect des convenances me prescrivait de ne plus

laisser renouveler pareille incartade. Notre séjour à
Férouzat d'ailleurs touchait à sa fin, car nous devions
passer l'hiver à Paris; je résolus donc de brusquer le
départ et de déménager sur-le-champ mon harem.
Une fois perdu dans le bruit et la foule, mon secret
serait en sûreté.

Le déménagement est décidé. Une conversation avec
mon oncle a tout simplifié, car, comme bien tu le
penses, j'ai dû m'ouvrir à lui sur le péril d'une semblable aventure, qui pourrait peut-être faire faire à
ma tante un retour sur quelques incidents restés
obscurs du passé scabreux du capitaine. Barbassou-
Pacha ne s'en est pas troublé autrement; mais il a
approuvé mes résolutions, et, tout en pestant un peu
contre moi, m'a donné tout aimablement l'aide de sa
haute expérience. Il avait, ou plutôt j'ai, paraît-il, à
Paris un hôtel qui était expressément installé pour son
Excellence Mohammed-Azis, lorsque mon oncle y
faisait un séjour; les ordres ont déjà été expédiés de
le tenir prêt. D'autre part les raisons plausibles d'un
voyage m'ont été préparées; une prétendue affaire
importante, dont nous causons depuis plusieurs jours
devant ma tante, « pourrait bien réclamer ma présence ». Vrai ! le sang-froid de mon oncle est
admirable.

En ce qui concerne El-Nouzha, faut-il dire si les
éventualités d'un départ ont été l'objet d'un enthousiasme indescriptible. L'idée de voir Paris a enflammé
toutes les têtes et fait oublier sans regrets les visites à

Férouzat. Pour dérouter les conjectures, Mohammed partira demain ostensiblement pour Marseille, comme s'il retournait en Turquie. Les fraîcheurs de novembre ont commencé, rien de plus naturel que ce rapatriement, qui, par un détour, aboutira au faubourg Saint-Germain, où je le rejoindrai la semaine prochaine.

P. Avril inv

F. Avril inv

CHAPITRE VII

C'en est fait! Tout est exécuté sans la moindre
anicroche. Je t'écris de Paris, dans notre hôtel de
la rue de Varennes, où il me semble revenir après des
années d'absence, tant il s'est passé d'événements
depuis huit mois que je l'ai quitté.

Mon harem est installé rue de Monsieur, l'ancien
parc aux cerfs de mon oncle, dont les jardins vont
jusqu'au boulevard des Invalides. Barbassou-Pacha a
véritablement le génie d'un épicurien antique égaré
dans notre siècle. Tu vois la rue, d'aspect froid et
presque déserte, on s'y croirait dans un coin du Versailles aristocratique. Mon mystère est là bien caché.
Mohammed, à Paris, n'est plus un ministre exilé;
c'est tout modestement un riche Turc, épris des goûts
de la civilisation : il s'appelle Omer-Rachid Effendi,

19

nom sous lequel il y est déjà venu deux fois. Mes
houris sont émerveillées, et leur joie ne se pourrait
décrire. Naturellement, il s'est agi tout d'abord de les
européaniser; du moins pour l'extérieur, lorsqu'elles
feront quelques sorties. D'après mes ordres, — car,
comme tu t'en doutes, je ne parais pas — le grand
couturier a été appelé par Mohammed. Quelle affaire!..
L'écueil était de rendre gauches ou guindées leurs
allures orientales, emprisonnées tout à coup dans les
géhennes de la civilisation. Par un heureux compromis
de la mode et de la fantaisie, l'habile artiste leur a
inventé des toilettes qui sont des miracles de bon ton
et de simplicité. Rien de plus réussi que cette métamorphose : c'est une transfiguration pleine de surprises
et d'attraits imprévus. Sous le costume de nos élégantes, cet éclat de jeunesse et d'excentrique beauté,
que j'admirais à El-Nouzha, m'apparaît avec je ne sais
quel prestige nouveau, que la comparaison immédiate
avec les femmes de notre monde me fait mieux comprendre. Elles gardent, dans ces atours civilisés, un
petit parfum de jeunes étrangères de distinction du
plus piquant effet.

Une fois à Paris, tout change, leur existence n'allait
plus s'écouler entre les quatre murs du harem. Mais,
sur ce point, encore grande affaire, et la plus sérieuse...
Aller par les rues, aux Champs-Élysées, au bois, le
visage découvert comme des infidèles, c'était grave!
Et, te l'avouerai-je, je ressentais moi-même je ne sais
quel froissement bizarre à cette pensée. — J'en suis
venu là ! — Cependant, sortir enveloppées de leurs

triples voiles, il n'y fallait point songer, sous peine
d'attirer partout sur leurs pas les badauds.

Enfin, après de grandes hésitations, et quelques
sorties, une à une, blotties au fond d'un coupé, elles
s'enhardirent; et firent un beau jour une promenade
au bois, en landau, avec Mohammed. De mon côté, j'y
allai à cheval, et je les rencontrai, sans avoir l'air de
les connaître. Tout se passa au mieux. L'équipage est
simple et sévère comme il convient à un étranger de
distinction. Déguisé en gentleman, Mohammed garde
cet air de dignité sereine qui convient au rôle d'un
père chaperonnant ses trois filles. Rien enfin qui
puisse éveiller l'attention; si quelque œil noir se trahit
sous les voilettes brodées, la mode permet de cacher
suffisamment les traits, pour dérober la beauté de mes
épouses aux regards trop hardis.

Il va sans dire que la pauvre Kondjé-Gul, en apparence plus que jamais frappée d'ostracisme, et reléguée
au second étage de l'hôtel, n'est point de ces ébats;
mais nous y gagnons des heures de liberté. Dès le
second jour, pendant que les autres étaient au bois,
nous sommes partis de notre côté, bras dessus, bras
dessous, en vrais amoureux; c'était charmant! Nous
gagnâmes à pied les boulevards. Tu devines ses ravis-
sements à chaque pas. C'était la première fois qu'elle
sortait seule avec moi, qu'elle se sentait libre, et comme
évadée des murs du harem. En nous voyant passer,
plus d'un curieux, frappé de ses allures de sultane,
s'arrêtaient brusquement... Nous riions. Arrivés, rue
de la Paix, nous entrâmes chez les bijoutiers en renom.

A la vue de tant de merveilles, tu juges de ses éblouis-
sements... Nous parlions turc, et les marchands
intrigués regardaient avec des yeux surpris cet étrange
rayonnement des grâces asiatiques, qu'ils rencontraient
évidemment pour la première fois. Tout cela nous
amusait, et il est inutile d'ajouter que je sortis de ces
lieux de tentation, la bourse fort allégée...

Nous avons déjà fait plusieurs de ces fugues, et rien
n'est adorable comme ces joies d'enfant. Tout est
nouveau pour elle. Transportée, comme par magie de
la monotone existence d'El-Nouzha dans ce milieu de
splendeurs, de liberté, de vie, elle croit marcher dans
une féerie; l'espace seul l'enivre.

Nous faisons mille projets; tout d'abord, nous avons
décidé qu'elle va quitter le harem et Mohammed, et
j'ai déjà en vue, pour elle, un charmant petit hôtel de
la rue Jean-Goujon. Nous pourrons ainsi nous voir
sans contrainte, et elle n'aura plus à subir les dédains
de mes folles, qui prennent à la fin trop au sérieux sa
disgrâce depuis notre arrivée à Paris. Mon orgueilleuse,
consciente de son ascendant sur moi, ferait assurément
quelque jour un éclat. D'ailleurs, Kondjé-Gul, je te
l'ai déjà dit, m'offre un sujet d'étude de plus en plus
attachant. Tu dois comprendre ce qu'il y a de tendre
et de captivant dans cette initiation progressive. C'est
une âme de jeune barbare que je vois naître, et que je
forme. Il n'est point jusqu'à cette intelligence si
ouverte, qui ne soit pour moi un sujet de surprises
sans nombre. J'y découvre parfois des originalités de
vues, de sentiments sur les choses de notre monde

dont la justesse me plonge dans l'étonnement; ses
progrès sont surprenants; et, sachant ce qui lui
manque « pour être civilisée », comme elle le dit, elle
veut tout apprendre.

Mon oncle et ma tante sont à Paris.

Un mois sans nouvelles, me dis-tu. Et tu parles
ironiquement de mes loisirs, et tu me railles « sur ce
fameux système que je vantais comme une simplifi-
cation de la vie ». Si j'en juge d'après ton verbiage, tu
me crois empêtré dans les soucis troublants dont je
prétendais justement m'affranchir; tu me vois, allant,
venant, courant, sans cesse occupé de mes quatre
femmes, et n'ayant plus le temps de t'écrire...

Aimable plaisant, voici ma situation vraie!

Leur installation terminée, mes quatre femmes me
laissent l'esprit beaucoup plus libre que la moindre de
mes liaisons d'autrefois. Pas de préoccupations, pas
de jalousies, pas de craintes; aucune de ces corvées
mondaines qui vous prennent tout entier... vous
forcent de conduire l'objet aimé au théâtre, de le suivre
au bal, pour le contempler coquettant, décolleté
jusqu'au dos, avec quelque ami intime qui sera peut-
être son amant le lendemain. Dans mon train de
sultan, mes amours plus pudiques sont dérobées, au
fond de mon harem, à tout regard profane, et je suis
toujours attendu. J'ai ma clef dans ma poche. A tout
moment du jour ou de la nuit, je puis arriver en
maître, sans quitter le club, le monde, mon travail,
ou mon plaisir une heure plus tôt.

Telle est cette existence agitée que tu me supposes. Trouve-moi un mari qui puisse en faire autant?

Cependant, comme il était à prévoir, de grands changements sont aussi survenus dans l'intérieur de mon ménage, où l'élément turc devait en partie disparaître pour faire place aux nécessités de la civilisation. Un mémorable événement s'est accompli...

Hadidjé, Nazli et Zouhra ont été l'autre jour à l'Opéra.

Inutile de te dire si j'étais là... Cependant, je dois avouer que leur émotion fut si vive, à ce premier essai de hardiesse, que, du coin de la salle où je guettais leur entrée, je crus un instant qu'elles allaient déserter la place. Déjà, dans leurs courses, et non sans quelque coquetterie peut-être, elles s'étaient bien aguerries peu à peu, en ne rectifiant pas trop quelques écarts du voile. Mais, ici, il fallait carrément jeter la loi de Mahomet par-dessus bord. Elles n'avaient jamais vu de théâtre; tu juges si, dès qu'elles se virent tout à coup dans cette loge, le visage découvert, sous mille regards d'infidèles, ce fut une déroute de toutes les résolutions, de tous les courages amassés pour cet instant décisif. Si bizarre que puisse nous paraître à nous cet étrange sentiment de pudeur musulmane, elles ressentaient, m'ont-elles raconté, « comme une impression de nudité à se montrer sans yaschmak ».

Quoi qu'il en soit, le premier désarroi vaincu, grâce aux exhortations de Mohammed, déjà presque affolé, elles réussirent suffisamment à assurer leur maintien, pour dissimuler toutes ces très réelles alarmes, qui

pouvaient sembler à distance l'effet d'une sorte de
timidité excessive. Le lever du rideau, sur le premier
acte de *Don Juan*, donna heureusement un autre cours
à leurs émotions. Pendant l'entr'acte, leur loge attira
l'attention particulière du public des grands jours et
des abonnés; les grâces indolentes du type oriental, si
tempérées qu'elles fussent par le costume, ne pouvaient
manquer de faire sensation. — Quel était ce vieillard
et ses trois filles de si étrange beauté? — Dans la loge
du *Jockey*, où j'allai écouter les propos, on s'interrogeait comme aux jours d'événements politiques...
Mohammed fut tour à tour un Américain millionnaire,
un prince russe, un opulent rajah arrivant des Indes.
A un certain sourire que j'affectais à dessein, on devina
bientôt que je me flattai d'en savoir plus long que tout
autre; on me pressa de questions; j'avais déjà compris
qu'il valait mieux fixer les doutes, pour esquiver des
enquêtes trop indiscrètes. Je révélai tout simplement
cet à peu près de vérité : « Que Omer-Rachid Effendi
était un riche Osmanli que j'avais eu l'honneur de
connaître à Damas, et qui venait voir Paris avec sa
famille. » Je m'assurais ainsi contre tout soupçon de
mystère, pour le cas où quelque incident fortuit
dénoncerait un jour mes visites à l'hôtel de la rue de
Monsieur.

Les choses sont donc réglées, comme tu le vois,
d'une façon définitive. Cette facile existence n'est
qu'une suite d'enchantements pour mes almées; et j'ai
vraiment, à cette heure, l'idéal du harem, sans les
monotonies qui résultent fatalement du système de

claustration. Sous l'influence de nos mœurs raffinées,
leurs idées se transforment peu à peu, et l'étude de
nos élégances mondaines leur révèle mille formes de
coquetteries nouvelles. Ce seul mot te dit tout le
charme de cette aventure, dont toi seul au monde
possèdes le secret.

Kondjé-Gul est toujours séparée de ses trop jalouses
compagnes. Hadidjé, Zouhra et Nazli se croient de
plus en plus assurées de leur triomphe. La discrétion
de mes gens est à toute épreuve; ils servent comme
des muets du sérail; il s'ensuit donc que nous sommes
libres comme l'air. Quand je veux sortir avec *elle*, je
viens faire une courte visite *à mes femmes*; au bout
d'un quart d'heure de causerie, je les quitte, et je
repars avec ma voiture, au fond de laquelle ma favorite
est blottie. Tu vois comme c'est ingénieux, simple et
délicat... Cependant, il y a encore là une sorte de
gêne pour moi, et, pour ma pauvre Kondjé, un isolement très dur. Elle lit, et dévore tout ce que je lui
apporte de livres; mais les journées sont longues; et
Mohammed, accaparé par les autres, ne peut l'accompagner au dehors. Aussi hâtai-je les préparatifs de la
jolie demeure, où elle va enfin vivre seule. Il y avait
une question très importante qui consistait dans le
choix d'un chaperon, une manière de duègne,
convenable et sûre, que je pusse mettre auprès
d'elle. Cette duègne est trouvée!... L'autre jour
nous causions tous deux d'une gouvernante anglaise,
qui me semblait assez posséder les qualités de tante
postiche ..

— Si tu voulais, me dit-elle, tout serait bien plus facile à arranger.

— Comment ?

— Au lieu de cette gouvernante que je ne connais pas, j'aimerais bien mieux ma mère... Je serais si heureuse de la revoir !

— Ta mère ? m'écriai-je étonné, tu sais donc où elle est ?

Elle me révéla alors l'histoire de sa vie que je n'avais jamais songé à lui demander, la croyant seule au monde ; et il y a là toute une révélation de ces mœurs turques si étranges pour nous. La mère de Kondjé-Gul, je te l'ai dit, était une Circassienne venue à Constantinople pour entrer au service d'une cadine du sultan ; Kondjé-Gul, enfant, étant très belle, la mère ambitieuse avait pressenti en sa beauté l'espoir d'une fortune brillante. Pour la lui assurer, selon un usage assez commun chez les musulmans, elle l'avait cédée, à douze ans, à une famille qui s'était chargée de l'élever, mieux qu'elle n'eût pu le faire, jusqu'au jour où elle serait en âge d'être recherchée. Elle me raconta enfin que, depuis quelques années, sa mère, ayant trouvé une meilleure situation chez un consul de France à Smyrne, y avait suffisamment appris le français.

L'idée de Kondjé-Gul était une trouvaille, et je l'adoptai aussitôt. Elle écrivit donc à Smyrne ; quelques jours plus tard, elle recevait une réponse. Dans deux mois sa mère arrivera. La maison qu'elles habiteront ensemble est louée. C'est le petit hôtel du comte de

20

Téral, qui retourne à Lisbonne : on dirait vraiment qu'il l'a aménagé pour moi.

— Que dis-tu de ça, moraliste profond ?...

P. Avril inv

CHAPITRE VIII

En vérité, mon cher, on dirait toujours, au ton de
tes lettres, que je suis sous le coup de péripéties
étranges; et que tu attends, tous les matins, l'annonce
de quelque cataclysme!... Pour aujourd'hui, ton
espoir d'une nouvelle importante ne sera point déçu.
Elle est de l'ordre moral le plus sévère, tu peux donc
l'écouter sans trouble.

Tu sais que mon oncle et ma tante m'ont rejoint à
Paris; ils y resteront tout l'hiver. L'hôtel de la rue de
Varennes a repris son faste : réceptions, dîners...
Enfin le train que tu sais; mais orné, cette fois, des
grâces de la comtesse de Monte-Claro. Ma tante a
trouvé ici un jeune cousin, le comte Daniel Kiusko,

garçon charmant dont je fais mon ami; ces détails
indiqués, j'en reviens à mon histoire.

L'autre matin, après déjeuner, mon oncle me retint
et, sans plus de préparation, me dit :

— A propos, André, nous aurons aujourd'hui, à
dîner, Mme Saulnier et ma fillcule, Anna Campbell, ta
future. Je ne serais pas fàché de vous faire faire
connaissance... Si, par hasard, tu étais curieux de la
voir, ne te laisse pas engager, et rentre à l'heure !

— En vérité ! s'écria ma tante en riant, et sans me
laisser le temps de répondre, à cette façon de dire les
choses, ne croirait-on pas qu'il s'agit d'une poupée que
vous avez l'intention de lui offrir pour sa fète?...

— Où diantre voyez-vous cela, ma chère? reprit le
capitaine avec son imperturbable sang-froid.

— Je vois, diantre, que cette petite connaissance
que vous voulez leur faire faire, avant de les marier,
me paraît en effet nécessaire.

— Bah ! ils ont encore au moins toute une année
devant eux ! Cette affaire-là n'a rien à voir d'ailleurs
avec le romanesque ! — Enfin, reprit-il en s'adressant
à moi, si ça te va pour aujourd'hui, te voilà averti.

— Parfait ! ajouta ma tante. — Eh bien ! André, ça
vous va-t-il ?. .

— Mais, dis-je à mon tour en riant de leur débat,
je pense que mon oncle ne doutera pas plus que vous
de mon empressement.

— Allons, c'est convenu, reprit ma tante avec un
inimitable accent, à sept heures précises, cher neveu ;
vous viendrez vous éprendre !

A ce dernier trait d'ironie, mon oncle ne sourcilla pas davantage ; il se choisissait un cigare, et remarquait qu'ils étaient trop secs. Ma tante en profita pour continuer l'entretien avec moi.

— Entre nous, me dit-elle, vous savez que vous n'êtes pas à plaindre, la fillette est charmante, et vous perdez vraiment à ne pas encore la connaître.

— J'attendais que mon oncle décidât à ce sujet.

— Il faut lui savoir gré du moins de vous faire rencontrer, par hasard, avant le jour de la noce, ajouta-t-elle.

— Ah ! ça, ne dirait-on pas que je veux les marier chat en poche ! reprit mon oncle à ces mots. Voilà bien les exagérations de femmes !... N'auriez-vous pas voulu que je lui présentasse, à mon dernier voyage, une morveuse de quatorze ans, maigre, disgracieuse et dégingandée, comme vous l'êtes toutes à cet âge.

— Merci ! dites simplement des sarigues ! répliqua ma tante avec un salut.

Mais mon oncle était parti pour un discours, il continua...

— Qui aurait laissé dans son esprit le souvenir déplaisant d'une petite créature plate, anguleuse, avec des bras comme des flûtes, des mains et des pieds longs comme ça...

— Pauvre petite !... J'en frémis ! — Enfin, avec une rare prudence, vous l'avez engraissée dans le mystère.

— Ta, ta, ta, reprit mon oncle, j'en ai fait une belle fille, saine et solide, qui promet d'être une femme comme il la faut à André !... Et malgré vos

idées sur ce point, je soutiens que j'ai bien fait de les
élever loin l'un de l'autre, pour leur laisser la fraîcheur
de leurs sentiments tout neufs; et non cette pénible
transformation de cœur, toujours désagréable chez
deux marmots qui se sont contemplés mangeant des
tartines! Ils se verront aujourd'hui tels qu'ils doivent
se prendre. Quand elle aura dix-huit ans, on lui
apprendra qu'André va être son mari... Le reste, c'est
leur affaire. S'ils s'aiment, ils feront un ménage
d'amoureux; sinon, un mariage de raison, ce qui
n'en vaut pas moins !

Tu comprendras de reste, mon cher Louis, que je
me trouvai le soir au salon, bien avant l'arrivée de
ma fiancée. Ma tante était aux anges, comme toute
femme à l'approche d'un incident romanesque. Quant
au capitaine, il lisait tranquillement son journal, en
mortel supérieur aux bagatelles du sentiment; il abor-
dait une discussion politique, juste au moment où un
domestique, ouvrant la porte à deux battants, annonça:
« Mᵐᵉ Saulnier et Mˡˡᵉ Campbell ».

Une dame d'environ quarante ans entra, suivie
d'une jeune personne en costume de couvent. Mon
oncle alla au-devant de sa *filleule*, qu'il baisa au front
avec effusion; puis, l'amenant vers moi par la main
d'un air digne et cérémonieux, il dit :

— Anna, voici André ! — André, voici Anna ! —
Embrassez-vous !

Cette forme de présentation, dans son laconisme
précis, ne laissait du moins pas d'équivoque, et nous
indiquait tout de suite quelle était notre affaire.

J'embrassai ma fiancée, après quoi je lui dis
« bonjour ». Ce qui me donna alors tout naturellement l'occasion de la regarder.

Anna Campbell a juste aujourd'hui dix-sept ans ;
ni petite, ni grande ; ni mince, ni forte ; bien que le
ruban bleu, qu'elle porte en sautoir avec une croix au
bout, dessine déjà sur sa poitrine des formes arrondies.
Ni blonde, ni brune, menton rond, visage ovale, nez
moyen, front moyen, bouche moyenne, avec d'assez
jolis yeux bleus. Elle est plutôt agréable que belle, et
l'ensemble de ses traits respire une grande douceur
unie à une belle santé. Mon oncle a pris soin de me
faire remarquer qu'elle se développera davantage,
« parce qu'elle a encore de longs pieds et de longues
mains pour son âge : ce qui promet une belle fin de
croissance ». En somme, mon lot n'est pas disgracieux,
au contraire, et « tout s'annonce bien », comme dit
mon oncle.

Le dîner fut fort gai. Anna Campbell, bien qu'un
peu intimidée par ma présence, n'y montrait aucun
embarras. Rien ne semblait nouveau pour elle ; et
tout dans ses manières, dans sa tenue, révélait
l'assurance parfaite d'une enfant de la maison, qui
venait y passer un jour de vacances. Je m'aperçus
qu'elle connaissait l'hôtel comme si elle y eût été
élevée ; et j'appris, en effet, qu'à l'époque où j'étais
au collège, elle et Mme Saulnier y avaient demeuré
trois ans. Il résultait de tout cela je ne sais quelle
grâce familière avec mon oncle et ma tante, tout à
fait inattendue pour moi. Elevés séparément l'un pour

l'autre, et sans nous connaître, nous nous rencontrions pour la première fois à ce foyer commun d'affections qui nous liait à notre insu, depuis notre enfance. C'était original et doux comme un lien fraternel.

A un moment, comme mon oncle demandait des pickles :

— Ils sont auprès d'André, dit Anna.

Le repas fini, nous quittâmes la salle à manger. D'après une habitude russe que ma tante a introduite parmi nous, en arrivant au salon, je lui baisai la main, pendant qu'elle m'embrassait sur le front. Anna fit de même ; puis, sans même paraître y penser, me tendit tranquillement ses deux joues, qu'elle offrit ensuite à son parrain ; après quoi, elle courut au piano, où elle s'installa, pendant que nous prenions le café.

— Eh bien ! comment la trouves-tu ? me demanda mon oncle.

— Elle est très gentille, répondis-je.

— N'est-ce pas?... Ça fera bien ton affaire ! reprit-il en tournant sa cuiller dans sa tasse, avec le calme d'une conscience pure. — Va causer avec elle, tu vas voir qu'elle n'est pas bête.

J'allai m'asseoir près d'Anna.

— Allons, faites la basse !... me dit-elle en se reculant pour me faire place, comme si nous eussions souvent déjà joué à quatre mains.

Le morceau fini, nous causâmes de son couvent, de ses amies, de la mère Sainte-Lucie qu'elle adore ; et tout cela avec une confiante familiarité qui dénonçait qu'elle avait si souvent parlé de moi, qu'elle s'était habituée à me considérer comme un camarade absent.

La soirée s'acheva sans autre incident particulier. A neuf heures, Anna partit pour rentrer au couvent; tout en s'attifant, elle me tendit la main :

— Adieu, André, dit-elle.

— Adieu, Anna, répondis-je.

Et mon oncle m'emmena au club.

Pendant que je tiens mon oncle, il faut que je te raconte une aventure qui lui est arrivée. Tu sais qu'il est mort, puisque j'ai hérité de lui... Il n'en veut pas démordre, *l'enregistrement est payé.* Il résulte de cette situation bizarre des incapacités légales qui, pour ne point le troubler autrement, n'en sont pas moins originales. Il y a trois mois, à Férouzat, il lui fallut faire renouveler son port d'armes, lequel datait de sept ans; mais, comme des actes avaient dénoncé son décès, on refusa tout net ce document portant la signature d'un défunt. Tu devines s'il passa outre. Il braconna comme si de rien n'était !...

Pourtant il advint que, l'autre matin, il voulut, en passant, prendre chez notre banquier, qu'il trouvait sur sa route, une vingtaine de mille francs pour son argent de poche. Le caissier qui le connaissait de longue date, fort étonné de le trouver en vie, lui représenta qu'il était désormais de toute impossibilité de lui ouvrir un crédit, attendu qu'il était légalement enterré. Mon oncle, en homme d'ordre, s'est rendu à la justesse de cette observation, et j'ai dû intervenir

21

pour arranger l'affaire. Il ne s'en est pas plus ému.

Seulement, comme en toute chose il ne va pas par quatre chemins, depuis ce jour-là, il s'est fait faire des cartes de visite, sur lesquelles on lit : « *feu* Barbassou », et il ne signe plus autrement : moyennant quoi, il se prétend en règle.

— Tu vois comme c'est simple ! m'a-t-il dit.

Mes amours avec Kondjé-Gul prennent décidément des allures fort originales. L'autre jour, je l'emmenai à Versailles; excursion toute d'étude et d'instruction historique : « elle poursuit sa civilisation ». Après avoir visité le palais, le musée, nous allions par le parc, elle, toute heureuse, s'enivrant d'air, d'espace, toujours comme une évadée de harem; s'extasiant à chaque pas, m'interrogeant sur tout avec ces naïvetés charmantes qui me ravissent; lorsque, arrivés devant le *Bain des Nymphes,* nous trouvâmes un groupe de trois jeunes femmes fort élégantes, parmi lesquelles, du premier coup d'œil, j'avisai deux anciennes relations d'autrefois, fort connues dans le monde léger. Le jeune lord B... les accompagnait. Ils me reconnurent aussi de leur côté; mais, avec le tact d'un parfait gentleman, en pareille compagnie, lord B... ne m'adressa que du regard un imperceptible salut. Non moins discrètes, comme en toute occurrence de ce genre, les femmes ne bronchèrent pas ; cependant, frappées sans doute de l'étrange beauté de ma sultane, elles ne purent se défendre de trahir une si ardente

curiosité, que Kondjé-Gul s'en aperçut. Tout naturellement, je passai sans sourciller. Nous fîmes un
tour d'allée; moi, expliquant le sujet mythologique;
puis, nous sortîmes.

— Quelles sont ces dames? me demanda-t-elle, dès
que nous fûmes un peu éloignés; elles te connaissent,
je l'ai deviné.

— Oui, répondis-je avec un air d'indifférence, je
les ai vues quelquefois.

— Le jeune homme t'a regardé aussi, comme s'il
était de tes amis; pourquoi ne lui as-tu pas parlé?

— Par discrétion, parce que tu étais avec moi, et
que, lui, de son côté...

— Ah! je comprends, dit-elle, ce sont sans doute
les femmes de son harem?

— Précisément, répondis-je avec le plus beau
sang-froid; et, comme je te l'ai souvent dit, dans nos
usages...

Je cherchais un mot qui ne me venait pas, elle partit
d'un grand éclat de rire.

— De quoi ris-tu, folle? lui demandai-je.

— Je ris de ces histoires de vos harems, que tu me
racontes encore, comme tu le ferais à cette sotte
Hadidjé... Je te laisse dire... Que m'importe, à moi,
puisque je t'aime! Je préfère le bonheur de rester ton
esclave à celui de ces femmes, qui, sans doute, ont
été tes maîtresses, et que tu rencontres sans même
daigner les voir.

— Quoi? m'écriai-je surpris; trompeuse, tu es
déjà si savante, et tu me le cachais?

— Après tout ce que tu m'as fait lire, pour former mon esprit à vos pensées, je devais bien un jour découvrir la vérité ! Seulement, j'attendais d'être bien sûre de ma science toute neuve, reprit-elle en souriant. Il y a tant de choses encore de ton pays que je ne m'explique pas... Maintenant tu me les apprendras, dis ! ajouta-t-elle d'un ton câlin.

— Coquette ! Il me semble que tu n'as plus rien à apprendre.

— Oh ! si !... Je sens bien, malgré tout, que je ne suis pour toi qu'un jouet curieux ; une créature bizarre, quelque chose comme une perruche rare, que tu aimes peut-être un peu pour son joli plumage...

— Ah ! tu sais ce dernier point, du moins ! répliquai-je en riant.

— Oui, monsieur, reprit-elle d'un ton d'orgueil plaisant, je sais que je suis belle ! Ne me raille pas, ajouta-t-elle avec une adorable moue de reproche, ce que je dis est très sérieux, parce que cela vient de mon cœur... J'étais née pour une autre vie, pour d'autres sentiments que les tiens, je sais que je ne possède rien de ce qui rend, dit-on, les femmes de ton pays si attrayantes. Elles ont un autre esprit, d'autres idées que les miennes, que tu appelles des superstitions de jeune sauvage... C'est tout cela que je veux oublier, pour savoir te comprendre et n'avoir pas de rivales.

— Es-tu bien sûre que tu ne perdrais pas au change ?

— Merci !... Cela s'appelle un compliment.

— C'est qu'en vérité, répondis-je, ce que j'aime justement en toi, c'est que tu n'as rien, ni de près, ni de loin, des femmes que nous venons de rencontrer.

— Oh! dit-elle avec un indicible mouvement de fierté, ce ne sont pas celles-là que j'envie! Mais j'en vois d'autres à qui je voudrais ressembler... pour leurs manières, pour leurs façons, s'entend... Si tu étais gentil, sais-tu ce que tu ferais?

— Quoi?

— C'est un rêve, qui me revient sans cesse... Tu ne vas pas te moquer?

— Non!

— Eh bien! si tu voulais me rendre bien heureuse, tu me mettrais, pour quelques mois, dans un de ces couvents où l'on fait l'éducation de vos jeunes filles...

— Il ne te manquait plus que cette idée-là! dis-je en riant; une musulmane au couvent!

J'eus peine à lui faire comprendre tout ce qu'il y avait de fou dans son projet; mais il arriva, tout en lui démontrant les obstacles réels qu'il devait rencontrer, que je finis par entrer moi-même dans ses vues. La tentative, en effet, pourrait être des plus curieuses. Avec le caractère de Kondjé-Gul, il y avait là, pour moi, une expérience de psychologie intéressante au dernier point. Cœur enthousiaste, nature ardente, que pourrait produire, dans cette imagination naïve, la brusque transition des idées du harem aux subtils raffinements de notre monde?... Certes, je ne me dissimulais point qu'une telle épreuve n'était pas sans périls; mais Kondjé-Gul ne savait-elle pas déjà que le joug auquel croyaient encore mes houris n'était qu'imaginaire? Et ne valait-il pas mieux, en ce cas, perfectionner cette œuvre de régénération dont je devais en fin de compte, recueillir toutes les grâces?

Bref, je me rendis à ses instances, et lorsque nous rentrâmes à Paris, cette grande affaire était décidée.

P. Avril inv.

P. Avril inv.

CHAPITRE IX

Mon oncle se propose de faire venir à Paris une de mes autres tantes....

Eh bien ! quoi ?... Mon oncle est mahométan ! l'ignores-tu ?... homme à principes, il a des devoirs plus étendus que les tiens, voilà tout !

J'ai dû intervenir pour louer à Passy une petite maison qu'elle habitera... S'agit-il de ma tante Gretchen, de ma tante Euphrosine, ou de ma tante Cora ?.. Il ne m'en a rien dit.

En attendant cet appoint de famille, Barbassou-Pacha poursuit sa carrière avec des façons inénarrables ; et le séjour de Paris semble accentuer encore ce dégagement d'un mortel qui, du haut d'un pont, regarderait couler la rivière, et de temps en temps y

piquerait une tête pour se rafraîchir. L'autre jour, au
club, il m'a perdu soixante-trois mille francs, au
baccara, pour se distraire un instant. Le lendemain
soir, à l'hôtel, il chambrait Rabassu, son ancien lieutenant, qu'il appelle toujours « l'auteur de sa mort »,
et qui vient régler quelques affaires. Il lui gagnait
onze francs au piquet, à vingt sous le cent... Je me
suis effrayé un instant pour la victime; mais j'ai été
bientôt rassuré. Rabassu, habitué au jeu de son capitaine, triche avec non moins de sérieux que le patron.
Les pertes s'équilibreront.

Hors les légères frasques de ce genre, j'ajoute bien
vite, du reste, que *feu* mon oncle est vraiment très
rangé pour sa nature. Dans sa pratique de notre très
grand train, il prend tout aussi naturellement les
choses que s'il n'avait jamais tâté de quelques années
de galères en Turquie. Ma tante Eudoxie, qu'il craint
comme le feu, et qui le fait filer doux, l'oblige au
culte des vanités mondaines, il l'accompagne à
travers les bals et les fêtes, avec ce certain air que tu
lui connais ; et des hauteurs de sa philosophie toute
particulière, sans que rien entame jamais son sang-
froid, il se promène dans le bruit et dans le mouvement
de Paris, comme il le ferait dans Carpentras. Il est
superbe enfin, et sauf qu'il est interdit, ce qui le prive
d'être électeur, tu le retrouverais encore tel que tu l'as
connu il y a cinq ans.

Il a pourtant éprouvé l'autre jour un petit assaut, à
propos d'une chose toute simple, qui ne pouvait
manquer d'arriver.

Imagine-toi que nous étions dans la loge de ma tante, à l'Opéra. Le pacha, assis près d'elle, écoutait une chanteuse d'un embonpoint plus que flatteur, et semblait supputer son poids réel, déduction faite de sa couronne et de son costume de reine. Au bout d'un instant, son équation probablement résolue, et ne lui offrant plus d'intérêt, il s'était mis à examiner la salle; quand tout à coup, il s'oublia en cette exclamation de Provence.

— Té! qu'est-ce que je vois ? s'écria-t-il.

— Chut! dit ma tante en lui poussant le coude sans se retourner.

— Mais, bagasse! ajouta-il plus bas : c'est Mohammed!

C'était en effet Mohammed, qui faisait une remarquable entrée avec mes houris, dans leur fameuse loge.

— Tiens, c'est vrai! reprit ma tante, je reconnais ses charmantes filles...

Tu penses si mon oncle avait braqué sa lorgnette. Tout mon monde installé, il passa sa revue, l'interrompant de temps en temps pour me jeter des regards féroces. Mais la présence de ma tante le clouait dans le devoir. Il fut du reste magnifique de tenue..., sauf qu'il paraissait fort intrigué... Elles n'étaient que trois, il ne retrouvait pas son compte... Quant à moi, par prudence, je ne songeai qu'à m'esquiver bien vite, le laissant à ses observations.

Comme je me glissais en douceur vers le fond de la loge, j'entendis ces mots de ma tante.

— Vous allez lui faire visite ?..

22

— Non, nous sommes brouillés! grommela-t-il, en me cherchant encore près de lui.

Mais, clac! la porte s'était refermée; j'étais dans le couloir, d'où je me sauvai dans les coulisses et au foyer de la danse. Il m'y rejoignit à l'entr'acte... Mais tu sais « on ne parle jamais d'affaires de harem entre Turcs. » Le plus clair, c'est qu'il enrageait.

D'autre part, la poursuite de mon fameux plan est enfin couronnée du plus heureux succès.

Il faut te dire que, après huit jours de recherches, j'ai découvert, quartier Beaujon, une institution de jeunes filles dirigée par une Mme Montier, aimable personne de manières parfaites, que des revers de fortune semblent avoir préparée tout exprès pour civiliser ma Kondjé-Gul. La maison, montée sur un très haut style, n'a jamais que trois ou quatre pensionnaires; deux jeunes Américaines, filles d'un commodore en mission près du roi de Siam, y achèvent en ce moment leur éducation. Rien ne pouvait mieux convenir à mon projet; cependant, je te l'avoue, au moment de l'exécuter, je ne fus pas sans ressentir quelque embarras. A coup sûr, Mohammed n'avait qu'à la présenter comme sa fille; mais il me fallait révéler à Kondjé-Gul toute la vérité sur l'étonnante situation qu'il était de toute nécessité de tenir secrète, en son pensionnat.

L'autre soir, enfin, j'abordai l'entretien.

— Je vais t'annoncer une grande nouvelle, lui dis-je, j'ai trouvé un couvent pour toi.

— Vrai?.. s'écria-t-elle en m'embrassant. Oh! cher
André, que tu es bon!

— Oui, seulement il faut que je t'avertisse... Cette
réalisation de ton rêve n'est possible qu'au prix de
sacrifices qui te coûteront peut-être beaucoup.

— Lesquels? dis-les vite.

— D'abord, le sacrifice de ta liberté; car, pendant
tout le temps que tu passeras à cette pension, tu ne
pourras plus sortir.

— Qu'importe! s'écria-t-elle, pourvu que je te voie
chaque jour!

— C'est précisément là ce qui serait impossible.

— Pourquoi? me demanda-t-elle ingénument.

— Parce que les garçons ne sont point admis
dans les pensionnats de demoiselles, répliquai-je en
riant.

— Puisque je t'appartiens, reprit-elle, on ne
s'étonnera pas que tu viennes : n'es-tu pas mon
maître?..

— Cette raison, victorieuse pour toi, constituerait
justement l'obstacle, car il ne faut pas que l'on
soupçonne rien de ce qui est entre nous.

Je lui dévoilai alors ce qu'il en était de cet esclavage
auquel elle croyait encore. En apprenant que nos
lois la faisaient libre, à l'égal de toute Française, et
que je n'avais plus aucun droit sur elle, elle eut un
regard d'inexprimable angoisse.

— Mon Dieu! s'écria-t-elle, que me dis-tu? Je suis
libre?... Je ne suis pas à toi pour toujours?...

— Tu es à moi, puisque je t'aime, lui dis-je bien

vite, en voyant son émoi; et du moment que tu n'as pas la volonté de me quitter...

— Te quitter! mais que deviendrais-je donc, sans toi?..

Et des larmes emplirent ses yeux.

— Folle que tu es! repris-je touché d'une si réelle douleur, tu t'exagères les conséquences de mes paroles. Ta liberté ne changera rien à notre vie.

— Pourquoi me la dis-tu, alors, cette vérité cruelle?.. J'étais si heureuse de me croire enchaînée, de t'obéir en t'aimant !

— Il le fallait bien, puisque tu veux apprendre nos idées et nos usages. Ton ignorance était un danger, tes questions mêmes eussent pu te faire trahir ce qui doit rester un mystère pour tout le monde, et... dans la pension surtout, où tu vas vivre avec des compagnes.

J'eus peine à la consoler de cette pensée terrible que nos lois l'avaient affranchie. Cependant son désir de s'instruire restait ardent et vivace.

Bref, deux jours plus tard, Mlle Kondjé-Gul entrait à l'institution de Mme Montier, présentée par son tuteur, Omer-Rachid Effendi, qui prenait tous les arrangements avec cet air digne qu'il apporte en tout.

Si je me suis tenu soigneusement à l'écart dans tout ceci, je n'en veille pas moins, et je dirige tout. Chaque soir, Kondjé-Gul écrit à son tuteur, et ses lettres m'arrivent aussitôt... Il y a là, je t'assure, un roman très curieux ! Pendant une semaine, Kondjé-

Gul, un peu intimidée d'abord, surprise de tout ce qui l'entourait, me sembla comme étourdie. N'osant se livrer, craignant de se montrer trop sauvage, elle observait, et ses réflexions étaient des plus curieuses. Puis, peu à peu, je la vis se hasarder. Initiée en quelques jours à sa vie nouvelle, elle osa bientôt sortir de sa réserve; à cette heure, le premier degré de son émancipation est déjà dépassé. Son caractère d'enfant, ses étrangetés de fille d'Orient, lui ont conquis les amitiés les plus vives, et rien de plus charmant que les récits qu'elle me fait de son enthousiasme pour ses amies Maud et Suzannah Montaigu, qui sont à ses yeux la perfection rêvée. Tout naturellement, le programme de son éducation, fixé par moi-même, se renferme dans des limites très restreintes. Elle doit acquérir, là surtout, les notions les plus indispensables de nos idées; ce je ne sais quoi qu'elle ne peut apprendre qu'au contact de filles, ou de femmes, nées dans la bonne compagnie. Deux mois de séjour chez Mme Montier suffiront à cette initiation mondaine; des maîtres achèveront plus tard la culture de son esprit.

Au faubourg Saint-Germain, mon harem reste dans ses allures orientales. C'est un coin du monde des *Mille et une nuits*, où je retrouve, à mes heures, en plein Paris qui barbote, les rêves d'un vizir de Samarcande ou de Bagdad. Là, volets clos, dans le gynécée éclairé par des lampes qui tamisent une lumière adoucie, tandis que je souffle dans l'air parfumé les spirales bleuâtres de mon narghilé, mes houris me bercent au son des taraboucks.

A ce propos, il faut que je réponde aux ironies de ta dernière lettre.

Je te dirai, tout d'abord, que je n'ai jamais prétendu à ce rôle d'esprit supérieur dont tu sembles vouloir m'affubler... Je veux bien admettre avec toi, que, tout comme un autre, « je suis sensible à cette satisfaction bête, que tout homme éprouve à voir le succès de la femme qu'il aime ». Il se peut fort bien que l'effet produit par mes odalisques, sur ce que tu appelles la haute badauderie parisienne, leur ait donné tout à coup de nouveaux charmes à mes yeux... Le mystère, les conjectures folles que j'entends sur leur passage, tout cela, dis-tu, m'excite et m'enivre comme un naïf.

Tu n'exigeras pas de moi, je suppose, que je te rende compte de ce sentiment de faiblesse humaine, qui nous porte à apprécier notre félicité en raison de l'envie qu'elle provoque ? A quoi bon, d'ailleurs, alambiquer ma passion, ou jeter mon amour à la flamme du creuset, pour en expertiser le titre ?..

Au sein de mes voluptés païennes, tu me demandes enfin si j'aime, « ce qui s'appelle aimer » ?.. Cette question raisonnable a du moins son prix. Si ingénue qu'elle soit, elle touche à ce grand problème de psychologie que j'ai entrepris de résoudre : « Quelle est, en amour, la prédominance du cœur ou des sens ?.. Est-ce aimer vraiment que d'aimer quatre femmes à la fois ? »

Il est très évident, mon cher, que, dans le cercle restreint de nos idées, sous le joug de nos préjugés et

de nos lois, nous ne pouvons concevoir la passion
que concentrée sur un unique objet. Trop loin des
sources primitives et de l'âge patriarcal, façonnés
par des mœurs toutes de convention, nous sommes
réduits aux subtiles abstractions d'un idéal à notre
usage. Cependant, en moralistes, en philosophes, il
faut bien nous avouer qu'il doit exister pour les Orientaux une autre conception, un autre idéal d'amour,
dont la notion nous échappe. Ce n'est que dégagés de
nos entraves, ou de l'esprit rigoureux de nos lois
sociales, que nous pouvons atteindre à la compréhension de ce haut problème psychologique. En fait, ce
que c'est que l'amour, nul ne l'a jamais su. « Attirances
des cœurs, échanges de fantaisies. » Ce ne sont là que
des mots, suivant le cas spécial où on veut les employer.

La vérité, c'est que nous sommes pleins d'inconséquences en toutes nos définitions. Au point de vue de
la sentimentalité pure, nous posons, tout d'abord, cet
axiome absolu : que le cœur humain ne peut contenir
qu'un seul amour; et que l'on n'aime véritablement
qu'une fois dans la vie. Pourtant, déduction faite de la
part distincte qu'y ajoutent nos sens, l'amour, en son
essence, n'est autre chose qu'une forme de l'affec-
tuosité, une expansion de notre âme comme l'amitié,
comme l'amour paternel ou filial, sentiments non
moins ardents que nous avons pour devoir de partager
équitablement entre plusieurs objets.

D'où naît cette étrange contradiction ?

Ne crie pas au paradoxe : nos idées, sur ce point,
nous viennent uniquement de notre éducation, de

l'influence de nos mœurs étriquées, sur notre train de
vie indigente. Sur les bords du Gange, du Nil ou de
l'Hellespont, nous aurions une tout autre esthétique.
Le poète turc ou persan, le plus passionné d'idéal,
n'entendrait rien à nos subtilités vaines. Le rajah abruti,
couché sur ses trésors, nous prendrait en pitié... Sa
loi lui prescrivant plusieurs femmes, son devoir est de
les aimer toutes ; et son cœur y suffit. — Diras-tu que
c'est un autre amour ? De quel droit ? Qu'en sais-tu ?
— En ce partage égal de tendresse, ne comprends-tu
pas le charme de protection qui s'impose à lui ? —
Nos idées, encore sur ce point, ne sont donc toujours
qu'une question de latitude et de climat... Nous aimons
comme des pauvres !...

C'est précisément là l'élément psychologique qui
forme le fond de la thèse sociale que j'entends démontrer, dans le travail important que je destine à l'Académie des sciences, et que je lui expose ainsi :

« Madame,

« Parmi les célèbres savants dont votre illustre compagnie se glorifie à bon droit, les plus autorisés ont, à
coup sûr, déterminé déjà les grands principes
généraux de biologie qui font loi. Ma présomption
serait extrême de venir, moi chétif, après eux, si, pour
la justifier, je n'avais la conscience de posséder des
éléments d'enquête que plusieurs peut-être de ces
maîtres vénérés n'ont pu recueillir avec le même bonheur que moi. Neveu d'un pacha, j'ai... »

Comme tu le vois, cet exorde modeste ménage
adroitement les susceptibilités de l'Institut.

La civilisation de ma Kondjé-Gul devient vraiment
le plus ravissant sujet d'études; et l'épreuve que je me
suis imposée y ajoute je ne sais quel attrait, peut-être
plus captivant que la possession même. Il faut te dire
que son séjour chez Mme Montier a amené peu à peu
des complications imprévues. Le commodore Montaigu est de retour; il en est résulté que l'intimité des
misses Maud et Suzannah, avec la pupille du digne
Omer-Rachid Effendi, lui semblant des plus correctes,
elles sont devenues inséparables; et Kondjé-Gul s'est
tout naturellement trouvée invitée, par ses amies, à
quelques réunions, chez leur père, qu'il était impossible de refuser sans éveiller le soupçon. Tu comprends du reste, alors, la réserve qui m'est plus que
jamais un devoir, tant que Kondjé-Gul sera dans sa
pension. Nos amours en sont décidément réduites à
des effusions épistolaires, à des rencontres furtives, où
nous employons toutes les ruses des amants séparés.
Il y a dans tout cela un parfum d'aventures qui m'enchante; tant il est vrai que la privation d'une félicité
en rehausse le prix. Le matin, elle prend des leçons
d'équitation avec Maud et Suzannah que leur père
accompagne au bois. Je vais par là faire un temps de
galop, pour voir passer leur cavalcade. Elle est charmante en amazone, et les jeunes Montaigu sont
vraiment jolies. Maud surtout a un petit air espiègle
et mutin du plus précieux effet.

J'oubliais de te dire que la mère de Kondjé-Gul,
Murrah-Hanun, est arrivée. C'est une femme de qua-
rante-cinq ans, grande, et encore assez belle. Pourtant, bien qu'elle se soit européanisée chez le consul
français de Smyrne, et qu'elle parle même presque
couramment notre langue, il reste, dans ses manières,
ce fond d'étrangetés tout particulier à la race circassienne ou à la femme d'Asie. Nonchalante, apathique,
on lit dans ses grands yeux sombres la farouche
résignation des peuples fatalistes. Lorsqu'elle s'est vue
en ma présence, elle m'a prodigué les plus vives
marques de respect. Je l'ai assurée de mon désir de lui
faire partager toutes les prospérités dont je veux entourer Kondjé-Gul. Sa reconnaissance a été calme et digne,
et elle a juré d'avoir envers moi la soumission qu'elle
doit à l'époux de sa fille. Bref, tu vois la scène : la tradition de l'islamisme y brillait dans toute sa fleur.

P. Avril inv.

P. Avril inv.

CHAPITRE X

Tu ne vas point t'étonner, n'est-ce pas? d'une rencontre bizarre.

Il faut te dire que, à Paris, Barbassou-Pacha, général de la cavalerie turque, prédomine, chez mon oncle, sur le marin. Il monte à cheval tous les matins, et tout naturellement je l'accompagne. Ce sont nos heures de grande camaraderie et d'entretiens sérieux à la fois ; et je te prie de croire que le sérieux du général n'est pas le sérieux de tout le monde. Cela s'émaille d'aperçus à lui, qui n'appartiennent certainement à aucun autre mortel connu ou à connaître ici-bas. Il me forme, je lui donne la réplique de mon mieux, et je ne sache rien de plus instructif que sa manière de voir (et il en a une pour chaque chose) dans les différents actes de la vie politique et civile, à

son usage particulier. Comme législateur, je crois
qu'il pécherait par la base ; mais, comme philosophe,
je doute fort que l'on trouverait son pareil, car j'aurais
quelque peine à faire rentrer sa méthode dans quelque
principe d'école que ce soit.

L'autre matin, nous étions au bois de Meudon ;
amateur du pittoresque, il prétend que le bois de
Boulogne et son lac ont l'air d'être sortis d'une boîte
à joujoux de Nuremberg. Nous arrivons à Villebon,
une sorte de ferme en pleine futaie, avec quelques
champs autour. Un restaurant très fréquenté le
dimanche, en été, s'est installé là.

Mon oncle, trouvant l'endroit charmant, voulut y
prendre son verre de vin de Madère. Ayant laissé nos
chevaux à un valet d'écurie, nous entrâmes dans une
des salles. A une table de fond, une dame assez
élégante, et qui semblait être en partie fine, seule à
ce moment, achevait un sorbet, son chapeau déposé
près d'elle. Une ravissante taille, vue de dos, des
épaules souples et fines, une nuque délicieusement
attachée, et qu'une adorable ligne reliait à un chignon
d'une opulence rare, d'où s'échappaient à profusion
des mèches rebelles...

— Garçon ! du madère ! dit mon oncle de sa terrible
basse.

A cette explosion inattendue, l'étrangère fit un bond
sur sa chaise et se retourna subitement. Mais, en
apercevant le capitaine, elle jeta un cri, et se trouva
mal en même temps.

Je dois rendre cette justice à mon oncle qu'à un

aussi bizarre effet produit, il montra un léger mouvement de surprise, qui néanmoins ne fut pas de durée.
Sans appeler personne, en quatre enjambées, il fut
près de la dame, qu'il adossa à la table, soulevant sa
jolie tête renversée, et lui tapant dans les mains...
Puis, voyant enfin que l'évanouissement était complet,
il se mit à la dégrafer, sans plus d'ambages, fit sauter
le bouton de la collerette, et, avec une prestesse
admirable, défit le crochet du haut de son corset...
Ce qui mit au jour deux globes charmants, emprisonnés dans les dentelles.

Cette vue, j'en conviens, eût peut-être ralenti le
zèle d'un autre... Quant à mon oncle, il ne fit ni une
ni deux; de son air imperturbable, il entr'ouvrit le
corsage, prit la carafe, et la vida d'un seul coup dans
ce creux tout formé par les appas de la belle.

Un mouvement brusque et un autre cri dénotèrent,
du reste, tout aussitôt, l'heureux succès de ce moyen
triomphant.

— Tu vois! me dit-il, ce n'est pas plus difficile que ça.

Juste à ce moment, le monsieur de la dame rentrait.
Faut-il ajouter que, à l'aspect de mon oncle, tout à
son affaire, le survenant éprouva quelque émoi.

— Bon Diou! exclama-t-il en se précipitant. Qu'est-
ce qu'il y a ?... Qu'est-ce qu'il y a ?

— Rien, rien, répondit le pacha, votre dame a une
pâmoison, c'est fini !...

— Mais, monsieur, qu'est-ce que vous avez fait
là ?... On ne verse pas des carafées pareilles, dans le
sein des personnes...

— C'était pour vous obliger, répondit le sauveur avec sang-froid.

La dame, de son côté, semblait retomber dans une autre crise; mais mon oncle, jugeant sans doute son office accompli, sans s'occuper davantage des effarements mêlés des gens survenus, fit à la ronde un de ses grands saluts de cour et, m'entraînant :

— Viens prendre notre madère, dans le kiosque, me dit-il.

Et nous sortîmes.

Accoutumé aux façons de Barbassou-pacha, je ne m'étais certes pas étonné pour si peu. Le garçon nous ayant servis, une dizaine de minutes s'étaient écoulées, et nous causions de l'irréparable perte des plans de vigne de Xérès et de Porto, quand, tout à coup, la porte s'ouvrit, c'était le cavalier de la dame qui faisait une entrée de bourrasque.

— Bagasse, monsièur, cela ne se passera pas comme ça ! s'écria-t-il les yeux furibonds et le poil hérissé. On n'a jamais vu de ces choses, avec une femme sans défense, que l'on déshabille sans lui être de rien... Sans compter que vous lui avez gâté la robe, comme si elle avait été sous la pompe !

Ce flux de paroles avait roulé ainsi qu'un torrent dans le plus pur accent de la Cannebière. Cela fit sourire mon oncle comme à un cher rappel ; et, regardant le monsieur de son regard le plus caressant :

— Qu'êtes-vous à cette dame ? demanda-t-il d'un ton doux.

— C'est ma belle-sœur, monsieur ! répondit le fu-

rieux montant encore son diapason : la femme de mon
frère, qui n'est pas un pékin, ni moi non plus ; vingt
et un an de services, onze campagnes, et sous-lieute-
nant des douanes, à Toulon !... Et vous allez m'expliquer comment ma belle-sœur elle s'évanouit, par votre
faute. Et que vous vous permettez la licence de la
mettre dans un état que la pudeur s'offenserait d'auto-
riser, même avec le consentement de sa famille, si elle
était dans le péril de la mort.

— Et où demeurez-vous ? reprit mon oncle, en lam-
pant son madère, sans détourner de lui ses yeux ravis.

— Rue Pagevin, hôtel des Bouches-du-Rhône, c'est
moi qui accompagne ma belle-sœur, et qui réponds
d'elle à son mari.

— Mes compliments, monsieur, c'est une fort jolie
personne.

Ce sang-froid magnifique interloqua si bien le lieutenant des douanes qu'il s'arrêta tout net. Mais il était
trop lancé dans sa colère du Midi, pour ne point
repartir aussitôt. Ce fut un débordement, agrémenté
de provocations en règle, où les épithètes malson-
nantes et les jurons ronflaient... Mon oncle l'écoutait,
en se caressant le menton, et le considérait comme s'il
eût assisté à quelque exercice surprenant. « Le Toulonnais trouvait fort louche cet évanouissement de sa
belle-sœur, et le sans-façon des agissements qui
l'avait suivi. L'honneur de son frère avait un
accroc »...

Mais notre homme à la fin fut bien forcé de respirer.
Barbassou-Pacha saisit habilement le joint.

— Comment vous appelez-vous ? demanda-t-il toujours souriant.

— Mon bon, reprit l'autre avec arrogance, je m'appelle Firmin Bonaffé, lieutenant des douanes, vingt et un ans de services, onze campagnes... Et si cela ne vous suffit pas...

— Tiens, tiens, tiens !... Alors, cette jolie personne a épousé votre frère ?

— Il y a huit jours, monsieur, à Cadix, où elle réside !.. C'est parce qu'il a dû rembarquer pour le Brésil qu'il me l'a confiée. Et vous ne pensez pas que votre inconvenance envers elle va en rester là !..

— Vous êtes vif, monsieur, vous êtes vif ! répartit mon oncle qui, bercé sans doute par *l'assent* natal, se mit à le reprendre aussi peu à peu. Je comprends votre position. Quant à moi, mon bon, je vous avoue que je ne verrais aucun inconvénient à vous découper d'un coup de sabre quelque portion de l'individu (il prononça *innedividu*). Je pourrais même, poursuivit-il placide, vous jeter par la fenêtre sans l'ouvrir.

En tombant du haut d'un flegme imperturbable, le mot, je l'atteste, était mordant. Petit et rageur, Firmin Bonaffé en ressentit d'autant plus chaudement l'injure.

— Moi ? moi ? s'écria-t-il en se dressant comme pour toucher le ciel. Par la fenêtre ! Essayez donc !. Essayez donc !..

— Tout à l'heure, dit mon oncle, l'apaisant doucement du geste ; pour le moment, causons, mon bon ! Certainement, je compatis sur la chose qui vous

ennuie; car vous avez très bien compris que je connais
cette dame, et qu'elle me connaît... Il y a même eu
entre nous une petite liaison...

— Bagasse ! vous le confessez ?...

— Je le confesse ! riposta le capitaine conciliant.
Mais, cher ami, les cornes d'un frère, comme on dit,
sont beaucoup moins sensibles que celles que l'on
porte soi-même... De cela vous en conviendrez.

— J'en conviens ! répliqua sérieusement le Toulon-,
nais, comme frappé d'un argument spécieux ; mais cela
ne veut pas dire...

— Attendez ! reprit mon oncle poussant sa dialecti-
que. Tel que vous me voyez, j'ai eu l'honneur, moi-
même, d'être cocu, comme on dit dans Molière...
Vous connaissez Molière ?

— Je le connais, allez ! dit le lieutenant décidé à
se contraindre pour laisser développer les explications.

— Eh bien ! puisque vous le connaissez, vous devez
savoir aussi que, au fond, cette incommodité n'est pas
une si grande affaire... Un petit moment à passer,
comme quand on vous arrache une dent... Et encore,
remarquez-le bien, la dent ne se retrouve pas, tandis
que, pour la femme, on en retrouve plusieurs autres.

— C'est vrai ! risposta Firmin Bonaffé qui ouvrait
des yeux immenses, comme pour suivre ces déductions
qui le surprenaient évidemment par leur clarté.

L'entretien se posait.

— Nous voilà donc du même avis, reprit Barbassou-
Pacha. Le tout est de s'entendre...

— Pas du tout ! pas du tout !... Je répète que mon frère m'a confié sa dame ; vous l'avez insultée publiquement, dans la décence...

— Mais non, interrompit mon oncle, vous exagérez ! D'abord, nous n'étions là que mon neveu et moi... Il n'y avait donc pas de mal... Et c'est vous qui, par vos cris, avez attiré le monde... C'est donc moi qui devrais me plaindre.

— Té ! Est-ce que vous voulez me mécaniser ?... exclama tout à coup le Toulonnais, éclatant à nouveau comme une bombe. Est-ce que vous croyez, par hasard, que je vais prendre un encensoir, pour vous remercier d'avoir déshabillé l'épouse du capitaine Jean Bonaffé ?..

— L'épouse de Jean Bonaffé, non, mon bon ! répliqua nettement mon oncle.

— Comment, non ?..

— Non ! car elle est, d'abord, positivement la mienne !

— La vôtre ?..

— Comme j'ai l'avantage de vous le dire. D'où il résulte que c'est moi qui aurais le droit de n'être pas content du tout de votre intervention, dans le petit événement de famille qui vient d'arriver tout à l'heure.

Le Toulonnais était resté consterné.

— Mais bagasse ! vous seriez donc ?..

— *Feu* Barbassou, général en retraite, cinquante ans de services, trente-neuf campagnes... et le mari de votre belle-sœur, bigame en ce moment... Ce qui est un défaut pour une dame...

Mon oncle aurait pu parler jusqu'au soir, l'infortuné lieutenant le contemplait, hagard, ahuri par cette révélation stupéfiante. Tout à coup, sans attendre le reste, il tourna les talons, et enfila la porte dans un véritable train de déroute.

Feu Barbassou se prit à sourire de ce fort explicable désarroi. Il avait fini son madère, nous allâmes reprendre nos chevaux.

Une fois en selle :

— Sais-tu, me dit-il, revenant à notre entretien interrompu : pour le Madère, je crois que les plans sont flambés... Mais, pour le Porto, avec de bons greffages, on pourrait encore s'en tirer !

— Je le souhaite, mon oncle ! répondis-je.

Et, de fait, je m'imagine qu'il a raison. C'est peut-être à voir.

Vite, il faut que je te raconte encore une aventure nouvelle, qui fait encore tourner mon roman de la façon la plus inattendue.

Tu n'as pas oublié, je pense, le *captain* Picklock, ni la fameuse affaire des chameaux retrouvés par ses soins. Le *captain*, revenant d'Aden avec les fièvres, et de passage à Paris, a accepté l'hospitalité chez le baron de Villeneuve, l'ancien consul de Pondichéry que tu connais. Il y a deux jours, nous fûmes priés à un dîner d'adieu, donné en son honneur, c'était une agape intime. Une demi-douzaine de convives, ayant tous fait plusieurs fois le tour du monde, et s'étant ren-

contrés par toutes les longitudes. En femmes,
l'aimable baronne de Villeneuve, Mme Picklock et ma
tante. Tu juges s'il fut question de vieux souvenirs,
entre tous, pendant le dîner... Après les toasts, on
avait passé au salon, où l'on préparait une table de
whist, lorsque mon oncle dit ces mots :

— A propos, qu'est devenu ce brave Montaigu ?

— Montaigu ? répondit le baron, il est à Paris ! Une
invitation chez son ambassadeur l'a empêché de dîner
avec nous ; mais il viendra ce soir, et vous le verrez.

— Ah ! tant mieux ! s'écria mon oncle, je serai ravi
de le retrouver.

En entendant prononcer ce nom, j'avais dressé
l'oreille. Rien ne disait pourtant que le Montaigu en
question pût être justement le même digne gentleman
que je rencontrais le matin, promenant ma Kondjé-
Gul avec ses filles. J'écoutai.

— Est-ce qu'il restera à Paris quelque temps ?..
avait repris mon oncle.

— Tout l'hiver ! répondit la baronne. Il vient chercher ses fillettes qu'il m'avait confiées, il y a deux ans,
à son départ pour le pôle Nord.

— Ah ! les petites Maud et Suzannah ?..

— Oui ! seulement, capitaine, les petites Maud et
Suzannah sont aujourd'hui de grandes jeunes personnes, ajouta la baronne en riant.

Il était impossible de douter, et j'avoue que ce ne
fut point sans trouble que j'entendis ces mots. A la
pensée de me trouver en face du commodore, je songeai aussitôt à m'enfuir avant son arrivée. Bien que je

fusse assuré du mystère le plus profond, et que les circonstances seules eussent amené une intimité que je n'avais point prévu entre Kondjé-Gul et ses filles, je ne pouvais me dissimuler la gêne que j'allais éprouver avec lui. Par malheur, j'étais déjà installé à une table de whist, j'expédiai mon mort au plus vite, pour abréger la partie, pestant contre le *captain*, et contre mon oncle, qui jouaient tous deux avec une lenteur désespérante, en me faisant des reproches sur mes distractions. Enfin, j'avais réussi à perdre les trois robbers, et je me levais, prétextant une migraine subite, lorsque tout à coup, dans le salon voisin où se tenait la baronne, on annonça : « Monsieur le commodore Harry Montaigu. »

Louis, imagine ma stupéfaction, quand je vis entrer le commodore, suivi de ses deux filles... et de Kondjé-Gul... qu'il présenta à la baronne et à ma tante, comme une amie de pension de Maud et de Suzannah !

À cette vue, tu devines mon désarroi. Qu'allait-il se passer?... Toute retraite m'étant coupée, je me dérobai vivement dans un groupe de causeurs.

Un peu timide, Kondjé-Gul recevait les compliments de la baronne. J'entendis ces mots :

— Je remercie notre ami, mademoiselle, qui nous fait la grâce de vous amener. Maud et Suzannah m'avaient déjà tant parlé de vous, que j'avais grand désir de vous connaître.

La surprenante beauté de la jeune étrangère avait fait sensation ; et, tous les regards fixés sur elle, elle n'osait lever les yeux. Pourtant, il fallait prévenir le péril où pouvait nous jeter la moindre imprudence, et l'avertir avant que la baronne eût l'idée de me présenter au commodore et à ses filles... Enfin, par une manœuvre assez habile, je réussis à me glisser derrière ma tante, à un moment où elle entretenait les misses. En m'apercevant, Kondjé-Gul ne put se défendre d'un mouvement; mais j'avais eu le temps de placer mon doigt sur mes lèvres, et, d'un geste rapide, de lui faire comprendre qu'elle ne devait pas me reconnaître. Nos rencontres du bois, le matin, l'avaient heureusement préparée à cette dissimulation nécessaire; elle eut assez d'empire sur elle-même pour ne point trahir notre secret. Ma tante se retournait au même instant; me voyant près de son fauteuil :

— Ah! André, me dit-elle, venez que je vous présente.

Kondjé-Gul rougit pendant que je m'inclinais devant elle, et me rendit avec beaucoup de grâce un gentil salut. Ce fut même introduction avec le commodore et ses filles. Une chaise était libre auprès d'elles, la baronne m'y fit asseoir et je me trouvai bientôt engagé dans une bavarderie générale. Je dois dire que l'enjouement des misses Montaigu me rendit mon rôle plus facile que je ne l'espérais. Élevées à l'américaine, elles avaient cette juvénile liberté d'esprit, que le rigorisme d'une éducation plus guindée interdit ordinairement à nos filles, sous prétexte de modestie. Kondjé-Gul, d'abord assez réservée, se livra peu à peu, et je fus émerveillé du changement opéré dans toute sa personne. Bien qu'on devinât certainement

encore en elle une étrangère, son maintien, son geste,
sa parole avaient une aisance toute nouvelle. Rassuré,
par sa contenance, contre le danger de cette rencontre
que j'avais d'abord tant redoutée, je m'abandonnai,
ma foi, à mon originale situation. Il y avait dans ce
mystère un bonheur caché dont je ne puis te rendre
l'excitante émotion. A cette soirée tout improvisée, il
survint assez de jeunesse pour organiser une sauterie;
la baronne me chargea de donner le signal avec miss
Suzannah, ce à quoi je me prêtai de bonne volonté,
en l'invitant pour une polka.

Comment trouvez-vous mon amie Kondjé-Gul?
me dit-elle, comme nous nous reposions après quelques tours.

— Elle est tout à fait charmante, répondis-je.

— Vous allez certainement la prier de danser avec
vous? reprit-elle en souriant.

— Je n'aurai garde de manquer à ce devoir, envers
une amie de miss Maud et de vous, mademoiselle.

— Miss Maud et moi, nous vous en remercions,
monsieur, dit-elle en me faisant une révérence plai-
samment cérémonieuse; seulement, ajouta-t-elle avec
malice, laissez-moi vous préparer à un regret, qui vous
sera sans doute très sensible : elle ne danse pas!

— Quoi, jamais?

— Nous avons eu quelques petites réunions chez
mon père, nous n'avons pu l'y décider.

— C'est qu'elle ne sait sans doute que ses danses
orientales.

— Détrompez-vous! Elle a pris des leçons comme

nous; elle valse à ravir; mais elle n'accepte même pas de valser avec le professeur; c'est toujours Maud ou moi qui sommes ses cavaliers. Elle a là-dessus des principes qui, paraît-il, sont absolus, et que nous n'avons pu vaincre.

— Si vous m'aidiez ce soir, dis-je, peut-être réussirions-nous...

— Un complot?...

— En amie; avouez que c'est dans son intérêt.

— Je ne dis pas le contraire, reprit-elle en riant. Mais comment lui faire violence?

Je voyais en effet la pauvre Kondjé-Gul qui nous suivait du regard, et semblait nous envier.

— Écoutez, dis-je, comme s'il me venait une idée subite, il y a peut-être un moyen.

— Lequel?

— Mettons ma tante dans notre confidence; je les vois, là-bas, qui parlent turc. Ma tante aura peut-être assez d'ascendant sur votre amie pour la convaincre qu'elle peut, sans péché, se conformer à nos usages.

— Oui! c'est cela! s'écria miss Suzannah ravie. Notre complot marche. Comment avertir votre tante?...

— Mlle Kondjé-Gul sait-elle l'anglais? lui demandai-je.

— Non, pas un mot!

— Alors, c'est bien simple, ajoutai-je. Après cette polka, je vous ramène à votre place; vous confiez à ma tante en anglais le projet que nous méditons, et vous lui demandez son aide. Je surviens, comme par hasard, et je risque une sollicitation pour la valse prochaine.

Ce qui fut dit fut fait. J'assistai de loin à cette importante conférence, dont je devinais tous les détails. Pendant que miss Suzannah lui parlait anglais, je vis ma rusée tante jeter en riant un coup d'œil vers moi. En dix paroles, elle eut compris la requête ; elle se retourna alors vers Kondjé-Gul, et, d'un air indifférent, poursuivit son entretien commencé. J'avais si bien prévu toutes les phases de cette scène, qu'il me semblait l'entendre. Sur le visage de Kondjé-Gul, je saisis le moment où ma tante aborda tout d'un coup son sujet, et le geste négatif par lequel elle répondit fut si absolu, j'allais dire si plein d'effroi, que, tremblant qu'elle ne se fermât toute retraite, je crus nécessaire d'intervenir au plus tôt. Je m'avançai donc sans affectation, pour me mêler à leur groupe, et m'adressant à la belle étrangère :

— Je ne voudrais pas que vous me crussiez indifférent au plaisir de danser avec vous, mademoiselle ! lui dis-je. Mais, hélas ! miss Suzannah m'assure que vous ne dansez pas...

— Vous arrivez à la rescousse, André ! reprit ma tante. J'essayais justement de convertir mademoiselle à nos coutumes, en lui disant « qu'on la prendrait pour une petite sauvage ».

A ce mot, qu'elle m'avait entendu répéter si souvent, Kondjé-Gul me jeta un regard furtif en souriant. Miss Suzannah se joignit à ma tante ; la cause était déjà gagnée. Une valse commençait. Maud prit sa main,

25

qu'elle mit de force dans la mienne ; j'enroulai mon bras autour de sa taille, et je l'entraînai.

Pendant les premiers tours, Kondjé-Gul était comme enivrée ; je sentais son cœur battre avec violence contre ma poitrine, et je t'avoue que j'étais bien près de perdre aussi mon sang-froid. A un moment, nous nous trouvâmes un peu isolés ; sa tête penchée sur mon épaule, elle murmura à mon oreille :

— M'aimes-tu toujours ? Es-tu content de moi ?

— Oui ! répondis-je vivement ; mais, prends garde, tu es trop belle, et tous les yeux sont fixés sur nous !

— Si l'on savait !... ajouta-t-elle en souriant.

Je m'arrêtai un instant pour lui faire reprendre haleine. Chaque fois qu'un groupe s'approchait de nous, nous avions l'air de nous livrer à une de ces conversations de bal, dont la futilité fait tous les frais ; et, le groupe éloigné, nous causions à voix basse.

— Méchant ! dit-elle ; depuis trois jours, je ne t'ai pas vu au bois.

— C'était par prudence, répondis-je. Et puis, je te préparais une surprise. Ta maison est prête ; après demain, tu quittes ta pension...

— Vrai ?... exclama-t-elle. Oh ! quel bonheur !... Ainsi, tu me trouves assez *déturquisée ?*

— Coquette ! tu es adorable !

— Vous avez un bien joli éventail, mademoiselle, ajoutai-je en changeant de ton pour Maud, qui arrivait près de nous.

— Vraiment, monsieur ! répondit-elle. Est-il chinois ou japonais ?...

Mais Maud était passée. Nous reprîmes notre sujet, exultant de joie à la pensée de nous revoir. Comme la valse allait finir, et qu'il me fallait la reconduire près de ma tante :

— Écoute, reprit-elle, chaque fois que je porterai mon éventail à mes lèvres, cela signifiera : Je t'aime !... Tu vas revenir bien vite m'inviter, n'est-ce pas ?

— Enfant ! cela ne se peut pas !

— Pourquoi ?...

— Parce que ce n'est point dans l'usage et qu'on le remarquerait.

— Mais je ne veux pas danser avec un autre ! dit-elle d'un air presque effrayé.

Je n'avais point songé à cette conséquence toute naturelle de notre incartade ; et j'avoue que la pensée qu'on pouvait l'inviter, après moi, me surprit tout à coup, comme une de ces invraisemblances qu'un mortel ne peut concevoir.

— Comment faire ?... reprit-elle.

Il fallait à tout prix réparer notre imprudence. J'imaginai pour elle une indisposition subite, un étourdissement qui la forçait de cesser de valser. Ce prétexte devait suffire à justifier ses refus pour le reste de la soirée.

Je n'ignore pas, mon ami, que tu vas te récrier sur ce sentiment bizarre, qui me poignit tout à coup comme épine en plein cœur, à l'idée de voir Kondjé-Gul danser avec un autre que moi... Mais qu'y puis-je ?...

Je te raconte tout simplement un fait psychologique, et rien de plus.

Dis, si tu veux, que je veux affecter les airs rébar-
batifs d'un sultan... La vérité, c'est que, dans mes
amours de harem, j'ai contracté des habitudes de
possession, des pudeurs, des susceptibilités réelles,
qui s'effarouchent de ce qui me semblait indifférent
autrefois. Le contact du monde me rendra sans doute
la grâce d'état commune à tout honnête mari.

Peut-être même, un jour, contemplerai-je avec
orgueil ma femme, les épaules nues, tourbillon-
nant, amoureusement enlacée dans les bras d'un hus-
sard... Pour le moment, mon humeur est de compo-
sition moins facile; j'aime en maître, et la pensée
qu'un quidam eût pu se permettre de presser le bout
des doigts de Kondjé-Gul me jeta dans un accès
de rage. Voilà comme nous sommes, nous autres
Orientaux !

Quoi qu'il en soit, je ramenai Kondjé-Gul près de
ma tante, et elle ne dansa plus.

D'un coin du salon, je vis défiler une demi-douzaine de présomptueux, se faisant présenter la bouche
en cœur, pour obtenir la même faveur que moi... Je
riais de leur déconvenue.

Cependant, le commodore, qui, par parenthèse, est
un homme fort érudit et tout à fait aimable, m'avait
pris à partie. Il me combla de tant d'amitiés que, en
dépit de mes scrupules, je me vis bientôt contraint
d'accepter ses avances. Ses rapports avec mon oncle
eussent d'ailleurs rendu suspecte la froide réserve que

je m'étais commandée... Bref, vers le milieu de la
soirée, comme il partait avec ses filles et Kondjé-Gul
qu'il devait faire rentrer chez Mme Montier, j'avais
malgré moi si bien fait sa conquête, que je me trouvais
invité à me joindre à ma tante, qui dînait chez lui le
lendemain.

Bien que la fatalité seule eût amené cette incroyable
complication, je dois confesser que, lorsque j'y pus
songer, ce ne fut point sans préoccupation que j'en
envisageai les suites.

Jusqu'alors, par un compromis de conscience que
le caractère enfant de Kondjé-Gul rendait à peu près
excusable, j'avais pu me faire illusion sur les conséquences d'une intimité de pension de ma maîtresse,
avec deux jeunes Américaines qui m'étaient inconnues. Il ne devait y avoir là qu'un rapprochement
fortuit, après lequel, toutes fréquentations rompues,
Maud et Suzannah auraient traversé, sans le comprendre, le mystère d'une situation qu'elles ne pouvaient soupçonner ; cependant il était difficile de me
dissimuler que des relations avec le commodore allaient
singulièrement aggraver cette aventure.

Certes, notre monde abrite bien des romans igno-
rés, intrigues ténébreuses, amours naïves se nouant
et se dénouant, sans que nul regard les puisse surprendre ; mais, si certain que je fusse que rien ne
viendrait trahir notre étonnant secret, je n'en étais
pas moins troublé, à la pensée du rôle que j'allais
jouer dans cette famille dont mon oncle était l'ami.

Face à face avec l'inexorable rigueur des faits, il

était impossible de m'abuser longtemps sur ce que me prescrivait la plus élémentaire délicatesse. Quelque chagrin qu'en dût ressentir Kondjé-Gul, il allait falloir rompre toute intimité entre elle et ces deux jeunes misses, que le hasard lui avait données pour compagnes.

Avril inv

P. Avril inv.

CHAPITRE XI

J E ne suis pas tout aussi satisfait que je voulais bien
le dire, de divers incidents survenus du côté de mon
harem. Certes il n'y a là que la conséquence du séjour
de Paris ; car tu ne supposes pas, j'imagine, que je
n'avais pas prévu l'effet psychologique, que des notions
toutes nouvelles allaient produire fatalement sur le
fonds d'ignorance de mes houris. Une émancipation
progressive et raisonnée rentrait d'ailleurs dans mon
plan. Mais il est arrivé que l'introduction de quelques
femmes de chambre de choix, indispensables à l'initiation de mes petits animaux au goût subtil des toilettes
parisiennes, a forcément amené pour elles la décou-

verte de bien des choses, qui ont singulièrement
contribué à leur civilisation ; mais dans un ordre
d'idées qui n'est point tout à fait celui que je souhai-
tais... Et voilà qu'elles en savent toutes beaucoup plus
long qu'il ne faudrait sur ces fameux *usages de nos
harems de France*, dont je m'étais appliqué à leur
tracer les lois. Je me suis même aperçu l'autre jour
que je faisais rire Zouhra et Nazli, à propos de je ne
sais plus quel rappel d'étiquette ; et, bien qu'elles
aient encore les bons principes d'éducation de leur
race, il est évident que le poison du libéralisme les
gagne ; ce que je constate à certains airs d'assurance,
à des coquetteries, à des caprices d'un genre aussi
nouveau qu'inattendu.

Les droits de la femme leur ont été certainement
divulgués. Elles parlent de sortir seules, de courir les
petits théâtres, et même de visiter le bal Mabille, dont
les illuminations les ont émerveillées, un soir que, en
calèche, nous passions avenue Montaigne, en revenant
du bois. Un seul exemple te peindra la situation. —
Les titres et le rang de Mohammed ne leur imposent
plus. — Avant hier, hardiesse étrange, Zouhra lui a
dit : « Zut ! »

Ce mot, qui évidemment te dénoncera un étonnant
progrès dans les finesses de notre langue, va encore
donner lieu, sans aucun doute, aux plus piquantes
ironies de ton humeur bourgeoise. Je te répondrai
tout d'abord :

1° Que Mohammed ne sais pas le français ; ce
qui atténue de beaucoup l'irrévérence de Zouhra ;

2° Que je n'ai jamais imaginé que le séjour de
Paris n'ouvrirait point l'esprit de mes houris à des
idées nouvelles ;

3° Qu'il n'en résulterait pas des révélations précises sur l'étendue de leurs droits.

La femme (comme tous les autres animaux suscep-
tibles d'éducation du reste) porte en elle-même les
plus subtiles facultés d'imitation. Si, douée particulièrement d'un instinct de malice et de destruction, sa
faiblesse l'entraîne à des écarts véniels de tenue, qui ne
sont après tout qu'une faute de discernement, faut-il
en faire tant de bruit ?..

Dans le train d'élégances suprêmes où j'entends
tenir mes sultanes, je trouve même à ces innocents
solécismes une sorte de simplesse ingénue, plus voisine
de la candeur que les façons accomplies de nos
coquettes les mieux stylées.

Tu sais, mon cher Louis, que toutes les fois que
j'ai formé un dessein, fût-il extravagant..., fût-il même
sage, j'y marche droit avec l'entêtement d'une mule.
C'est ce qui explique peut-être plus d'une de mes
folies. Pour moi, soutien du libre arbitre, l'homme est
une volonté soutenue par des organes, une force
occasionnelle de la nature créée pour dominer la
matière. Tout homme qui abdique et se soumet devant
l'obstacle déserte sa mission ; il rentre dans le bétail ;
c'est une puissance perdue, qui s'évapore dans le vide.
Tel est mon jugement !

Ce petit exorde de haute philosophie m'était nécessaire, tu vas le voir, pour asseoir mes principes, avant
d'aller plus loin, et pour me mettre en garde, surtout,
contre une accusation téméraire de versatilité dans
mes projets. La science a des voies mystérieuses où
l'on s'engage à tâtons, sans en prévoir l'issue. Il en
résulte que là où l'on croyait toucher le but, s'ouvrent
tout à coup des horizons immenses...

Ma métaphore me gêne.

Tout cela veut dire que, ayant l'honneur d'être le
neveu de mon oncle, il ne m'arrive rien comme à un
autre, et que tout ce que j'avais réglé minutieusement
au sujet de Kondjé-Gul a tourné de la façon la plus
contraire à mes résolutions formelles. Cependant,
bien que mon objectif se soit fort étendu, il n'en
reste pas moins le même, et tu le remarqueras, je le
pense.

Kondjé-Gul, sortie de sa pension, est installée avec
sa mère, à l'hôtel de Téral. Il serait superflu sans
doute de te dépeindre la joie qu'elle ressentit à la fin
de son épreuve. Les premiers jours du retour se
passèrent comme une ivresse, et nous vécûmes presque
sans nous quitter. Sa métamorphose cette fois était si
complète, qu'il me semblait assister à un de ces avatars
fabuleux de l'Inde, et qu'une autre âme était venue
habiter ce corps si divinement beau. Je ne pouvais me
rassasier de la regarder marcher, de l'entendre
parler. Sous le costume oriental, que parfois elle
reprend pour me plaire, ces façons de jeune miss,
qu'elle s'est acquises au contact de Suzannah et de

Maud, sont d'un inénarrable effet. Tout cela se mêle et se fond à miracle dans cet ensemble de jeunes grâces farouches qui s'exhalent de tout son être, comme le parfum bizarre de quelque fleur d'Asie.

Nous avons arrangé notre vie. Désormais en possession de toute la vérité sur nos usages, elle a compris la nécessité d'entourer notre bonheur du plus profond mystère. Confiante en un lien que sa religion rend pour elle légitime et sacré, elle sait que, pour le monde, nous devons le tenir caché à tous les yeux comme un mariage secret... A quoi bon d'ailleurs soulever le voile, et dépoétiser cet amour si charmant, pour le réduire à la banalité d'une intrigue vulgaire. L'afficher comme une maîtresse : ne serait-ce pas la faire déchoir ?

Comme je croyais devoir la consoler de cette contrainte :

— Veux-tu bien ne pas calomnier notre cœur ! s'écria-t-elle avec véhémence. Que m'importe ton pays et ses lois, si tu m'aimes ?.. Je ne veux rien savoir ni de ton monde ni de ses conventions. Je t'appartiens, je t'aime, c'est tout ce que je vois, tout ce que je ressens ; je ne suis ni ta femme ni ta maîtresse !.. Du fond de mon âme je suis plus que tout cela : je suis ton esclave, et je veux garder ma chaîne. Commande, fais de moi ce que tu voudras ; quand tu ne m'aimeras plus, tu me tueras, voilà tout !

— C'est cela ! repris-je en riant de son exaltation, je te ferai coudre dans un sac et j'irai, un soir, te jeter dans le Bosphore.

Un éclat de rire d'enfant couronna ce trait.

— Mon Dieu, dit-elle confuse, j'oublie déjà que je suis civilisée !...

L'hôtel de Téral est une trouvaille, et semble avoir été construit tout exprès pour Kondjé-Gul et sa mère. Au rez-de-chaussée élevé de huit marches, un salon, s'ouvrant sur une sorte de petit hall en forme d'atelier de peintre, à la fois galerie de tableaux, bibliothèque, salon de musique. Au-dessus des boiseries, une tenture de soie fond blanc à grandes raies grises, et avec laquelle contraste un ameublement de velours grenat foncé, égaye le regard. De superbes bahuts anciens d'ébène sculpté, garnis de statuettes, de vases, de bibelots et de fleurs. Tout cela est pimpant, somptueux, coquet comme la demeure d'une jeune patricienne. Au premier, les appartements intimes. Au second étage, les domestiques. Elles ont ce train de maison élégant et simple, qui semble le nécessaire de gens de bonne compagnie : trois chevaux dans l'écurie, un joli coupé de Binder, une victoria, et rien de plus. Bref, le luxe pondéré d'une riche famille étrangère, composée d'une mère et de sa fille, se mêlant à la vie mondaine avec la réserve de haut goût de deux femmes jalouses de ne point attirer l'attention.

La vie intérieure de Kondjé-Gul est aussi bien réglée que le reste, pour la défendre contre la solitude ou l'ennui. Elle achève sa civilisation avec un zèle extrême. Toutes ses matinées, de huit heures à midi, sont consacrées au travail ; des maîtresses de chez Mme Montier viennent lui continuer leurs leçons. De une heure à deux heures, étude de musique et de

piano. Cette curieuse intelligence, ce mélange d'imagination ardente et de jeune raison, tout cela produit
vraiment des merveilles sur le fond original de ses
croyances et de ses superstitions naïves. Je suis parfois
tout surpris de l'entendre tout à coup énoncer,
sur les contradictions de nos mœurs, des aperçus
étranges, ou des vues que ne désavouerait pas un
philosophe. Après deux heures, toilette, promenades,
courses ou visites, avec ses amies Montaign. Car il
faut te dire qu'elles ont aussi quitté la pension de
Mme Montier, et que, une fois chez leur père, en
dépit de toutes mes bonnes résolutions, leur intimité
n'a fait que s'accroître avec leur émancipation commune. Kondjé-Gul étant désormais sous l'égide de sa
mère, ce qui lui constitue une situation des plus
régulières dans le monde, il eût été difficile en effet
d'invoquer des prétextes de rupture... J'avais réfléchi
d'ailleurs que, introduit par mon oncle dans la famille
du commodore, mes rencontres chez lui avec Kondjé-
Gul étaient sans péril. C'était par Maud et Suzannah
que j'avais été présenté à la belle étrangère, et nul ne
pouvait douter qu'à la soirée de Mme de Villeneuve
je ne lui eusse parlé pour la première fois. Si donc
quelque incident imprévu venait un jour à trahir notre
secret, j'étais assuré que sir Harry ne croirait pouvoir
m'accuser d'autre chose que d'une aventure romanesque, ayant tout naturellement résulté des circonstances.

Rien de plus correct pour le public, tu le vois. Je
sais bien qu'en rigoriste tu ne manquerais point de

critiques, si je voulais les entendre, sur la hardiesse de
ces déterminations. Pour moi, je prétends que le
respect des convenances consiste principalement dans
le respect qu'on a de soi-même. Le hasard qui nous
mène et la grâce de Kondjé-Gul lui ont tout naturellement créé, dans la colonie étrangère, un fonds
d'aimables relations, que je n'eusse peut-être point
ambitionnées; il suffit, après tout, pour qu'elle en
soit digne, que nous payions tous deux ce tribut du
mystère auquel le monde a droit. Notre société est
trop mêlée, je pense, pour que tu eusses osé crier au
scandale, l'autre soir, en rencontrant Kondjé-Gul au
bal de l'ambassade d'Angleterre, en compagnie de sa
mère et de sir Harry Montaigu... L'admiration qu'elle
soulevait sur ses pas t'eût certainement désarmé.

P. Avril inv.

P. Avril inv.

CHAPITRE XII

Mon ami, mon oncle, admirable jusqu'à ce jour dans
sa conduite austère, et que je t'eusse certainement
donné comme le parangon des maris est en train de se
déranger.

Voilà l'histoire :

Il y a deux jours, j'entre au théâtre des Variétés
pour revoir la pièce à succès. Assez mal placé du reste,
je quittais mon fauteuil à l'entr'acte, avec l'intention
de ne point revenir, lorsque, passant près d'une bai-
gnoire fermée assez obscure, je suis tout surpris
d'apercevoir Barbassou-Pacha, qui avait prétexté un

grand dîner d'affaires ce soir-là. Il était en compagnie
d'une dame un peu cachée dans l'ombre.

En neveu discret et révérend, j'allais détourner les
yeux, quand un geste d'appel et de commandement
m'enjoignit de le rejoindre dans sa loge. J'obéis
aussitôt à son injonction péremptoire; et, enfilant le
couloir, je me fis introduire par l'ouvreuse.

— Arrive, dit-il en m'indiquant une chaise derrière
lui, et assieds-toi là.

J'obéis encore, en faisant un salut gracieux à la
dame, dont je distinguais mal les traits. A peine
étais-je installé que je reconnaissais la belle évanouie
de l'autre semaine.

Attifée à ravir dans une toilette pimpante, Mme Jean
Bonaffé répondit à mon compliment par un charmant
sourire, et un gentil regard de ses grands yeux d'Espagnole, qui témoignait suffisamment qu'il ne lui restait
plus rien de la subite indisposition qu'une rencontre
trop inopinée lui avait tout d'abord produite.

La conversation s'engagea sur la pièce. Parlant assez
mal le français, qu'elle comprenait fort bien cependant,
elle demandait à chaque instant ses mots à mon oncle,
qui les lui soufflait avec la précision d'un dictionnaire;
inspectant la salle, et nous laissant tous deux causer
en mortel supérieur aux babillages des femmes. Elle
était fort gaie; et, tout le temps, croquait des bonbons.

Comme bien tu le penses, je fus galant, empressé
et je me mis à croquer aussi.

Mon ancienne tante Christina de Postero est à
l'heureux âge de vingt-huit à trente ans. Elle en a

peut-être trente-deux. Svelte et souple, avec de ces
hanches hardies qui font craquer la basquine dans le
mouvement des fandangos. Joins à ces détails heureux les renseignements précis que j'ai pu déjà te
donner sur le bombé de son corsage, et tu la vois.

Portant haut une tête fine, des traits purs et singulièrement expressifs, le teint chaud, un nez grec aux
narines frémissantes, une bouche aux dents de perles,
avec un léger duvet noir au-dessus de sa lèvre. Une
Andalouse, vibrante, de l'animation à l'excès, qu'une
certaine grâce tempère toutefois par des façons vraiment élégantes. On devine un feu qui couve.

Mon oncle était parfait. Du haut de son imperturbable calme, entre temps, il laissait tomber un regard
sur nous, répondant en espagnol à la belle question-
neuse qu'il appelait « querida », de cet air d'indul-
gence qui n'appartient qu'à lui, en pacha qui jette le
mouchoir.

Au courant de l'entretien, je découvris que les choses
duraient ainsi depuis le lendemain de cette fameuse
alerte de Villebon, dont certaine péripétie attrayante
avait sans doute déterminé cette réconciliation
flatteuse. Par quel moyen mon oncle a-t-il entortillé le
Toulonnais féroce ? Je n'ai pu le savoir. Tant il y a
que, la pièce jouée, nous allâmes tous les trois au café
Anglais. Le souper fut charmant. Plus à l'aise en cette
intimité, Mme Jean Bonaffé put alors donner cours à
ses grâces. Je ne tardai pas à comprendre que, ravie
d'oublier de fâcheuses algarades et les chagrins d'un
faux veuvage, en même temps que le fragile et délic-

27

tueux hymen contracté par erreur, elle comptait que
mon oncle allait l'installer à Paris. Il me parut même
qu'elle parlait de cet heureux séjour comme d'un point
arrêté dans son esprit, ce qui donnait lieu à mille
projets charmants.

Barbassou-Pacha, galant et prévenant, écoutait ces
arrangements de sa félicité, avec ce détachement
toujours un peu gouailleur qu'il garde généralement
avec les femmes, et dont il ne se départ guère que
devant ma tante Eudoxie qui le tient... Opinant du
bonnet, en homme sérieux qu'un bon souper réclame,
il buvait et mangeait, se laissant combler de soins par
la belle Andalouse...

Vers deux heures du matin, nous prîmes un coupé,
nous reconduisîmes ma tante rue de l'Arcade, où elle
occupe un superbe appartement meublé, et nous
rentrâmes chez nous.

Que dis-tu de ça, mon cher Louis ?.. Hum !

* *

Décidément, le sort en est jeté. Ainsi qu'il était à
prévoir, l'apparition de Kondjé-Gul dans quelques
fêtes ne pouvait manquer de faire sensation. Insépa-
rable des jeunes Montaigu, elle a été bientôt conviée
avec elles à tous les bals où le commodore conduisait
ses filles. Deux ou trois salons aristocratiques, comme
celui de la princesse B... ou de la marquise d'A...,
lui ont ouvert tous les autres. Tu connais trop les
engouements de notre monde, pour ne point t'imaginer l'exagération des propos louangeurs qui saluent

au passage cet astre radieux qui se lève. Je dois
dire que la criminelle s'en aperçoit, et qu'elle en est
très flattée. Le mystère qui l'entoure accroît l'origina-
lité de notre situation. Toujours sous l'égide de sa mère,
à qui son type étrange donne vraiment certain air,
on devine en Kondjé-Gul une de ces jeunes filles qui
portent en elles la loi du respect. Leur état de maison,
leurs toilettes, et ce fini d'élégance qui fait seul les
gens de distinction, dénoncent un train de fortune et
un rang indiscutables. Il n'en faut pas davantage, tu
en conviendras, pour justifier des succès que son
étonnante beauté suffirait seule à lui conquérir. D'autre part, les reporters mondains des soirées officielles
n'ont point failli à leur tâche, en signalant l'apparition
d'une si brillante étoile. Seulement, par une de ces
erreurs qui leur sont assez communes, ils l'ont déclarée Géorgienne. Comme je suis décidément devenu
familier chez le commodore Montaigu, je fais généralement partie de leur groupe, sans qu'aucun soupçon
puisse s'élever sur ces rencontres; et mes assiduités
près d'elle et de Suzannah me font plus d'un envieux;
car, tu le sais, Kondjé-Gul ne danse pas : cette singu-
larité, avec ses allures de sultane mêlées à ces enjoue-
ments d'enfant, donne lieu aux plus bizarres conjectures. — D'où vient cette réserve ? Est-ce modestie,
pudeur, ou fierté ? — On sait qu'elle danse à ravir,
puisque dans quelques petits cercles intimes on l'a
vue valser parfois avec Maud et Suzannah. On parle
de quelque fiancé jaloux qu'on ignore, et qu'elle adore
en secret. J'entends tous ces propos, que je lui rap-

porte et qui font notre joie. Notre vie bien cachée, rien de plus charmant que le manège à l'aide duquel nous trompons tous les yeux. Nous avons inventé un langage que nous seuls comprenons, et il en résulte parfois entre nous des scènes assez plaisantes. L'autre soir, chez Mme de T., assise auprès de Maud et Suzannah, elle était fort entourée. Le jeune duc de Marandal, un des plus ardents parmi mes rivaux déclarés, développait ses grâces les plus conquérantes; Kondjé-Gul l'écoutait avec un délicieux sourire. Or, il faut te dire que, sachant qu'une jeune fille ne porte point de joyaux, par une idée folâtre, elle a voulu se faire river au poignet un gros bracelet d'or, en signe de son servage. Et, tandis que le jeune duc parlait, elle me regardait, jouant négligemment avec ce qu'elle appelle « son anneau d'esclave ». Tu juges si nous riions.

Notre petit groupe s'est augmenté d'un fort aimable compagnon, sir Edwards Wolsay, un neveu du commodore qui pourrait bien être un fiancé pour Maud.

A propos, c'était une fausse alerte! Et j'ai calomnié mon oncle, en le croyant tombé dans les horribles égarements d'un double adultère.

Figure-toi que, hier, nous repartons pour le bois de Meudon, que nous avions un peu abandonné, « des affaires du matin ayant retenu le capitaine depuis une quinzaine de jours ». Nous arrivons au restaurant de Villebon, c'est notre itinéraire. Tout naturellement, en rentrant dans la fameuse salle, déserte à ce moment-là, et théâtre de la scène de drame que

tu sais, il n'était pas besoin des sourires du garçon
qui nous suivait pour en renouveler le souvenir. Tout
naturellement aussi, en neveu correct, et pour ne
point paraître indifférent aux événements de famille,
en voyant mon oncle jeter un certain coup d'œil vers
la fenêtre près de laquelle s'était passé l'incident dont
tu as connu les suites fatales, je ne pus guère me dispenser de lui demander des nouvelles de ma pseudo-
tante Christina, dont je n'avais point eu l'occasion de
lui reparler.

— Christina? me dit-il, mais elle est repartie!...

— Tiens, je croyais qu'elle désirait se fixer à
Paris?...

Sa figure s'éclaira d'un air goguenard.

— Oh! oui!... Elle l'aurait bien voulu, reprit-il.
Nous avons même couru les tapissiers... et elle a cru,
jusqu'au dernier moment, que c'était chose faite...
Mais je l'ai décidément renvoyée à Jean Bonaffé.

— Ah bah!... dis-je, surpris.

Là-dessus, mon oncle me regarda en fermant un
œil.

— Tu comprends..., ajouta-t-il, je n'ai pas été fâché
de rendre à ce gaillard-là le petit tour qu'il m'a joué
autrefois!

Et, sans plus, avec la douce satisfaction d'une âme
candide, en règle avec son prochain, il se mit à sif-
floter un air de chasse; moi, je sifflotai la basse, et,
cette fois-là, ça alla très bien.

Je pense que, après cette explication, tu vas rendre
tout de suite ton estime à mon oncle, et faire amende

honorable avec moi pour l'avoir un instant soupçonné
dans une affaire où il n'a véritablement exercé d'autre
rôle que celui d'un Dieu vengeur, infligeant le remords aux méchants par le rappel du Paradis perdu.
Et je suis là pour certifier qu'il n'y a rien épargné;
car, pendant ces trois semaines, il m'a tiré plus de
vingt mille francs d'argent de poche; et je te garantis qu'il a fait mener à la belle un assez joli train,
abreuvant, à dessein, sa lèvre infidèle à la coupe d'or
de toutes les voluptés... La leçon sévère d'un brusque
renvoi à son mari Jean Bonaffé, après l'éveil de si
belles espérances, frappera certainement l'âme de la
coupable, et gravera dans son cœur le vif regret d'une
ancienne faute.

Alhamdou Lellah!... Louanges à Dieu!...

P. Avril inv.

CHAPITRE XIII

Depuis quatre mois que nous sommes à Paris, rien n'a troublé ce curieux train d'existence que nul ne me soupçonne. Rien de plus raffiné et de plus original que ce confortable d'un harem caché à tous les yeux, et dont tu dois concevoir le piquant attrait. Kondjé-Gul, charmée de ses triomphes, est partout l'enchanteresse.

Mais mon roman se complique d'un incident qu'il faut que je te raconte.

Tu n'as pas oublié que ma tante avait vu ma houri à la soirée de la baronne de Villeneuve, et qu'elle s'était éprise d'une grande sympathie pour elle. Quel-

ques soirées chez le commodore ayant achevé leur
liaison, il en est résulté tout naturellement que, un
jour, elle pria à dîner Mme Murrah et sa fille. Ma tante
aime la jeunesse, tu le sais : Suzannah, Maud et
Kondjé-Gul forment un si délicieux trio, qu'elle voulut bientôt les avoir à tous ses jeudis. Kondjé s'y est
même rencontrée avec Anna Campbell, qui sort de
son couvent deux fois par mois. Bref, si scabreuse ou
si hardie que te paraîtra, sans doute, cette nouvelle
équipée, à coup sûr non préméditée, le moment vint
où nous fûmes si bien engagés dans des relations suivies, qu'il eût été imprudent de les rompre; Kondjé-
Gul, d'ailleurs, était si heureuse et si fière d'une pareille intimité qui la rapprochait de moi!... Il n'était
point jusqu'à mon oncle qui, ravi de parler turc avec
elle, ne se mit en frais de galanterie.

Parmi les assidus de l'hôtel, est aussi le comte
Daniel Kiusko, cousin de ma tante, un jeune Slave
fabuleusement riche, possesseur de mines de platine
aux monts Krapacks, et de forêts en Bessarabie.
Comme il venait à Paris pour la première fois, je me
suis trouvé tout désigné pour lui servir de cornac, et
le lancer. La tâche était aisée, et je n'eus guère qu'à
le présenter.

Grand, svelte, un beau type de jeune boyard, avec
ces allures décidées qui dénotent un peu l'habitude
d'agir en seigneur féodal. En moins d'une semaine,
avec la plus belle désinvolture, il avait perdu un demi-
million au bacarat du club; le reste, à l'avenant. Tu
devines si ce début le posa dans le monde facile, et si

sa conquête y parut une proie. Un duel heureux avec
un Brésilien le dénonça comme une très fine lame, et
acheva sa réputation.

Sa reconnaissance envers moi, et je ne sais quelle
admiration naïve pour des supériorités qu'il croit me
reconnaître, me valurent son amitié. Je devins décidément son confident, son guide et son mentor. Je
trouvais en lui un galant compagnon..., et *Arcades
ambo*, nous ne passâmes bientôt plus de jour sans
nous voir. D'abord un peu surpris que je ne me livrasse point à ce courant bête de la vie légère, il
soupçonna aisément que quelque passion mystérieuse
m'enchaînait au rivage, ce qui me grandit encore à ses
yeux. J'eus l'air de lui payer un tribut de confiance,
en lui révélant, en effet, dans le monde une liaison secrète... Avec le tact parfait d'un gentleman accompli, il
ne m'en souffla plus mot. Mêlé à nos relations avec les
Montaigu qu'il rencontrait chez ma tante, il eût été,
certes, à mille lieues de me croire engagé de ce côté.
Nous en étions là, lorsque survint l'incident que
voici.

Il y a quelques jours, j'étais dans le boudoir de ma
tante, nous causions de je ne sais plus quel sujet; elle,
tricotant un petit ouvrage de guipure, avec ce besoin
d'activité qui la possède; moi, jouant avec sa chienne
Charis, une jeune grecque.

— A propos, André, me dit-elle, je suis chargée
d'une grande mission, pour laquelle j'ai besoin de
vous consulter.

— Ma sagesse est à vos ordres, ma tante.

28

— Soyons sérieux! reprit-elle. Vous allez subir un interrogatoire en règle; et je vous ordonne d'y répondre en neveu soumis.

— Vous m'effrayez!...

— Ne m'interrompez pas; telle que vous me voyez, je me constitue en conseil de famille.

— Là!.. tout de suite?.. Sans préparations, sans même changer de toilette?...

— Impertinent; celle-ci me va peut-être mal? s'écria-t-elle.

— Au contraire, je la trouve adorable.

— Eh bien! alors?...

— C'est vrai, j'ai tort de vous avoir interrompue.

— Bien!... Reprenons... Qu'est-ce que je disais?

— Que dans cette jolie robe de velours et satin violet foncé, vous représentez une aïeule.

— Précisément, c'est bien cela! — Attention, j'ouvre la séance, méfiez-vous.

— Je me méfie.

— Que pensez-vous de Mlle Kondjé-Gul Murrah?... me demanda-t-elle à brûle-pourpoint, et en me regardant dans les yeux.

Cette question était si inattendue, que je me sentis rougir comme une jouvencelle.

— Mais, répondis-je, je pense... qu'elle est délicieusement belle.

— Parfait! Ne vous troublez pas, mon jeune ami, reprit ma tante en souriant.

— Oh! je ne me trouble en aucune façon...

— C'est visible! Enfin, il est acquis que vous la

trouvez délicieusement belle. Continuons... Où en
êtes-vous avec elle?... Dites tout, ne cachez rien.

J'avais eu le temps de me remettre.

— Prenez garde !... dis-je en riant à mon tour,
votre question pourrait vous conduire très loin.

— Vous êtes un fat! Ne cherchez pas à esquiver
l'interrogatoire par des plaisanteries, et laissez
l'oreille de ma chienne que vous chiffonnez, au risque
de lui faire prendre un faux pli... Là, fort bien!...
Maintenant, répondez sérieusement, et avec tout le
respect que doit vous inspirer une jeune personne
comme Mlle Kondjé-Gul Murrah.

L'idée bizarre me vint de faire une gaminerie.

— Il faut vous dire toute la vérité, repris-je; vous
le désirez?...

— Je l'exige, sans le moindre apprêt et dans sa
nudité chaste.

— Eh bien! ma tante, la voici, dis-je avec aplomb.
Vous n'ignorez point que Mlle Kondjé-Gul est Circassienne; elle fait partie de mon harem. — Je l'ai fait
acheter à Constantinople, il y a huit mois.

Ma tante partit d'un grand éclat de rire.

— Voyez, s'écria-t-elle, si l'on peut parler raison
une minute avec ce fou!

— Vous me demandez la vérité..., répliquai-je, riant
à part moi du tour que je lui jouais.

— Laissez de côté vos sornettes!... Ne comprenez-
vous pas, grand enfant que vous êtes, que si je vous
parle de Kondjé-Gul, c'est parce que je vois clair.. Il
est évident, pour moi, qu'il y a entre vous deux

quelque chose comme une entente secrète... Que
cache-t-elle?.. Je n'en sais rien ; mais, si innocent
que soit encore ce manège, j'y démêle un trop grand
péril, pour ne point vous crier : gare ! Mlle Murrah
n'est pas de ces poupées de salon, avec lesquelles on
peut risquer un peu de son cœur, dans des bagatelles
de coquetterie ; celui qui l'aimera une fois, l'aimera
sans retour, corps et âme, il restera ensorcelé.

— Mais c'est Circé elle-même, ajoutai-je. C'est
effrayant !

— Oh ! ne riez pas, reprit-elle ; car votre beau dédain
de philosophe n'y ferait rien ! Une enchanteresse de
cette beauté-là est d'autant plus dangereuse qu'elle est
fille à se prendre elle-même aux charmes de ses
incantations. Son cœur couve des flammes qui la
dévoreront, elle, et celui qu'elle aimera. C'est pourquoi je vous tiens ce discours, à l'effet de détourner
votre imprudente jeunesse d'une aventure qui
pourrait vous entraîner fort loin..., alors surtout que
vous êtes déjà fiancé à une autre.

Malgré le tour de spirituel badinage que ma tante
avait su garder, il m'était aisé de voir qu'elle était
sérieusement alarmée pour moi. Je quittai le ton
plaisant, en lui donnant l'assurance : que mon imagination ni mon cœur ne couraient aucun risque avec
Mlle Kondjé-Gul Murrah, et que « rien ne serait
changé à nos relations présentes ». Cette réponse
jésuitique la contenta.

— Alors, reprit-elle, je puis m'occuper de la marier ?..

— La marier ?... m'écriai-je surpris.

— Sans doute ! Ne vous ai-je point dit, au début
de mon interrogatoire, que j'étais chargée d'une
grande mission ?... Mon jeune cousin Kiusko l'adore;
il m'a priée de faire sa demande auprès de Mme Murrah,
et je compte aller la voir, aujourd'hui même, pour
entamer cette grande affaire.

Bien que j'eusse prévu dès longtemps les conséquences d'une émancipation qui devait me jeter en
pleine lutte avec nos conventions sociales, je dois
avouer que la révélation de ma tante ne fut point sans
me troubler. Certes, l'étonnante beauté de Kondjé-Gul
faisait trop sensation dans le monde, pour que je pusse
espérer n'avoir point à me défendre contre des rivaux
sans nombre. L'indépendance de sa personne, l'état
de fortune que l'on voyait à sa mère, sa condition de
jeune fille enfin, tout semblait laisser le champ libre
à des espérances, à des tentatives de conquête que
rien n'empêchait d'avouer au grand jour; cependant,
si bien préparé que je fusse aux entreprises qui ne
pouvaient manquer de se déclarer, l'annonce d'une
rivalité avec Kiusko me fut un désarroi. Il était impossible de douter que sa détermination d'épouser Kondjé-
Gul ne fût le résultat d'un amour réfléchi, que
l'obstacle ne pouvait certainement qu'aviver. Nature
énergique et froide, et élevé à voir tout plier sous sa
loi, il avait gardé une ingénuité de cœur qui allait
s'exalter avec toutes les fougues de la première passion...

Quoi qu'il en fût, malgré mon amitié pour lui, je ne pouvais certes songer à lui révéler l'étrange situation dans laquelle il se fourvoyait... Dénoncer Kondjé-Gul comme ma maîtresse, c'était la faire bannir d'un monde où elle avait conquis sa place; c'était la frapper au cœur, et décider sa déchéance, sans raison, sans profit, ni pour Kiusko, ni pour moi. N'avais-je pas d'ailleurs un devoir de loyauté plus étroit envers elle, qu'envers cet ami d'un jour ?

Je résolus donc de me taire et d'attendre les événements. Je savais trop que je les mènerais à ma guise, pour en redouter les suites. Pourtant, un fait, en apparence insignifiant, me surprit. Informé du projet de visite de ma tante, j'allai, le soir même, à l'hôtel de Téral, pensant que la mère de Kondjé-Gul allait m'en parler aussitôt; elle ne m'en dit rien. Je crus tout naturellement que, quelque obstacle étant survenu, la démarche avait été retardée.

Le lendemain, sans paraître attacher la moindre importance à mes questions, j'interrogeai la comtesse. Elle m'apprit que, la veille, elle avait été chez Mme Murrah.

— Avez-vous commencé vos ouvertures pour le grand projet de Kiusko ? lui demandai-je.

— Oui, répondit-elle.

— Et... elles ont été agréées ?

— Oh ! vous allez trop vite ! Selon les usages musulmans, cela ne marche pas ainsi. Nous n'en sommes restées qu'aux préliminaires. J'ai exposé la sollicitation

de notre amoureux, il faut maintenant consulter
Kondjé-Gul.

— En attendant, la mère paraît-elle favorable à cette
demande ?

— Elle n'avait point à se déclarer dans une première
entrevue, dit ma tante. Vous savez qu'elle a le calme
tout fataliste de sa race Pourtant, à l'énoncé de la
fortune de Daniel, j'ai cru voir qu'elle m'écoutait avec
faveur.

— Vous a-t-elle dit quelle dot elle donne à sa fille ?

— Une dot ?.. Êtes-vous fou ?.. Nous parlions turc :
j'ai traité l'affaire à la turque! Et je l'eusse fort
étonnée, je crois, à cette pensée, qu'en lui demandant
Kondjé-Gul, je lui demandais en outre de payer le
seigneur Kiusko pour la prendre. Il y avait là de quoi
renverser toutes ses idées ! Ignorez-vous donc qu'en
Orient, c'est au contraire le mari qui offre toujours
une dot aux parents dont il veut obtenir la fille ?... Ce
qui me paraît, du reste, plus chevaleresque et plus
galant... Daniel, d'ailleurs, se soucie de l'argent
comme d'un fétu. Il aime : cela suffit !..

Je me gardai bien de désillusionner ma tante sur les
espérances qu'elle avait déjà conçues. Rassuré, par la
façon dont Mme Murrah avait joué son rôle, je n'avais
plus qu'à décider, selon les circonstances, la forme et
le moment d'un refus.

Comme j'en étais à ces réflexions, le comte Kiusko
entrait, en familier qu'on n'annonce pas, il me tendit
la main avec une effusion inaccoutumée. A son air
heureux, je devinai qu'un mot de ma tante l'avait déjà

informé, et qu'il accourait pour apprendre, dans tous les détails, le résultat d'une première déclaration. Peu désireux de gêner leur entretien, au bout d'un instant je les laissai.

Le lendemain, j'étais à peine levé que Kiusko m'arrivait; nous montions ce jour-là. Comme le plus souvent il allait de son côté au rendez-vous, je devinai qu'il voulait avoir l'air d'être amené par moi, pour couvrir son embarras ou sa timidité, lorsqu'il aborde- rait Kondjé-Gul. Résolu à me dérober à des confi- dences, je retins mon valet de chambre, en m'habillant très lentement, sans pitié pour son impatience, et de façon à nous mettre en retard; ce qui nous força, une fois en selle, de gagner le bois au galop, allure peu propre aux expansions.

Nous ne rejoignîmes la cavalcade qu'à l'avenue des Acacias; c'était l'itinéraire du retour. Je ne man- quai point d'observer Kiusko, au moment où il saluait Kondjé-Gul, qu'il pouvait croire déjà informée. Il rougit en balbutiant un compliment collectif aux jeunes filles. Le visage de Kondjé-Gul ne trahit rien que l'ani- mation de la course. Nous partîmes en deux groupes. Par discrétion sans doute, Kiusko resta en arrière avec Suzannah et sir Harry; Edwards et moi, nous avions pris les devants avec Kondjé-Gul et Maud, qui se querellait avec son cousin, sur ce point important : d'aller tout droit pour galoper, ou de tourner par la petite allée... Kondjé-Gul décida brusquement la question, en entrant sous le couvert.

— Qui m'aime me suive ! dit-elle en riant.

Je la suivis; et nous nous trouvâmes côte à côte.

— Oh ! grande nouvelle, me dit-elle, dès que Maud
et Edwards ne purent plus nous entendre. Imagine-toi
que, avant-hier, ta tante est venue voir ma mère, pendant que j'étais absente, et là, en grande cérémonie,
m'a demandée en mariage pour le noble comte Daniel
Kiusko. Ma mère m'a révélé cette affaire, ce matin. J'ai
ri d'abord, et j'ai dit à maman qu'elle devait t'avertir
bien vite, pour que tu décides de quelle façon il faut
repousser l'ennemi.

— C'est fort simple, dis-je. Elle n'a qu'à répondre
à ma tante, lorsqu'elle reviendra, qu'elle t'a consultée.

— Est-ce aussi simple que cela ?..

— Sans doute, repris-je avec humeur, à l'idée
qu'elle savait l'amour de Daniel ; n'est-ce point ta
volonté seule que l'on peut invoquer ?

A ce mot, Kondjé-Gul me regarda tout étonnée.

— Ma volonté... dit-elle. Mon Dieu, est-ce que tu
ne m'aimes plus ?

— Pourquoi ne t'aimerais-je plus ? répondis-je.

— On dirait que tu veux me rappeler cette horrible
liberté qui me fait si peur.

Je compris que j'étais stupide et brutal. Je m'excusai.

— Méchant, ajouta-t-elle, en me montrant son
bracelet d'or rivé à son bras.

Nous décidâmes que j'irais me concerter avec sa
mère, pour lui dicter les termes précis d'un refus cou-
pant court à toute espérance. A ce moment, nous sortions de l'étroite allée; Maud et Edwards nous rejoignaient. Notre promenade s'acheva sans autre incident,

si ce n'est pourtant que Daniel me sembla nous observer beaucoup, Kondjé-Gul et moi, comme s'il eût
voulu deviner ce qui s'était passé pendant notre tête-
à-tête, qu'il avait vu de loin. Je ne m'en préoccupai
pas autrement, résolu à agir le jour même, pour en
finir avec cette sotte aventure.

Vers trois heures, j'allai à l'hôtel de Téral; et, dans
un entretien avec la mère de Kondjé-Gul, je précisai
les termes de sa réponse à ma tante, qui se bornait à
cette formule d'usage, en pareille occurrence : « Mademoiselle Kondjé-Gul était très flattée de l'honneur que
voulait bien lui faire monsieur le comte Daniel Kiusko ;
mais elle ne pouvait l'accepter. » Et, pour marquer
que ce n'était pas là un de ces atermoiements qu'il pût
garder l'espoir de vaincre : « Elle confiait à l'ami que son
cœur n'était plus libre, et qu'elle était engagée avec
un de ses parents de Turquie... » Cette réponse, à
demi confidentielle, avait le mérite d'un acte de franchise, après lequel un galant homme ne pouvait
insister sans offense.

P. Avril inv.

P'Avril inv

CHAPITRE XIV

Tu reviens encore, mon cher Louis, à ton rôle d'enfonceur de portes ouvertes; et ta belle humeur croit s'évertuer à mes dépens.

Mon système oriental s'effondre, dis-tu, au contact du monde réel, « et de ces sentiments que je prétendais classer parmi les préjugés d'une civilisation vieillie ».

Tu ne t'aperçois pas, dériseur subtil, qu'il n'est pas un de tes arguments qui ne se retourne contre toi pour proclamer la supériorité des mœurs du harem. — N'est-il pas évident que ces mésaventures, ces orages, ces jalousies, que tu grossis à dessein, n'ont pour cause que l'émancipation de ma Kondjé-Gul; et que rien de tout cela ne fût arrivé si je n'eusse dérogé aux

usages turcs?... A part quelques petits nuages, résultant d'une initiation trop brusque à nos pernicieuses
idées, contemple, d'un côté, la sérénité de mes amours
avec Zouhra, Nazli et Hadidjé, cette molle existence
de poète ou de sultan, à l'abri des rivalités troublantes. — De l'autre, vois ces difficultés, ces luttes naissant tout à coup de nos conventions mondaines aux
premiers pas de ma jolie sultane, à travers *nos mœurs
civilisées.*

En vérité, je ne sais pas pourquoi je m'attarde à
discuter avec toi.

Allégé par l'assurance que Kondjé-Gul allait être
délivrée des poursuites du comte Kiusko, après la déclaration que Mme Murrah fit très correctement à ma
tante, je retrouvai ma quiétude. Je ne doutais point de
l'effet qu'une réponse aussi catégorique allait produire
sur Daniel. Je le savais trop épris pour ne point prévoir que le coup serait rude.

Je m'attendais donc à le voir cacher dans une solitude désolée le deuil de ses illusions. Revoir Kondjé-
Gul, après un tel refus motivé, c'était souffrir et ravi-
ver ses regrets. C'était surtout l'exposer, elle, à une
situation troublante, que son amour déclaré devait
créer entre eux. Mais il arriva que, comme je ratio-
cinais à part moi sur cette nécessité d'une retraite, je
fus tout surpris de le voir reparaître parmi nous le
lendemain, aussi calme que la veille, et comme si nul
incident fâcheux ne lui fût survenu. Les jours suivirent et rien ne fut changé. On eût dit même, à son
aisance, à je ne sais quelle désinvolture plus assurée,

que, désormais confiant dans l'issue de ses prétentions, il attendait l'heure qui devait couronner ses
vœux.

Ce singulier résultat d'un rejet décisif n'était point
sans m'intriguer; j'en vins à soupçonner que la mère
de Kondjé-Gul avait mal récité sa leçon. Je résolus
enfin d'interroger discrètement ma tante sur ce point.

— A propos, belle tante, lui dis-je, un matin, du
ton de la plus complète indifférence, vous ne m'avez
plus reparlé du mariage de Kiusko...

— Ah! il n'en est plus question! me répondit-elle.
Il s'est présenté trop tard : le cœur de la belle Kondjé-
Gul est pris... Elle est même engagée à un de ses
parents.

— Il me paraît, du reste, supporter fort allègre-
ment sa déconvenue.

— Oh! ne vous y fiez pas! reprit-elle. Daniel n'est
point de ces amoureux bêlants qui jettent leurs plaintes à la lune. Il l'aime, je l'ai vu à sa pâleur subite,
quand je lui ai annoncé le rejet très net de sa demande; mais il a une volonté de fer, et soyez convaincu que, s'il est si calme, c'est qu'il a gardé un
espoir. — Pour moi, je ne croirai au mariage de
Kondjé-Gul avec son cousin, que lorsqu'il sera fait.

Bien qu'il m'importât peu que la foi robuste de
Kiusko s'illusionnât encore d'un reste d'espérance,
je dois convenir que je ressentis je ne ne sais quel
froissement d'une si présomptueuse insistance. Par
une demande officielle, il avait déclaré son amour, que
désormais Kondjé-Gul ne pouvait plus feindre d'i-

gnorer. Il y avait une sorte d'outrecuidance blessante
pour elle, dans cette quiétude qui semblait ne tenir
aucun compte d'un engagement qu'elle lui avait fait
connaître, en motivant son refus. Si réservé qu'il fût,
et bien que jamais une parole ne trahit le sentiment
secret qu'il voilait avec soin dans nos relations de
camaraderie, il était impossible de ne point subir la
contrainte d'une situation dont, pour son compte, il
ne paraissait prendre nul souci. Ces façons de tyran-
neau féodal et cette confiance insolente m'aigrissaient
enfin à un point que je ne saurais dire; mais une circonstance vint bientôt donner un tout autre cours à
mes soupçons.

Un matin, vers dix heures, j'accompagnais ma
tante dans une de ses tournées de couturières et de
modistes. Comme notre voiture passait par hasard
devant l'hôtel de Téral, je fus tout surpris d'en voir
sortir Daniel. — Que venait-il faire là? — C'était
l'heure des leçons de Kondjé-Gul, et, à coup sûr, ce
n'était point l'heure des visites. Une semblable découverte me jeta dans un si étrange accès d'humeur,
que j'eus peine à le dissimuler. Cependant, je réfléchis
que Maud ou Suzannah l'avaient peut-être chargé de
quelque message, ou de quelque livre qu'il était venu
remettre chez le portier. Quoi qu'il en fût, je voulus
en avoir le cœur net. Au milieu des Champs-Elysées,
je pris le prétexte d'un ordre à donner chez un car-
rossier; et, laissant ma tante rentrer seule, je revins
à l'hôtel de Téral.

Comme je l'avais prévu, Kondjé-Gul était enfermée

chez elle avec sa maîtresse de piano. Je me fis annoncer dans les formes ; elle me fit introduire aussitôt.

— Quoi ! c'est vous ? me dit-elle, feignant la surprise d'une visite si matinale. Venez-vous jouer à
quatre mains avec moi ?

— Non, répondis-je, je passais ; et je vous dérange
seulement pour vous demander si vous avez combiné
quelque chose avec vos amies Montaigu.

— Rien... Elles m'attendent à trois heures, voilà
tout !

— Elles ne vous ont rien fait dire, ce matin ?

— Non !.. Est-ce qu'il arrive quelque chose ?
ajouta-t-elle en turc.

— Absolument rien, répliquai-je en riant. Ma tante
m'a amené par ici, j'ai voulu te dire bonjour.

— Que tu es bon et gentil, dit-elle avec effusion.

Elle n'avait pas quitté son piano, et j'étais resté
debout, afin de bien marquer que je n'étais venu
qu'en passant prendre ses ordres. Je lui serrai la
main, en lui déclarant ne pas vouloir interrompre sa
leçon, et je partis.

Il était évident que Kondjé-Gul n'avait rien su de
la visite de Daniel. En sortant, je m'adressai à Fanny,
à qui je donnai quelques instructions, en la prévenant
que j'allais envoyer des fleurs. Cette fille m'était entièrement dévouée, et sa discrétion était à toute
épreuve. Pourtant, ne voulant point paraître l'interroger sur sa maîtresse, je lui demandai indifféremment
si le comte n'avait rien apporté pour moi.

— Je l'ignore, monsieur, me répondit-elle. M. le

comte est venu, il y a une heure; mais il m'a dit de l'annoncer chez la mère de mademoiselle, qui l'attendait, je crois, et qui a donné ordre de le faire entrer dans le petit salon où elle est allée le recevoir. Quand il est parti, il ne m'a rien dit.

— Ah! très bien, ajoutai-je négligemment.

Mon enquête aboutissait à une curieuse découverte. Que signifiait cet entretien secret de Daniel avec la mère de Kondjé-Gul?... Décidé à pénétrer ce mystère, je montai délibérément chez Mme Murrah. Elle ne parut pas surprise, d'où je conclus qu'elle me savait à l'hôtel, et qu'elle s'était préparée à me voir. De mon côté, du reste, j'eus l'air de venir pour régler quelques détails du service de l'écurie et de la maison; car j'étais forcé de l'aider dans la direction de toutes choses. Elle m'écoutait avec ce sourire un peu servile qu'elle garde toujours avec moi. Quand elle fut bien absorbée par ma question de chiffres :

— A propos, lui dis-je tout à coup, que venait donc faire ici le comte Kiusko, si matin?

Je crus la voir rougir, mais ce ne fut qu'une rapide impression.

— Le comte?.. répondit-elle avec le ton du plus profond étonnement... Je ne l'ai pas vu... Est-ce qu'il est venu?

— Mais Fanny l'a fait entrer ici, répliquai-je. Vous lui avez parlé...

— Ah! oui, *ce matin*, s'écria-t-elle vivement en soulignant ce mot. Ah! mon Dieu, ma pauvre tête? Je comprenais *hier soir*, je sais si mal le français !..

Oui, oui, il est venu. Ce pauvre jeune homme est fou. C'est la seconde fois qu'il vient me supplier de lui donner Kondjé-Gul. Il est fou! Il est fou!

— Ah! il était déjà venu! Mais pourquoi ne m'en avez-vous pas informé?

— C'est vrai? je l'avais oublié, répliqua-t-elle.

Je jugeai inutile de paraître insister. Mme Murrah avait-elle essayé de me cacher ces visites de Kiusko? Ou n'y avait-il là, au contraire, qu'une preuve du peu d'importance qu'elle y attachait?.. Lui signaler ma méfiance, c'eût été en tous cas la mettre sur ses gardes. Sans plus de transition, je repris mes explications de ménage, comme si je n'eusse vu, en effet, dans l'incident du matin, que le puéril entêtement d'un amoureux éconduit. Un quart d'heure après, je la quittai le plus gaiement du monde.

Une fois sorti, je résumai froidement l'affaire, et je réfléchis. Avais-je surpris, par hasard, une entente, ou mon esprit jaloux s'effrayait-il à tort d'une folle démarche que la mère de Kondjé-Gul n'avait pu esquiver?.. Pliée à une sorte de soumission passive, s'était-elle laissé intimider devant un homme qui parlait en maître?.. Embarrassée de son rôle, n'avait-elle pas maladroitement laissé échapper quelque parole imprudente? En fallait-il davantage pour expliquer la singulière conduite de Daniel? Il y apportait, sans scrupule, la sauvage énergie d'une volonté faite à tout plier sous sa loi. Le choix des moyens importait peu, pour cette nature à peine à demi domptée par une éducation incomplète. Accoutumé à n'agir qu'en maî-

30

tre, il poursuivait son but, droit devant lui, donnant
tête baissée à travers les obstacles. La souplesse du
Slave se montrait à nu dans cette partie désespérée dont
le bonheur de sa vie était l'enjeu. Il aimait, je le savais,
de cet amour aveugle qui ne pactise pas avec la raison.
Il conjecturait sans doute que, avec la mère pour
alliée, le mariage se conclurait à la turque, sans
consulter Kondjé-Gul.

Ma première pensée fut d'intervenir violemment
dans ce complot; mais, éclairé sur des manœuvres
qui me donnaient l'explication d'une si incroyable
constance, après le refus qu'il avait essuyé, je compris
la sottise d'une provocation dont le moindre péril
était d'atteindre Kondjé-Gul, et d'éveiller peut-être
un scandale... Je tenais désormais dans mes mains le
fil de ces obscures menées, j'allais prendre mon rival
à son piège et l'égarer à mon gré.

Ces réflexions me calmèrent. Après tout, n'était-il
pas insensé de prendre ombrage d'une poursuite qui
n'était, en fin de compte, qu'un des mille incidents
que j'avais prévus. La beauté de Kondjé-Gul devait
soulever sur son passage des admirations passion-
nées... Qu'allais-je devenir, mon Dieu! si je prenais
souci de Kiusko plus que d'un autre? Informé de ses
moindres actions, j'étais là d'ailleurs, s'il le fallait,
pour mettre fin à ses projets ténébreux.

Mon ami, il m'est arrivé un ennui grave.
Il faut te dire que, dans la rue de Babylone, il y a

une caserne. Il s'ensuit que beaucoup d'officiers lo-
gent aux alentours; de plus, le jardin de mon hôtel,
fermé par un mur du côté du boulevard, n'est pas
suffisamment abrité, pour que, de diverses fenêtres
voisines, des regards téméraires n'y puissent plonger.

Or, quelques jours de soleil nous gratifiant d'une
température fort clémente, mes houris ne pouvaient
manquer de sortir se promener par les pelouses. Elles
ont tout naturellement attiré des attentions indiscrètes, que le mystère de cette demeure toujours close
et les propos du quartier *sur le Turc* devaient d'autant plus aviver. Il se trouve, en outre, que l'hôtel
mitoyen est habité par le colonel. D'où résulte, du
matin au soir, un va-et-vient de sergents-majors, de
lieutenants et de capitaines, qui, tous, lancent à l'envi
des yeux fascinés sur ce coin du paradis de Mahomet.

Bien qu'il faille rendre à mes houris cette justice
qu'elles ne s'y montrent point sans voiles, je te laisse
à penser l'émoi de tout l'état-major du régiment.

Ce n'était certes là qu'un inconvénient que le
pur hasard me ménageait, au cours de mon expérience méthodique des mœurs nouvelles dont je veux
démontrer la supériorité. Tourner un obstacle, même
adventice, n'eût point été d'un psychologue sincère;
et déménager mon harem, c'était créer un argument
spécieux à quelque détracteur de ma doctrine, qui
ne manquerait point de s'emparer d'une légère difficulté d'exécution, pour me soulever des controver-
ses... En être réduit à pratiquer la séquestration
absolue de mes créatures, comme un vil satrape

d'Asie, c'était porter atteinte à la dignité humaine et
confesser, d'ailleurs, la fragilité de mon système ré-
novateur...

Bref, je tins bon ; et consciencieusement, je donnai
ordre à Mohammed, déjà alarmé, de n'apporter aucune
entrave aux libres ébats du jardin.

Confiant dans une saine application des immortels
principes, je ne m'occupais plus de cette affaire, lorsque, il y a trois jours, comme j'arrivais le soir, je vis
accourir Mohammed effaré. En proie à l'émotion la plus
vive, il me supplia de l'entendre en secret, pour une
communication d'importance...

J'entrai chez lui, et, là, je l'invitai à s'épancher.

Il me raconta alors, j'en dois convenir, avec de vé-
ritables accents de désespoir : que l'honneur du harem
et le sien surtout, par extension, étaient épouvanta-
blement compromis... Dans la journée, enfin, il avait
surpris Zouhra correspondant par gestes, de sa fenêtre à une fenêtre de l'hôtel voisin, avec un jeune et
superbe seigneur. A en juger par son costume militaire chamarré d'or, l'amant audacieux devait être au
moins un *mouchir* (général).

La foudre tombant aux pieds de Mohammed ne l'eût
certes pas plus consterné. Le malheureux ne semblait
point douter un instant du châtiment qui l'attendait.
Je le rassurai, car tu le penses bien, dans mon système,
ce rouage inutile est destiné à disparaître comme une
superfétation : la dignité d'eunuque n'étant point
compatible avec nos lois. Pourtant, en cette occurrence,
je ne crus pouvoir me dispenser d'ouvrir une enquête

sérieuse, sur le délit qu'il me signalait comme durant
depuis plusieurs jours. Des lettres mêmes, jetées par-
dessus les murs, avaient été échangées...

Le lendemain donc, je me rendis à l'hôtel, avant
l'heure des correspondances indiquées, et, me postant
à l'étage supérieur, derrière un rideau à l'abri duquel
je pouvais surveiller à l'aise les manœuvres compli-
ces, j'attendais... Mohammed gémissant, comme un
homme diminué, déchu de ses grandeurs, déshonoré.
Je ne tardai point à voir apparaître Zouhra, délicieusement parée, et tenant un bouquet à la main ; mais
l'autre fenêtre dénoncée restait vide. Il était évident
pourtant qu'elle y portait ses regards. Au bout de
dix minutes, elle était impatiente, allant, venant
dans sa chambre, avec tous les indices révélateurs de
l'attente.

Pourvu d'une bonne lorgnette, j'épiais ses manèges.

Près d'une demi-heure s'écoula. De l'autre côté,
toujours rien ! Mohammed, de plus en plus abattu,
en arrivait à trembler de ne point me convaincre de
l'étendue de ma disgrâce..., quand, soudain, un mouvement de ma houri, se précipitant vers la croisée,
annonça du nouveau ; elle abaissa son bouquet en guise
de salut. Ma lorgnette à l'instant suivit la route de ses
œillades...

Au troisième étage du colonel, j'aperçus un tambour-
major splendide, en grande tenue, avec ses grosses
épaulettes, la poitrine chamarrée d'énormes galons
d'or, et la main sur son cœur. Son haut plumet, planté

sur son bonnet à poil, ne pouvant tenir dans la chambre, mon rival sortait par la fenêtre à mi-corps, et l'insigne tricolore poignardait le ciel.

J'en restai ébloui : un soleil !

Zouhra avait reçu le coup de foudre. La mimique s'engagea peu à peu des deux parts ; de mon côté, naïve et encore contenue ; de l'autre, ardente et passionnée. Entre temps, des poses contemplatives. Il lui montra une lettre ; elle lui en fit voir une autre, qu'elle tenait toute prête. Il en montait des rougeurs au front de Mohammed.

Devant de tels aveux, il n'était plus possible de douter. Bientôt, le tambour-major s'enhardit, portant le bout de ses doigts à ses lèvres ; des baisers traversèrent l'espace ; puis, les mains jointes, il implora pour qu'on les lui rendît.

Je dois confesser que, pendant quelques minutes, la malheureuse se défendit avec une réserve pudique. Mais pressée, suppliée, je la vis à la fin faiblir, anxieuse, hésitante, elle succomba.

J'étais trahi !

Mohammed s'affaissa avec un gémissement plaintif. Moi, je pensai à l'ancien malheur de mon oncle. — Est-ce une destinée ?

Mais, si mon oncle est de Marseille, j'en suis aussi ; et, pour n'être que son neveu, j'ai assez de sa tête chaude, à mes heures, pour ressentir comme lui les mêmes coups du sort. Lancé dans son orbite extravagante, subissant toutes ses phases, je dois m'attendre à ce que rien ne m'arrive comme à un autre, si ce

n'est comme à lui. Cette conformité d'aventures, où le
tambour-major remplaçait son Jean Bonaffé, n'avait
donc pas lieu de me surprendre, autrement que
comme un contingent philosophique prévu, inscrit
d'avance au livre du destin. Et, s'il faut entre nous
tout te dire, j'eusse même trouvé illogique la moindre
dérogation à cette loi précise de la fatalité...

Pourtant, soit gauche disposition d'esprit, soit
réveil trop brusque ou trop hâtif de la trop présomptueuse quiétude où je m'étais endormi, je t'avoue que,
en raisonnant mon cas, j'éprouvai sur l'instant un fort
singulier étonnement.

Les cornes, c'est comme les dents, a dit une femme
d'esprit : cela fait du mal quand ça perce, après quoi
on s'en accommode !..

Si vraie que soit cette parole d'une personne
d'expérience ; ayant mes idées propres sur ce vain
ornement, et n'y pouvant plus rien ; suffisamment
pourvu de preuves enfin, et mes réflexions faites,
ma première idée fut de donner tête baissée tout au
travers de cette intrigue, où mon déshonneur était
certain. Plantant là Mohammed, échoué sur le divan,
je m'élançai par les escaliers jusqu'à la chambre de la
coupable.

J'ouvris doucement sa porte fermée, étouffant mes
pas sur le tapis, et j'arrivai derrière elle, juste à temps
pour la saisir à son tour : une main sur son cœur, et
ses doigts à ses lèvres...

Elle jeta un petit cri. Le tambour-major d'en face,
me voyant surgir soudain, eut un geste affolé. Il se

rejeta en arrière si brusquement, que son plumet, s'accrochant au haut de la fenêtre, enleva son bonnet à poil, qui, basculant, s'abîma dans la cour.

Zouhra poussa un autre cri.

Tout cela s'était passé dans la durée d'un éclair. Comme un diable qui rentre dans sa tabatière, mon rival avait disparu, fermant sa croisée...

Nous étions seuls.

— Eh bien ! dis-je alors à l'indigne : c'est donc là ta conduite...

Elle ne répondit rien ; espérant encore sans doute pouvoir nier, avec cet aplomb de toute femme qui, surprise sur le fait, prépare son grand air pour s'indigner d'une offense.

— Quel est cet homme de là-haut, repris-je, avec qui tu correspondais ?

— Oune homme !.. répondit-elle enfin, avec ce fort accent turc dont je te fais grâce. Je ne sais pas ce que tu veux dire... Je n'en connais pas... Je n'en ai jamais vu !..

— Mais il était là, à cette fenêtre.

— Eh bien! qu'est ce que cela prouve ? reprit-elle. Est-ce que cela me regarde ? Est-ce que je puis empêcher les gens de se mettre à leur fenêtre ?..

— Non, mais tu pourrais t'empêcher, toi, quand ils y sont, de leur faire des signes ; et surtout de leur renvoyer les baisers qu'ils t'adressent.

— Des signes, moi ? J'ai fait des signes!.. s'écria-t-elle. Ah ! c'est trop fort, par exemple!.. Pour qui donc me prenez-vous ?..

— Enfin, je t'ai surprise, et j'ai arrêté ta main, tes doigts posés sur tes lèvres...

— Eh bien! est-ce qu'on ne peut plus mettre ses doigts sur ses lèvres maintenant ?.. Comment, je n'aurai même plus le droit de faire un geste, sans en rendre compte, sans être insultée ?.. A-t-on jamais vu traiter une femme d'une façon aussi odieuse ?.. Attachez-moi, alors !

Tu connais, mon cher Louis, la tactique ; toujours la même en pareil cas. J'y coupai court, l'ayant laissée s'enferrer.

— Allons, lui dis-je, il ne s'agit pas ici de jouer la victime opprimée. Je suis là depuis une demi-heure, derrière ces rideaux ; j'ai tout vu, avec ma lorgnette, ajoutai-je en lui montrant l'instrument comme preuve à l'appui.

Frappée de cette démonstration victorieuse, elle demeura consternée. Je jouis un instant de mon effet, et continuant :

— J'ai vu la lettre qu'il t'a montrée, et celle qui est dans ta poche ; et dont je vois encore passer le bout.

A ce mot, elle devint toute rouge ; et, plus prompte que la pensée, sortit le papier accusateur qu'elle déchira en mille morceaux.

— Très bien ! dis-je. Il paraît que ce que tu écrivais à ce militaire, que tu n'as jamais vu, et que tu ne connais même pas, était assez compromettant.

— C'était une lettre pour la modiste, reprit-elle.

— Oui ! et dont tu voulais le charger sans doute... ripostai-je avec ironie.

31

Ce dernier trait fort acéré porta, et la mit hors d'elle-même. Elle prit une superbe attitude.

— Je ne vous donnerai aucune explication, dit-elle. Croyez tout ce qu'il vous plaira. Faites tout ce que vous voudrez... Quant à moi, je sais ce qui me reste à faire !... Du moment que je suis espionnée et traitée d'une façon pareille, j'ai assez de cette vie-là... J'aime mieux en finir tout de suite !..

— Et comment comptes-tu en finir ? repris-je. Il faudrait peut-être me consulter un peu là-dessus.

— Mais, mon cher, vous n'êtes ni mon mari ni mon frère, s'écria-t-elle du ton le plus dégagé; et vous n'allez plus, j'imagine, parler de ces bêtes de droits turcs. Nous sommes à Paris, et je sais que je suis libre !..

— Alors, où cela te mènera-t-il, ta liberté ?..

— Oh ! ne vous occupez pas de moi... je n'aurais pas de peine à me marier ! Si vous croyez, mon cher, que je suis embarrassée pour trouver une *position*.

Ce mot caractéristique révélait une initiation décidément beaucoup plus complète que je ne l'avais soupçonnée.

— Et cette *position*, répliquai-je, tu comptes l'obtenir de ce beau seigneur, sans doute?

Ces paroles de dédain l'exaspérèrent, elle perdit toute retenue, et, brûlant ses vaisseaux :

— Ce beau seigneur est un duc !.. s'écria-t-elle véhémente. Je vous défends de l'outrager. Et, puisque vous osez me menacer, je vous dirai que je l'aime, et qu'il m'adore, et qu'il m'offre de m'épouser, me promettant toutes les félicités...

Pour le coup, en dépit de mon malheur, je ne pus me défendre de rire de ces déclarations enflammées, indignées, rehaussées d'un accent osmanli d'un comique irrésistible... Ma gaieté mit le comble à son emportement.

Outrée, décidée à tout, elle courut vers un meuble, en retira une carte de visite enluminée, sur laquelle se becquetaient deux colombes, et qu'elle me jeta d'un air de reine, en s'écriant :

— Tenez, mon cer, vous allez voir si z'ai encore besoin de vous !...

Je ramassai l'objet, et je lus ces mots écrits à la main :

LEDUC (D'ARPAJON)

TAMBOUR-MAJOR AU 79ᵉ DE LIGNE

A la divine ZOUHRA. — Amour pour la vie!

Inutile de te décrire la fin de cette scène.

Quand j'eus assez ri, je me donnai le délectable plaisir de désillusionner ma houri infidèle, en lui expliquant sa fâcheuse méprise sur le rang de son vainqueur, qu'elle avait tout simplement avantagé, dans son esprit, d'une fortune en rapport avec la hauteur de son plumet. Je rabattis son rêve *de toutes les félicités*, en les réduisant au chiffre de trente sous par jour de haute paye.

A ces révélations foudroyantes, tu l'aurais pu voir, fondant peu à peu dans un affaissement progressif; ses jolies lèvres de pourpre entr'ouvertes, et ses yeux de gazelle effarés d'étonnement. L'image de la consternation.

Tout à coup, elle se précipita vers moi, et me saisit brusquement dans ses bras :

— Ah ! c'est toi que ze t'aime !... c'est toi que ze t'aime !... s'écria-t-elle avec un accent pathétique et plein de transports.

J'eus quelque peine à me dégager de cette étreinte passionnée. J'y parvins; mais ce fut pour essuyer une nouvelle crise de désespoir, que je confiai immédiatement aux soins de ses femmes.

Après quoi, sans plus d'explications superflues, je me retirai.

Au fond, je ne dissimule pas que tu vas chercher dans cet accident matière à triompher de ma déconvenue.

Je te ferai remarquer cependant que tu ne saurais t'emparer d'un fait général, inhérent à la nature de la femme, pour en tirer des déductions sur mon cas particulier. Tout ce que tu peux raisonnablement conclure, c'est que, tel qui a quatre femmes doit être trompé quatre fois plus que tout autre qui n'en a qu'une.

C'est là, certes, un argument considérable, j'en fais l'aveu.

Quoi qu'il en soit, mon infortune m'étant démon-

trée, et Zouhra rayée de mon cœur, il me fallait
prendre un parti.

Le plus simple, c'était de consulter mon oncle, que
son expérience, en pareille mésaventure, me désignait
comme le meilleur des conseillers.

Il m'écouta, caressant sa barbe, avec le flegme un
peu goguenard de l'homme pratique, qui n'est pas
fâché de se voir des compagnons d'infortune. Il me
sembla même voir poindre un grain de satisfaction
maligne, dénonçant qu'il avait encore sur le cœur ma
façon d'hériter...

Quand j'eus achevé :

— Tu es bête, conclut-il tranquillement ; il fallait
donc la laisser se marier sans rien lui dire !.. Tu
aurais économisé ainsi les frais de retour et de rapatriement.

— Dame, il n'est plus temps, mon oncle...

Bref, la loi turque ne permettant pas l'abandon ou
le renvoi d'une cadine sans qu'il soit pourvu à son
sort, Zouhra va être exilée à Rhodes... Le pacha a
fondé là, pour son usage, une sorte de Botany-Bay,
lequel était en même temps lieu de retraite et de villé-
giature pour ses femmes de réforme que l'âge avait
défraîchies... Une ancienne abbaye, avec de vastes
jardins plantés de mimosas et d'orangers, qu'il a eue
sur enchère pour une dizaine de mille francs. L'île est
charmante, les denrées y sont pour rien, à ce qu'il
m'a raconté. Juge-toi même : les poulets coûtent
quatre sous, le reste à l'avenant... Elles sont là-bas

déjà onze; l'entretien du tout, sur un bon pied, et serviteurs compris, ne dépasse point trois mille écus par an.

Trouve-moi, dans nos institutions, des arrangements comparables à ceux de mon oncle, pour parer à de semblables situations?...

P Avril inv.

P. Avril inv

CHAPITRE XV

L'INDIGNE Zouhra est en route pour Rhodes depuis trois jours...

Eh bien! quoi?... J'en conviens, je n'ai plus que trois femmes, voilà tout. Après?... Est-ce à toi, mon ami le plus cher, d'essayer de m'en faire honte?...

Tout en exerçant tes badinages, tu me parais surtout pointer tes ironies vers certains autres embarras, résultant forcément de la situation de Kondjé-Gul, et de la poursuite, comme tu le dis, du *farouche Kiusko*. Grands dieux! j'ai un rival... Vrai, tu me fais rire!

Je crois pourtant que tout cela va se terminer fatalement par une affaire, qui me paraît, de jour en jour, absolument inévitable entre nous.

Il faut te dire que l'autre soir, comme j'arrivais un peu tard à l'hôtel de Téral, à cause d'un de ces ennuyeux dîners qui marquent les sorties d'Anna Campbell, je trouvai Kondjé-Gul toute triste, et les yeux rougis. Je l'avais quittée quelques heures auparavant, joyeuse et ravie d'un joli poney dont je lui avais fait cadeau le matin, et que nous avions essayé. Surpris, alarmé d'un chagrin si subit, et qui lui avait coûté des larmes, je l'interrogeai...

A ma première question, je vis qu'elle voulait me cacher la cause de son affliction. J'insistai.

— Ce n'est rien, me dit-elle... une histoire que m'a racontée maman...

Mais, comme elle essayait de sourire, un sanglot se brisa sur ses lèvres; et, fondant en larmes, elle se jeta à mon cou, cachant sa tête dans mon sein.

— Mon Dieu! qu'as-tu, m'écriai-je effrayé.

Elle ne put me répondre; sa poitrine se soulevait. Elle avait saisi ma main qu'elle couvrait de baisers, comme pour protester de son amour au milieu de son chagrin.

Je réussis à la calmer; puis, l'ayant fait asseoir près de moi, je la suppliai de me confier sa peine. Ses hésitations accroissaient mes terreurs; elle détournait les yeux, et je voyais qu'elle n'osait me répondre. Enfin, à bout d'anxiétés, je fis appel à mon autorité.

Alors, avec sa soumission d'enfant, elle me fit cet étrange récit qui me remplit d'étonnement :

Après le déjeuner, Mme Murrah était restée près d'elle, lorsque, à la suite d'un bavardage assez indiffé-

rent, elle se mit à lui parler de leur pays, de leur
famille et de la joie qu'elles auraient à les revoir, après
une si longue absence. Kondjé-Gul la laissait dire, ne
prenant de tels propos que comme un de ces rêves
d'avenir lointain, que l'imagination caresse toujours,
en dépit de l'impossibilité de leur réalisation; mais
elle fut bientôt très surprise, en s'apercevant que sa
mère l'entretenait de ce retour, comme d'un espoir à
solution prochaine. Elle l'interrogea. — Alors, avec
mille réticences, M⁰ᵉ Murrah lui raconta « qu'elle
avait appris qu'un mariage était décidé entre moi et
Anna Campbell, avec qui j'étais depuis longtemps
fiancé, que ce mariage aurait lieu dans six mois, et
que, le lendemain des noces, je devais partir avec ma
femme ».

La conclusion de tous ces arrangements, c'était
l'abandon de Kondjé-Gul.

J'étais atterré de cette révélation inattendue. Le
projet en question était encore un secret de famille,
connu seulement de mon oncle, de ma tante, et de
moi... Comment était-il arrivé jusqu'à M⁰ᵉ Murrah?...
Je ne sus point cacher mon trouble.

— Mais ce mariage est donc vrai?... reprit ma pauvre
Kondjé, anxieuse, en me regardant dans les yeux.

— Il n'y a de vrai que notre amour, répondis-je
ému, il n'y a que ma volonté de t'aimer toujours et de
toujours vivre ainsi.

— Mais ce mariage?... répéta-t-elle encore.

Il ne m'était plus possible de reculer devant un aveu
auquel je m'étais promis de la préparer plus tard.

32

— Écoute, ma chérie, dis-je en prenant ses mains, et surtout, écoute-moi confiante. Je t'aime, je n'aime que toi; c'est toi qui es ma femme, mon bonheur, ma vie... Me crois-tu?

— Oui, je te crois! Mais, elle?... ajouta-t-elle tremblante, Anna Campbell?... Tu l'épouseras?...

— Voyons, dis-je, voulant d'abord apaiser ses craintes; si, comme il arrive le plus souvent dans ton pays, j'étais forcé, pour assurer notre bonheur même, de faire un autre mariage.., ne comprendrais-tu pas que ce ne serait qu'un sacrifice que je dois à mon oncle, s'il l'exigeait de moi; un arrangement de famille qui ne pourrait nous séparer?... Que peux-tu craindre, si je n'aime que toi? Est-ce que tu t'es jamais inquiétée de Hadidjé, ou de Nazli?...

— Mais elles, elles ne sont pas chrétiennes, et Anna Campbell serait ta femme!... Ta religion t'ordonnerait de l'aimer!...

— Non, m'écriai-je, ma religion ne peut changer mon cœur, ni me délier envers toi! J'ai pour devoir de protéger ta vie, de te donner le bonheur!... Pourquoi donc t'effrayerais-tu d'une obligation qui ne troublerait pas ta confiance, si nous vivions dans ton pays?... Anna Campbell ne m'aime pas d'amour; nous ne sommes un pour l'autre que deux amis, prêts à accepter un de ces liens, comme tu en vois tant autour de nous, et qui ne sont que des accords de fortune, auxquels on ne demande qu'une estime réciproque. Enfant, de quoi serais-tu jalouse? Ne sais-tu pas que tu seras toujours tout pour moi?. .

La pauvre Kondjé-Gul écoutait ces arguments si étranges, sans qu'il lui vînt à la pensée de les combattre. Encore sous le joug de ses idées natives, ces préjugés d'Orient dans lesquels elle avait été élevée étaient trop profondément gravés dans son esprit, pour que la notion de nos sentiments, de nos usages, pour elle si souvent illogiques, eût pu la convertir brusquement à une autre appréciation de la destinée de la femme. Selon ses traditions à elle, j'étais son maître. Elle n'eût su comprendre qu'il lui fût possible de ne point se soumettre à ma volonté. Mais je voyais, à ses yeux mouillés de pleurs, que sa soumission, si touchante et si résignée, n'était qu'un effort de sa tendresse, et qu'elle souffrait cruellement.

— Voyons, pourquoi pleures-tu, repris-je en l'attirant dans mes bras... Est-ce que tu doutes de moi?

— Oh! non, reprit-elle vivement. Comment ne te croirais-je pas?

— Alors, souris!

— Oui, dit-elle en m'embrassant; tu as raison, je suis folle! Que veux-tu? Je suis encore à demi barbare, et je suis un peu éblouie de tout ce que j'ai appris de toi. Il y a encore en moi des obscurités que je ne puis comprendre. Pourquoi je suis jalouse d'Anna Campbell plus que je l'étais de Hadidjé, de Nazli, ou de Zouhra, je ne sais pas te le dire; mais j'ai peur!... Elle est chrétienne; peut-être vas-tu l'aimer autrement que moi. Il me semble que c'est la loi de ton pays qui va te reprendre et nous séparer. Cette odieuse loi que tu m'as révélée un jour, qui m'affran-

chirait et me rendrait libre, disais-tu, si je voulais te
quitter, me revient souvent à l'esprit comme un
affreux rêve. Cette liberté imaginaire dont je ne veux
pas, il me semble qu'elle va devenir réelle si tu te
maries.

Je la rassurai. Le cœur a des éloquences autrement
persuasives que les vaines déductions de la logique...
Que te dirai-je enfin, dans cette bizarre situation, où
le conflit entre ses croyances et ce qu'elle savait de
notre monde alarmait ma pauvre Kondjé-Gul?...
J'étais moi-même sincère, en m'illusionnant sur ce
compromis de conscience qui me semblait imposé
comme un strict devoir. Si singulier que cela puisse
te paraître, je vivais depuis trop longtemps déjà de la
vie du harem, pour n'avoir point été entraîné peu à
peu dans le courant de ces idées d'une autre morale
que la nôtre, et qui, après tout, est une morale
aussi... Le lien qui m'unissait à Kondjé-Gul avait, à
mes yeux, je ne sais quelle forme légitime et sa-
crée...

Quoi qu'il en fût, cette alerte me découvrait un péril.
Il était certain que la révélation de mon mariage avec
Anna Campbell n'avait pu venir à Mme Murrah que
par Kiusko. Sa parenté avec ma tante l'avait fait de la
famille, et il était dans la confidence de nos projets.
Il me fut aisé de comprendre que, repoussé par
Kondjé-Gul, son instinct jaloux avait pénétré une
partie de notre secret. Il avait deviné, du moins, que
j'étais un obstacle à ses vœux. Il poursuivait son but.
Il voulait détruire par avance tout espoir de Kondjé-

Gul, en lui dénonçant que j'étais fiancé avec une autre.

Informé de ses agissements, je me demandais avec inquiétude si, dans ces entrevues fortuites ou préparées, qu'il avait eues avec Mme Murrah, quelque parole imprudente n'avait point déjà tout trahi. Depuis quelques jours, j'avais cru remarquer chez lui je ne sais quel excès de réserve. Il se pouvait que, convaincu désormais de la vanité de ses espérances, il n'eût songé qu'à se venger, en troublant du moins la sécurité de son rival.

Eh! vraiment oui, je l'aime! Ne crois-tu pas que je vais le nier, ou chercher à le dissimuler comme une faiblesse?... Ai-je jamais dit que les amours du harem dussent avoir pour effet de supprimer le cœur, et l'âme, et les soifs de l'idéal au seul profit des sens?... Où tu sembles voir la défaite d'un vaincu, je m'enorgueillis de mon bonheur, et de l'enchantement de ce rêve que je poursuis tout éveillé. A ce lien secret et charmant qui m'attache à Kondjé-Gul, compare le prosaïsme de ces liaisons vulgaires, étalant leur cynisme à tous les yeux, ou ces amours de contrebande qu'un reste d'hypocrite vertu contraint à cacher dans l'ombre comme un délit!.. Ivresses décevantes, où la possession implique toujours nécessairement une dégradation de la femme et la mésestime de l'amant. Prêche ou dogmatise tant que tu voudras, pour revendiquer la supériorité de nos mœurs, sur ces mœurs d'Orient que tu déclares barbares, tu n'aboutiras jamais qu'à t'embrouiller dans tes paradoxes.

En fait, dans l'état de notre civilisation soi-disant raffinée, tout amour illicite est un libertinage, et la femme qui s'y livre, une femme déchue... Duchesse, ou vierge folle, tu peux poétiser sa faute, mais tu ne saurais l'oublier. — Le ver est dans le fruit. — Mon amour pour Kondjé-Gul ne connaît ni les rougeurs, ni les duplicités du vice. Fière de sa soumission d'esclave, elle peut m'aimer sans rien abdiquer de son orgueil. Pour elle, sa tendresse est légitime, sa gloire est de conquérir mon cœur. Je suis son maître, elle s'abandonne à moi sans mépris d'aucun devoir. Fille d'Asie, elle suit sa destinée, selon les traditions morales et les croyances de son pays. Elle y reste fidèle en m'aimant; sa religion n'a point d'autre règle, sa vertu n'a point d'autre loi.

Voilà pourquoi je l'aime, et pourquoi mon cœur est si plein de ce sentiment libre et vrai sous le ciel. Tu me parles de l'avenir, et tu me demandes ce qu'il adviendra, lorsqu'arrivera le jour de mon mariage avec Anna Campbell?... L'avenir est loin encore, mon cher; quand j'en serai là, nous verrons. En attendant, j'aime, j'aime, j'aime!

Es-tu content?... Oui, je confesse mes erreurs, j'abjure mes vanités païennes, mes principes de Sultan; je renie Mahomet! J'ai trouvé mon chemin de Damas, et l'amour vrai m'est apparu dans sa gloire, resplendissant sur la nue; il m'a touché de sa grâce, et mes fausses idoles gisent dans la poussière...

Veux-tu que je te fasse cadeau de mon harem?... S'il
t'agrée, dis un mot, et je te l'expédie en toute presse;
tu lui donneras de mes nouvelles, car voilà six semaines
que je n'ai vu mes sultanes. Seulement, hâte-toi;
dans huit jours elles partent aussi pour Rhodes. Les
trésors de la civilisation sont décidément contraires à
ces petits animaux-là. Leur liberté les perdrait à Paris,
je leur fais un sort, et je les congédie.

Tout cela est pour te dire le bonheur dans lequel je
nage. Rassurée par mes tendresses, et confiante en
l'avenir, ma Kondjé-Gul a reconquis cette douce sérénité d'âme qui fait de notre amour le plus délicieux
rêve. Le farouche Kiusko étant désormais démasqué,
tu juges si nous rions de ses imbéciles complots!

P Avril inv

P. Avril inv

CHAPITRE XVI

Ma tante Gretchen van Cloth est à Paris !

Eh bien! pourquoi prendre ton air facétieux en
lisant ces lignes?... car je te connais et je te devine...

Enfin, Barbassou est pacha, faut-il toujours te le
rappeler ?...

Tant il y a que, l'autre jour, mon oncle m'annonce
qu'il m'emmènera dîner avec lui. Je me trouve sur le
boulevard à l'heure dite, et nous partons dans son
coupé pour Passy. En route, il me met au fait. Nous
arrivons rue Raynouard, à une maison d'assez gentille apparence, d'où l'on voit sur la Seine couler les
bateaux. Une grille, un jardinet sur le devant. Au

33

bruit de notre entrée, une jeune dame, que je reconnais d'emblée, d'après mes souvenirs d'enfant, accourt
sur le perron.

— Embrasse ta tante, me dit mon oncle : ce qui
fut fait.

Nous entrâmes dans un petit salon modeste, dont
le style banal d'appartement meublé était relevé d'un
air propret et agrémenté de quelques bouquets dans
des vases disparates. Trois marmots, le dernier de
trois ou quatre ans, y mangeaient des tartines; mon
oncle les gratifia vaguement chacun d'une caresse; ils
disparurent pour aller rejoindre leur bonne.

Ma tante Gretchen touche à ses trente-quatre ans.
(Elle dit son âge.) Si elle n'était pas d'Amsterdam, il
faudrait l'y faire naître. C'est une fleur épanouie parmi
les tulipes. Un Rubens dans la manière un peu tem-
pérée du portrait de *la Frisonne*. La chair ferme, rose
et blanche des belles santés du Nord. On sent courir
un bon sang tranquille et sage sous l'agréable moisson
d'appas, juste à point rebondis, d'une honnête Hollandaise, qui n'en veut que son dû, mais qui tient à
l'avoir. — Elle l'a. — Des cheveux châtain clair,
luxuriants, un visage fort attrayant avec l'expression
souriante, placide, et même un peu ingénue, de la
bonne ménagère qui fait les enfants qu'on lui demande,
tout aussi bien que la pâtisserie fine ou les confitures
d'ananas. D'humeur aimable et gaie, elle accueillit son
mari avec une expansion ravie, comme si elle n'avait
jamais été veuve. Après lui avoir apporté son bonnet
en peau de renard, elle l'installa dans un beau fau-

teuil, pendant qu'elle lui préparait son absinthe. Je
devinai que le capitaine reprenait là un train de vie
éprouvé, avec le même sérieux qu'il apporte en toute
chose.

Ils se mirent à parler hollandais... Comme je les
regardais tous deux sans comprendre :

— Ta tante m'annonce que son four de cuisine est
trop petit pour faire de bons soufflés, m'expliqua-t-il,
et cela la tracasse à cause de toi.

— Oh! ma tante est trop bonne, de se préoccuper
d'un si petit détail, répondis-je. Mon plaisir de la
revoir compensera amplement ce léger malheur.

— Mais, à la place, vous aurez des *wafelen* et des
poffertjes! reprit-elle vivement avec son bon sourire.

Je remarquai qu'elle parlait beaucoup mieux le
français qu'autrefois. Mais, par suite sans doute de
ses voyages à bord avec le capitaine, qui recrutait ses
équipages à Toulon, son accent hollandais a maintenant tourné au provençal.

Le dîner fut charmant, solide, plantureux comme
les appas de ma tante qui triompha sur toute la ligne;
notamment pour la sauce relevée d'un *gebakken schol*,
apprêté à miracle.

La causerie fut simple, familiale, et mon oncle y
apportait l'abandon d'une âme tranquille, aussi à
l'aise en son ménage hollandais qu'un bon bourgeois
puisse l'être. Je m'aperçus que ma tante ne savait
absolument rien de lui, si ce n'est de son importance
dans le haut négoce des épices. Elle lui donna des
nouvelles des grandes affaires de la maison Van

Hutten, de Rotterdam et d'Anvers. Il y parut prendre
un fort grand intérêt. Le fils Peters van Schloos est
marié avec une demoiselle de Dordrecht, qui l'a rendu
père de deux jumeaux, au bout de six mois : ce que
mon oncle trouva très naturel. Le vieux Joshué Schlit-
termans, tout à fait ruiné par la faillite des frères
Saunton, de New-York, est tombé dans la boisson...

Au café (Dirkie, qui l'achète sur la place de Dam,
au coin de Kalverstraat, l'a apporté d'Amsterdam),
ma tante bourra elle-même une longue pipe en porce-
laine, que le capitaine reçut de ses mains, et qu'il
alluma, en faisant des nuages de fumée, avec la gravité
sereine d'un bon bourgmestre en sa maison. Nous
bûmes du Skiedam et deux variétés de curaçao sec.
Tout en tricotant à table, ma tante m'interrogea sur
ma conduite, me demanda si je travaillais dans la
maison de mon oncle; et, sur ma réponse affirmative,
elle me donna de très bons conseils, pour que je m'ap-
plique à lui succéder...

A dix heures et demie, nous sortions de table pour
passer au salon. Dirkie prépara tout pour une partie
de dominos; ils se mirent à jouer en hollandais. C'était
mon oncle qui tenait les marques et qui comptait les
points abattus : il gagna trois ou quatre cents de suite;
après quoi, s'en trouvant satisfait :

— Tiens, fais-nous un peu de musique!... dit-il.

Ma tante alla au piano avec beaucoup de complai-
sance, et sans se faire aucunement prier. Elle ouvrit
le dessus, pour donner plus de son; puis, passa par
derrière, s'accommoda; et, tout à coup, j'entendis

éclater la splendide introduction de la septième symphonie de Haydn, en la majeur, qu'elle attaqua en
tournant la manivelle avec une maestria très rare. (Je
reconnus le superbe instrument, désigné par le legs
numéro quatre du fameux testament.)

Je dois convenir que, si ma tante tourna le menuet
un peu vite, elle nuança l'andante avec un sentiment
très pur; le scherzo et le final furent enlevés avec fougue... Au dernier accord, j'applaudis avec un enthousiasme sincère.

— Elle joue très bien, n'est-ce pas? me dit tranquillement mon oncle, d'un ton modeste; toi qui es
un amateur...

— Oh! dans la perfection, ripostai-je, sans mar-
chander l'éloge.

— Et puis, elle y met l'expression, reprit-il, on
voit qu'elle sent ce qu'elle joue.

Sur ce compliment, débité avec l'aplomb le plus
sérieux, ma tante l'embrassa.

— Ah! tu es toujours flatteur, lui dit-elle...

Comme cela se devine, à la symphonie classique
succédèrent quelques valses, et deux ou trois polkas
de Strauss; les ouvertures de *Don Juan* et de *Fra
Diavolo*... Un vrai concert complet jusqu'à minuit.
Mais, vers cette heure, le beau bras de ma tante
étant un peu fatigué, il fallut bien clore la soirée...

Mon ami, je ne suis pas de ceux qui désarment
devant les stupides préjugés de nos traditions niaises
et bêtes; et je suis encore moins de ceux qui éludent
les objections frivoles, ou qui esquivent la discussion

catégorique. J'ai déserté la polygamie officielle, c'est
vrai..., mais tu vas encore dénigrer mon oncle..., je le
vois, je le sens..., et, du fond de tes idées troglodytes,
ramasser quelque argument banal et rebattu, pour
essayer de faire le mauvais plaisant en baguenaudant
autour de la question. Incapable même de comprendre
ta soi-disant vertu dans son sens simple et vrai, tu vas
enfiler ton chapelet de sottises pour crier au scandale...

Allons droit au fait moral, et ne barguignons pas
sur les mots. — Mon oncle, qui a l'avantage d'être
Turc, se partage entre deux femmes, en brave époux,
fidèle à ses devoirs. Aurais-tu l'outrecuidance de l'en
blâmer?... En ce cas, que diras-tu de nos amis A. B.
C. D. E. F... (j'abrège le restant de l'alphabet en
exceptant le lecteur et les présents), qui trompent
leurs femmes avec des péronnelles auxquelles ils
savent plusieurs amants? Il ne s'agit pas ici de t'es-
crimer devant l'arche sainte de la monogamie. Combien connais-tu de maris fidèles, irréprochables? —
Ces péronnelles sont des maîtresses, me diras-tu? —
Grand merci! — C'est à dire des femelles à tout le
monde!... La question est vidée; mon oncle est plus
vertueux que ça! — Incapable de tremper dans des
liaisons déshonnêtes, il a un ménage de renfort, voilà
tout. Pareil au voyageur prudent qui sait la longueur
de la route, il se prépare de sages relais...

Compare cette soirée de famille, chez ma tante Van
Cloth, à ces émotions malsaines et troublantes de
maris en débauche, honteux, tremblants d'être sur-

pris... Mon oncle est un patriarche, et notre libertinage n'est pas son fait. J'ai dit.

* * *

Le coup le plus imprévu est venu m'atteindre, mon cher Louis ; et je t'écris, à peine remis d'une horrible machination à laquelle nous n'avons échappé que par miracle.

Je t'ai raconté le chagrin passager de ma pauvre Kondjé-Gul, à propos des idées folles de sa mère. Rassurée par mes serments, la chère créature subissait trop mes impressions, pour n'avoir point accepté une épreuve à laquelle le devoir me contraignait. Orgueilleuse de me sacrifier sa jalousie, de se sacrifier elle-même à notre bonheur, ses larmes taries sous mes baisers, le lendemain de cette douloureuse alerte, je l'avais retrouvée expansive et confiante, comme si aucun nuage n'eût assombri notre ciel ; mais, quelques jours à peine écoulés, je fus tout surpris de remarquer une sorte de tristesse dans son abandon. Je n'attribuai d'abord ce trouble qu'à de ces préoccupations d'enfant que lui donnait parfois l'humeur déréglée de Mme Murrah. Cependant, les jours suivants, je soupçonnai qu'elle était tourmentée d'un nouveau chagrin, que ma présence même ne pouvait dissiper. A ses réponses empreintes d'un surcroît de tendresse, je devinai qu'elle voulait me cacher la cause de ses ennuis, de peur sans doute de m'alarmer.

Un soir, à un de nos petits raouts, chez les misses Montaigu, le train de gaieté ayant converti en bal le

concert commencé, j'avais été entraîné pour com-
pléter un quadrille. Kondjé-Gul s'était retirée dans le
boudoir voisin du salon, où elle regardait des albums.
Je ne songeais à rien, tout à une causerie joyeuse avec
Maud, lorsque, de la place où j'étais, à travers la
glace sans tain, placée au-dessus de la cheminée, et
qui laissait voir dans l'autre pièce, j'aperçus Kiusko,
qui venait de s'asseoir auprès de Kondjé. Il était tout
naturel que, la trouvant à l'écart, il crût de son devoir
de ne point la laisser seule. Il me parut, du reste, à
leur contenance, que leur conversation était assez
indifférente, et sur le ton de réserve un peu froide
qui règne ordinairement entre eux. Tout en causant,
il tournait les feuilles d'un *keepsake*. Je n'avais aucune
raison pour me préoccuper de ce tête-à-tête, et, fidèle
à cette retenue qui abrite si bien à tous les yeux notre
étonnant mystère, j'affectais même de ne point les
observer; quand, à un moment, vers la fin du quadrille, mes yeux s'étant reportés par hasard sur
Kondjé-Gul, je la vis tout à coup se redresser, comme
si quelque parole de Daniel lui eût causé une émotion
subite. Il me sembla la voir rougir, et relever fière-
ment la tête pour lui répondre avec un accent irrité.
La danse s'achevait. Je quittai Maud, et, agité de je
ne sais quel sentiment anxieux, je marchai vers le boudoir. Ils étaient debout. Kiusko tournait le dos à la
porte, il ne me vit point entrer. Kondjé-Gul m'a-
perçut :

— André, viens, me dit-elle et protège-moi!...

A ce mot, d'une audace si étrange, Daniel ne put

retenir un mouvement de stupeur. Je m'avançai. Elle
saisit mon bras avec un geste fébrile, et, s'adressant
à mon rival :

— Monsieur le comte, dit-elle, vous venez de me
parler une seconde fois de votre amour. Voici pourquoi je le refuse : je suis l'esclave de M. André de
Peyrade, et je l'aime !

La foudre, tombant aux pieds de Daniel, ne l'eût pas
plus atterré. Il devint si pâle, que je crus qu'il allait
défaillir. Ses traits s'étaient contractés dans une expression si sauvage, que je me plaçai d'instinct entre lui et
Kondjé-Gul. Mais, tout à coup, comme s'il eût craint de
céder à un acte de délire, il fit un geste de désespoir
et de rage et s'enfuit ! Kondjé-Gul était tremblante.

— Qu'est-il donc arrivé ?... lui demandai-je.

— Je te dirai tout, répondit-elle d'une voix encore
émue. Je vais rentrer avec ma mère, viens aussitôt que
nous serons parties !

P Avril inv.

34

CHAPITRE XVII

UNE demi-heure plus tard, je rejoignis Kondjé-Gul à l'hôtel. Elle avait renvoyé Fanny, et m'attendait. En m'apercevant, elle se jeta à mon cou, et des larmes, trop longtemps contenues, jaillirent presque de ses yeux.

— Mon Dieu! m'écriai-je, qu'est-ce donc?...

Et, l'asseyant sur mes genoux comme une enfant, je l'entourai de mes bras; mais elle reprit bientôt son énergie :

— Écoute, dit-elle d'un ton décidé, il faut que tu me pardonnes ce que je viens de faire; il faut que tu me pardonnes surtout de t'avoir caché mes pensées, mes chagrins, au risque de t'affliger...

— Je te pardonne tout, répondis-je vivement. Va, parle vite !

— Eh bien! depuis huit jours, reprit-elle, je t'ai trompé en disant que je n'avais rien, que j'ignorais la cause de mes tristesses. Je ne voulais pas te fâcher contre ma mère, en t'avouant que c'était elle qui me tourmentait.

— Ta mère! m'écriai-je, et que pouvait-elle donc te dire ?

— Tu vas tout savoir, dit-elle, avec animation, car je dois me justifier d'avoir gardé un secret pour toi. Tu te rappelles, n'est-ce pas, reprit-elle, ce jour où elle m'a parlé de ton mariage, en me disant que tu allais me quitter ?

— Oui, dis-je, après ?

— Ma mère m'avait fait promettre le secret sur cette révélation, « parce qu'il fallait, disait-elle, que le comte Kiusko n'eût aucun soupçon sur notre amour »…. Elle m'apprit enfin « qu'il attribuait formellement mon refus d'être sa femme à l'espérance que j'avais, sans doute, d'un mariage avec toi ».

— Continue… arrive à ce qui s'est passé depuis !

— Tu sais dans quel chagrin tu me trouvas ce soir-là. Je n'eus pas la force de te cacher mes larmes, et tu m'ordonnas de tout te dire… Enfin, tu me rassuras avec tant de cœur, que je ne crus plus que toi. Tout heureuse de me sacrifier à ton bonheur, à ton repos, je ne songeais plus, le lendemain, à ces craintes que je me reprochais comme une offense à notre amour. J'avais redit à ma mère toutes tes bonnes pa-

roles, et je m'imaginais l'avoir rassurée. Au bout de
quelques jours, je fus tout étonnée de l'entendre revenir sur ce même sujet; elle avait revu le comte, qui,
cette fois, lui avait déclaré « que ton oncle te déshé-
riterait, si tu ne faisais pas ses volontés ».

— Et tu as cru cela?

— Non, répondit-elle vivement!... Et, d'ailleurs,
avec toi, que m'importait de vivre pauvre?... Mais,
alors, voyant que je ne voulais croire que toi, ma
mère, un jour, changea de langage... Elle me parla
du comte Kiusko, de sa richesse...

— Elle a fait cela?

— Oh! pardonne-lui! reprit-elle; elle s'inquiète
pour moi, pour elle; l'avenir lui fait peur.... Elle me
voit abandonnée par toi! Enfin, ce n'était là qu'une
lutte cruelle, où mon cœur ne pouvait te trahir. J'en
souffrais, voilà tout; mais, il y a trois jours, je ne sais
ce qu'il se passa à la soirée de ta tante; en rentrant ici,
ma mère me dit, d'un ton résolu, « qu'elle avait décidé
de ne plus vivre au milieu des infidèles, qu'elle veut
retourner au pays des croyants, pour expier un si
grand péché ». Je m'épouvantai de cette résolution.
Elle prenait sa source dans notre foi, je n'osais la
combattre; mais je pouvais du moins invoquer sa
tendresse, la supplier de ne point me quitter... Alors,
elle me dit ces paroles effrayantes : « Tu ne me quitteras
pas; car, en partant, je t'emmène avec moi! »

— Mais elle est folle! m'écriai-je.

— Tu comprends, n'est-ce pas?... ajouta Kondjé-
Gul, le coup que je ressentis. Il fut si douloureux que

je tombai presque évanouie. Ma mère eut peur, elle
appela Fanny. Le lendemain, j'essayai de l'implorer
encore, lui jurant que c'était me tuer que de me séparer de toi. Je crus l'avoir attendrie; car elle me dit,
en m'embrassant, qu'elle ne voulait que mon bonheur... Mais, ce soir, comme nous étions en voiture
pour aller chez Suzannah, elle me reparla du comte
Kiusko. Je ne sais quel pressentiment me dit que le
plus grand ennemi de notre amour, c'était lui, que
c'était lui qui influençait ma mère, qui la guidait;
qu'il espérait sans doute que, séparée de toi, je ne
pourrais plus leur résister. — Enfin, tu sais le
reste; j'étais entrée dans le boudoir, lorsqu'il vint
s'asseoir près de moi. — « Est-il vrai que vous allez
partir? me dit-il, après un instant. — Qui peut vous
le faire croire? répondis-je froidement. — Mais une
parole de votre mère, qu'il me semble avoir comprise
en ce sens. » — Je gardai le silence, il n'osa poursuivre,
et, pendant quelques minutes, resta muet. Je ne
détournais point les yeux d'un livre que je feuille-
tais, et je sentais ses regards fixés sur moi. —
« Vous regretterez peut-être André, reprit-il, mais
qu'y faire? Il n'est pas libre... Et, d'ailleurs, ajouta-
t-il, vous eût-il aimée? » — A ce mot, où je sentais
l'ironie cruelle, je ne sais quelle folle pensée me
traversa l'esprit, je redressai la tête et lui répliquai
de si haut, qu'il se leva confus. A ce moment, tu
entrais.... Je voulus l'accabler de mon mépris pour
lui ôter à jamais l'espérance... Tu sais ce que j'ai
dit.

— Tu as bien fait! car il faut en finir; je me charge du reste avec lui.

— Mais ma mère, si elle veut nous séparer!

— Ta mère! m'écriai-je, ta mère, qui t'a vendue, livrée comme une esclave! Elle viendrait revendiquer ses droits qu'elle a perdus!

— Pourras-tu me défendre contre elle?

— Oui, je te défendrai, repris-je avec rage. Et, maintenant, rassure-toi, il y a au fond de tout cela une misérable trame, dont il ne restera plus rien demain, car je vais la détruire. En te quittant, j'irai chez le comte Kiusko, et, je te le jure aussi, il ne te troublera plus... Ensuite, je verrai ta mère.

— Mon Dieu! dit Kondjé-Gul, est-ce que tu vas te battre?

— Non, non, répondis-je en riant, pour lui ôter toute crainte; mais tu comprends bien qu'une explication est nécessaire entre nous!

Au matin, je rentrai chez moi; je mis en ordre mes affaires, pour être prêt à tout événement; puis, quand l'heure fut venue, j'allai trouver deux de mes amis que je priai de se tenir prêts à me servir de témoins dans une affaire que des circonstances graves pouvaient me forcer à vider le jour même.

Assuré de leur parole, je me rendis rue de l'Élysée, chez Kiusko.

En arrivant à l'hôtel, je vis, aux fenêtres ouvertes, qu'il était levé. Un valet de pied qui me connaissait se tenait sous le péristyle. Il me dit tout d'abord qu'il ne croyait pas que son maître fût visible. Je lui donnai ma carte, en lui enjoignant de la faire remettre au comte. Au bout d'un instant, il revint, et me pria de monter à l'appartement de son maître, me fit entrer dans un petit salon fumoir, contigu à la chambre à coucher et qui ne s'ouvre qu'aux intimes.

J'y étais à peine, que Daniel parut; il était vêtu d'une espèce de costume moldave, qui lui sert d'habit du matin.

— Eh! c'est ce cher André, dit-il, en m'apercevant, d'un air si dégagé, que j'y sentis l'affectation.

Pourtant, il ne me tendit pas la main, je n'avançai pas la mienne; il s'assit, en me montrant un fauteuil de l'autre côté de la cheminée.

— Quel bon vent vous fait si matinal? reprit-il; en tirant coup sur coup quelques bouffées de sa cigarette.

— Mais vous deviez m'attendre, je suppose, répliquai-je, en le considérant en face.

Il soutint mon regard, le sourire aux lèvres, ses yeux dans les miens.

— Je vous attendais... sans vous attendre, comme on dit.

A je ne sais quel ton dont il accompagna ces mots, je vis qu'il était résolu à me forcer d'aborder, moi-même, la question qui m'amenait.

— Soit! dis-je, voulant lui montrer que je devinais sa pensée. Je vais m'expliquer.

— Je vous écoute, mon cher, répondit-il.

— Je viens vous parler, repris-je nettement, de

Mlle Kondjé-Gul Murrah, et de ce qui s'est passé, hier, entre elle et vous.

— Ah ! bien, je comprends !... Il s'agit de la leçon un peu raide que je me suis attirée... et de la confidence qu'elle a bien voulu me faire...

— Précisément, ajoutai-je, vous résumez on ne peut mieux ces deux points : une leçon, une confidence. Or, comme il résulte du second point, que je suis responsable de tous les actes de Mlle Murrah, je viens me mettre à vos ordres, pour la leçon qu'elle a cru devoir vous donner.

— Quelle folie, mon cher !... s'écria-t-il, en lançant en l'air un rond de fumée. Je n'ai, après tout, que ce que je mérite, car je ne puis accuser que ma présomption. Le courroux, d'ailleurs, d'une aussi belle personne est encore une faveur pour celui qui l'excite ; et mon seul ennui ne serait que de lui avoir déplu. Je rirais donc vraiment de moi-même, à la pensée de vous rendre responsable de ce petit incident. Je dirai même que ce serait, à la rigueur, moi qui vous devrais des excuses, si, pour me faire pardonner une outrecuidance dont vous pourriez vous plaindre, peut-être, comme d'une atteinte à notre amitié, je n'avais la ressource d'invoquer la complète ignorance où vous m'avez laissé de relations mystérieuses... qui devaient être un obstacle à des espérances, à des démarches que vous n'avez point ignorées ; et dans lesquelles vous m'avez laissé fourvoyer, sachant qu'elles ne pouvaient aboutir... Car vous ne doutez pas qu'un simple

35

mot de vous, *mon parent, mon ami,* m'eût arrêté tout
net sur le bord de cet abîme ?...

Je compris la mordante ironie de reproches contenue dans cette accumulation de ses réels griefs; mais
je n'en étais plus à me préoccuper d'un remords de
conscience envers lui.

— Ainsi, repris-je, vous n'avez rien à me dire, ou à
me demander au sujet de cette leçon?...

— Absolument rien, mon cher! répliqua-t-il, du
même ton d'aisance dont il ne s'était point départi
jusque-là. Et j'ajoute que rien ne serait ridicule comme
un désaccord à ce propos, entre deux amis comme
nous.

— Qu'à cela ne tienne! repris-je, en imitant son
sang-froid. Du moment que vous le prenez si amicale-
ment, je n'insisterai pas; mais, ce premier point vidé,
il nous reste à causer de ce que vous appelez *la confidence...*

A ce mot, il ne put se défendre d'un mouvement.
Une lueur traversa son œil sombre; mais ce ne fut
qu'un éclair. Il se remit.

— Ah! oui, dit-il négligemment, nous voici au
second point.

— C'est celui qui m'importe, ajoutai-je, et je vous
demande ce que vous comptez faire après cette révélation?

— Je vous ferai mon compliment, mon cher, car
c'est bien là vraiment le plus étonnant des rêves. Quoi!
cette belle jeune fille que nous contemplons de loin
dans l'enchantement de sa grâce, qui traverse en jeune

souveraine les salons les plus aristocratiques de notre
monde, en soulevant sur ses pas les adulations enthou-
siastes, elle est votre esclave? Avouez qu'il n'est point
mortel au monde qui ne vous envierait.

— Votre compliment, repris-je, implique-t-il l'engagement de renoncer à des obsessions... que vous
savez maintenant inutiles ?

— Eh! mais, s'écria-t-il en riant, c'est vous, maintenant, qui allez me demander, à moi, ma confession?

Exaspéré par cet imperturbable sang-froid que je ne
pouvais entamer :

— Ah! ça, mon cher Kiusko, dis-je, en le regardant encore entre les deux yeux, est-ce que vous ne
voulez pas me comprendre ?...

— Si, si, mon ami, répliqua-t-il avec son étrange
sourire, je comprends parfaitement que vous voudriez
bien me chercher querelle... ou m'amener à vous
demander une satisfaction que je ne vous semble pas
suffisamment désirer; mais, que vous dirai-je?... Je
vous assure que, entre nous, cela me paraîtrait une
folie.

— Comprenez-vous du moins, repris-je, que je vous
défends de jamais vous représenter devant Mlle Kondjé-
Gul Murrah?

— Fi, mon cher! Pour qui me prenez-vous?...
Après une si étonnante déclaration de sa part, ce
serait lui prouver que je manque de la plus vulgaire
discrétion d'un galant homme, que de ne point lui
épargner ma présence!... Soyez donc rassuré sur ce
point...

— Entendez-vous aussi, par cette réponse évasive, que vous renoncez enfin, auprès de sa mère, à des manœuvres... que je pourrais peut-être qualifier d'une façon déplaisante pour vous ?

— Corbleu ! la partie serait trop inégale, convenez-en !... Et je ne crois pas que la bonne dame me pourrait être d'un grand appui, après ce que je sais. D'ailleurs, ajouta-t-il, vous m'avez fait vos confidences d'ami. Pour tardives qu'elles soient, elles m'enchaîneront désormais, ne fût-ce que par ce tribut d'égards que, dans les circonstances graves, on se doit entre parents.

L'idée me vint de lui faire un dernier outrage ; mais je compris clairement qu'il jouait un rôle trop perfide pour qu'il n'y eût point danger à commettre cette imprudence.

— Allons, mon cher Daniel, dis-je, en me levant, en tous cas, vous avez, je le vois, un bien bon caractère !

— N'est-ce pas?... répliqua-t-il... Et quand on pense qu'il y a des gens qui me reprochent ma mauvaise tête !..

Les périls les plus redoutables sont ceux que l'on pressent dans les ténèbres, sans pouvoir discerner ni l'ennemi ni le piège. Cet entretien avec Kiusko me laissa presque sous une impression de terreur. Je le savais trop brave, pour ne pas comprendre que son impassibilité devant l'insulte ne pouvait être que le

froid calcul d'une volonté implacable, qui poursuivait
son but de passion, de vengeance ou de haine, avec
toute l'énergie du désespoir. Malgré les humiliations
subies, je devinais qu'il ne s'était point désisté. — Il
voulait Kondjé-Gul, dût-il la posséder par contrainte,
dût-il la ravir comme une proie. A voir ce calme
effrayant, qui semblait attendre son heure, je me
demandais si quelque machination sourde n'était point
déjà dressée sous nos pas.

Cependant, je n'étais pas homme à me laisser en-
vahir par des craintes puériles, je surmontai bientôt
cet émoi passager. Je savais que, après tout, la lutte
était trop inégale pour que j'eusse à en redouter les
suites. Si résolu que pût être Kiusko à ne pas sortir du
rôle de lâche qu'il s'était imposé, j'étais toujours certain qu'un affront public, en plein club, le forcerait à
se battre.

Une fois rassuré par cette pensée, en quittant la
rue de l'Élysée, je décidai d'agir d'après l'explication
très nette que j'allais avoir avec la mère de Kondjé-
Gul... Il fallait en finir d'abord avec cette folle, incon-
sciemment complice, peut-être, de projets dont elle
ne prévoyait pas le but. Il était onze heures, je savais
la trouver seule, pendant que Kondjé-Gul était encore
à ses leçons, je me rendis à l'hôtel de Téral.

Comme j'arrivais, une voiture entrait et se rangeait
sous la marquise. J'en vis descendre Mme Murrah. Elle
ne put se défendre de quelque trouble, en m'apercevant. Assez surpris d'une sortie si matinale, je la priai
d'entrer au salon, où elle me précéda; là, en me

voyant prendre un siège, elle s'assit sur le divan, avec son air d'indolence accoutumé, et attendit.

À coup sûr, selon nos idées, mon cher Louis, la scène que je vais te raconter est étrange. Je te la dis telle qu'elle m'advint; mais, tu ne dois point oublier que, pour la Circassienne, il n'y avait là rien que de conforme à ses principes et aux idées reçues de sa race.

— Je viens causer avec vous, lui dis-je, d'un sujet très grave et dont, assurément, vous ne vous rendez pas compte... car, sans le vouloir, sans doute, vous faites beaucoup de chagrin à Kondjé-Gul.

— Comment ferais-je du chagrin à ma fille? répondit-elle, comme si elle eût cherché à comprendre.

— En lui répétant sans cesse que je vais la quitter pour me marier... En lui disant surtout que vous voulez partir; et même que vous avez décidé de l'emmener. Elle s'effraye de toutes ces inquiétudes imaginaires.

— Si c'est écrit par Allah! dit-elle, qui peut l'empêcher?

Je m'attendais à des dénégations, à des détours. Ce mot tombant à froid, sans repousser mes reproches, me fit trembler.

— Mais Allah ne peut vous ordonner de faire le malheur de votre fille, repris-je d'un ton sévère.

— Puisque vous allez vous marier !...

— Qu'importe mon mariage? répondis-je, il ne peut en rien troubler Kondjé-Gul! Elle sait que je l'aime, et qu'elle sera toujours la première dans mon affection !

Mme Murrah secoua la tête un moment, d'un air indécis. Je n'énonçais là qu'un argument des plus simples.

— Votre femme sera une infidèle, dit-elle enfin; et, le lendemain de votre mariage, elle pourra exiger le renvoi de ma fille!

Atterré de l'entendre soulever de telles objections, alors que je croyais n'avoir qu'à formuler mes ordres, je la regardai, surpris.

— Mais ma femme ne connaîtra jamais Kondjé-Gul! m'écriai-je, elle vivra chez elle, et Kondjé-Gul vivra ici, sans que rien soit changé pour nous!

A cette déduction que je crus décisive pour elle, la Circassienne réfléchit encore un instant, comme si elle eût été embarrassée de me répondre. Mais, tout à coup, au moment où je la croyais convaincue :

— Tout ce que vous me dites serait fort juste, si nous étions en Turquie, dit-elle ; mais, vous savez mieux que moi que, dans votre pays, votre religion ne vous permet pas plusieurs femmes.

— Qu'importe! m'écriai-je, de plus en plus étonné de son langage, croyez-vous donc que Kondjé-Gul puisse jamais douter de mon honneur, de ma loyauté.

— Ma fille est une enfant qui croit tout, reprit-elle. Mais moi, j'ai consulté un avocat, et j'ai appris que, d'après votre loi, elle est devenue libre comme une Française, que par conséquent elle a perdu tous les droits de *cadine* qu'elle aurait dans notre pays !... J'ai appris, enfin, que vous pourriez la quitter, sans qu'elle puisse jamais rien réclamer de vous!

Je demeurai abasourdi de cette parole assurée, de l'expression de visage qui l'accompagnait. Ce n'était plus l'apathique Orientale à qui je croyais commander comme un maître... J'avais devant moi une autre femme, au regard profond, décidé... Je compris tout.

— En vous apprenant que votre fille est libre, dis-je en changeant de ton à mon tour, cet avocat vous a informée aussi, sans doute, que vous pouvez la marier au comte Kiusko ?..

— Oh! je savais cela avant qu'il me le dît, répondit-elle en souriant.

— Ainsi, depuis trois mois, vous me trompiez, en me laissant croire que vous lui aviez répondu par un refus ?

— Il fallait bien vous empêcher de lui dire ce qu'il sait maintenant... La folle, hier, lui a tout appris.

— Comment le savez-vous ?

Je la vis rougir.

— Je le sais... cela suffit ! répondit-elle hardiment.

Certain que Kondjé-Gul ne lui avait rien appris de l'incident de la veille, je devinai qu'elle sortait de chez Kiusko, qu'elle y était, sans doute, pendant notre entretien :

— Me direz-vous, du moins, ce que vous comptez faire, maintenant que le comte sait tout ? repris-je, en maîtrisant ma colère.

— Je ferai ce que me conseillera l'intérêt de ma fille... Vous ne pouvez pas l'épouser, sans être forcé de renoncer à la fortune de votre oncle... Si le comte

Kinsko persistait à la vouloir pour femme, malgré la
situation qu'il connaît, vous comprenez bien que,
comme mère, je ne pourrais qu'approuver un mariage
qui lui assurerait un aussi riche avenir !

A ce mot, j'éclatai.

— Ah ça ! m'écriai-je, est-ce que vous espérez
que je vous laisserai ainsi disposer d'elle, et que je ne
la défendrai pas ?

— Oui, oui, je sais cela aussi... Et c'est précisément là-dessus que j'ai consulté un avocat ; mais,
d'après ce qu'il m'a appris, quelle autorité invoque-
riez-vous sur ma fille ?.. Quel serait votre droit contre
le mien ?..

— Mais vous devez aussi prévoir, je suppose, que
je puis ruiner vos riches espérances en tuant votre
futur gendre ? dis-je, hors de moi.

— Si c'est écrit ! répéta-t-elle froidement.

Exaspéré de cette insouciance fataliste, je ne sais
quelle pensée de violence me monta au cerveau. Je
me levai pour me calmer ; je comprenais que j'étais
dupe de cette femme, qu'elle poursuivait avec avidité
un rêve de fortune inespérée, dont rien ne pourrait la
distraire. Je me sentis pris dans leur horrible trame.

Immobile sur son divan, les mains croisées sur ses
genoux, elle me regardait en silence.

— Voyons, dis-je en revenant vers elle, le fond de
vos sollicitudes maternelles se résume en une question
d'argent... Quelle somme voulez-vous pour me vendre
une seconde fois votre fille, et vous en aller vivre seule
en Orient ?

36

Elle hésita un instant avant de me répondre...

— Je vous le dirai dans huit jours, reprit-elle enfin.

A son regard faux, je devinai qu'elle gardait encore un espoir en Kiusko, et qu'elle voulait probablement attendre d'être fixée sur ce point ; mais je me tus par prudence, et je partis.

P. Avril inv

P Avril inv

CHAPITRE XVIII

Les événements s'étaient précipités, depuis la veille, d'une façon si étrange, qu'il me semblait marcher dans un songe. La révélation de Kondjé-Gul, sur la duplicité de sa mère, mon explication avec Daniel, et, finalement, ce cynique débat, où la Circassienne venait de me déclarer en face ses projets : tout cela m'avait si brutalement frappé coup sur coup, dans mon incroyable quiétude d'un bonheur assuré, que j'avais à peine eu le temps de me rendre compte de mon désastre.

Accablé d'épouvante, à la pensée que je pouvais perdre Kondjé-Gul, je crus que j'allais devenir fou.

Je me débattais, éperdu, contre un désespoir qui
envahissait mon cerveau. Il fallait lutter, défendre
mon âme et ma vie, et je sentais que mon âme m'échappait. Comme un mystique entêté de son rêve, j'avais
pu me faire illusion sur la sécurité de l'avenir, et je
n'avais même jamais songé qu'il fût possible de me
troubler dans mes droits. Je vivais, confiant et paisible,
croyant sottement que, à mon heure, j'aurais raison
par l'épée des vaines présomptions d'un rival. Et je me
réveillais consterné, pris à ce stupide piège que j'avais
laissé dresser sous mes pas. La mère de Kondjé-Gul
s'était faite la complice de Kiusko!... Comment déjouer
ce complot de deux passions ardentes, impitoyables et
résolues, qui ne reculeraient devant aucune violence,
devant aucune lâcheté ? Je le savais maintenant, j'étais
impuissant, désarmé, contre cette misérable femme,
qui n'avait qu'à revendiquer son autorité sur sa fille,
pour la contraindre et disposer de sa vie... Elle pouvait
me la prendre, l'emmener! Une fois en Turquie,
armée de ces horribles lois de l'Islam, il lui suffisait
de la vendre, de la livrer à Kiusko...

Tout à coup, une idée me vint. — N'étais-je pas
insensé de m'abandonner à des craintes, et d'attendre
pour agir que la Circassienne et Daniel se fussent de
nouveau concertés! Ne pouvais-je pas fuir, enlever
Kondjé-Gul et la mettre à l'abri de toute atteinte ?

Cette pensée entra dans mon esprit; elle s'y fixa, et
devint en peu d'instants une résolution. Je m'étonnai
qu'elle ne fût pas venue plus tôt, et je décidai de la
mettre à exécution le soir même. Je savais que Kondjé-

Gul me suivrait; nous avions souvent caressé le rêve
d'un voyage à deux, que je lui avais promis de réaliser.
Pour assurer le succès de notre fuite, je résolus de ne
point l'avertir, de peur qu'elle ne se trahît devant sa
mère...

Mais il fallait prévoir les conséquences de cette disparition, et le bruit qu'il en allait fatalement résulter...
Après beaucoup d'hésitations, j'ai, ma foi, tout confié
à mon oncle...

— Bêta, me dit-il, voilà six mois que je connais tes
ficelles!

— Quoi! vous saviez que Kondjé-Gul?...

— Pardi! si tu crois que je n'avais pas fait causer
Mohammed... de façon à veiller au grain...

Tout convenu avec lui, je pris mes dispositions. Je
devais dîner chez Kondjé ce jour-là; je la trouvai toute
triste. Sous prétexte de la distraire, vers huit heures
et demie, je fis atteler comme pour une promenade au
bois. Nous partîmes...

A peine étions-nous seuls :

— Mon Dieu, André, me dit-elle, que s'est-il passé
entre ma mère et toi? Je meurs d'inquiétude. Elle m'a
encore parlé de notre départ, et Fanny prétend qu'elle
semble déjà faire ses préparatifs... Elle va m'emmener.

— Bon! rassure-toi, répondis-je en riant, te voilà
hors de péril.

— Comment?

— Je t'enlève! Tu ne rentreras pas à l'hôtel, et nous
partons pour Fontainebleau, où nous resterons cachés
tous deux en attendant les événements.

Faut-il te dire sa joie? Dans les Champs-Élysées,
nous sommes descendus, comme pour marcher, et
j'ai renvoyé la voiture. Une heure plus tard, un fiacre
nous déposait à la gare du chemin de fer!

. . . .

Nous avons passé, dans la forêt, une semaine d'école
buissonnière délicieuse. Fanny, qui est une fille sûre,
est venue nous rejoindre. Nous l'avons vraiment
échappée belle; car il paraît que, le jour même de
notre fuite, Mme Murrah avait tout combiné pour partir le lendemain. En ne retrouvant plus Kondjé-Gul,
au matin, elle a presque eu une attaque... Kiusko
est arrivé à l'hôtel, prévenu tout aussitôt; ce qui
dénonçait suffisamment une entente. La Circassienne
a tout naturellement couru après moi, rue de Varennes, réclamant sa fille à grands cris. Ma tante,
alors, a tout appris!... Mon oncle, devenu mon confident, a, du premier coup, dérouté toute recherche, en
répondant que j'étais parti pour l'Espagne.

. . . .

Nous sommes sauvés!... Tout s'est exécuté comme
par enchantement. Depuis quinze jours, ma Kondjé-
Gul est installée à Ermont, dans un charmant cottage
en plein bois; aussi perdue qu'une pâquerette en un
champ d'épis, disparue, sans laisser plus de traces
qu'un oiseau dans l'air; et je suis rentré à Paris,
comme de retour d'un voyage. J'ai fait annoncer à
Mme Murrah que sa fille, ayant résolu de devenir chrétienne, s'est réfugiée dans un couvent éloigné. Tu vois
d'ici sa rage; mais, désormais impuissante, je ne la

crains plus. Étrangère, et dans sa position trouble, elle ne peut m'accuser d'un détournement, et je te donne à penser si je la laisserai nous surprendre... Pour nous débarrasser d'elle, je lui ai offert d'assurer son existence en Turquie; elle a refusé.

Il est hors de doute que Kiusko la guide et qu'ils n'ont point déserté la partie, quitte à recourir à quelque violence. Tu devines si je veille et si je me garde. La lutte, d'ailleurs, est trop inégale pour que j'en prenne souci. Mon oncle, qui, par nature, s'embarrasse assez peu des petites broutilles légales, a fait venir de Toulon, par dépêche, Onésime et Rupert, deux de ses anciens matelots; nés sur nos terres de Férouzat, ils sont de plus ses filleuls. — Ils lui ressemblent... à faire crier! Sauf que l'un d'eux a cinq centimètres de plus que le capitaine. Leur parrain les a installés à Ermont, et je te garantis, qu'avec deux gaillards pareils, une tentative de rapt sur ma Kondjé-Gul rencontrerait, en mon absence, quelques légères difficultés.

Quant à moi, je défie bien que l'on relève ma piste.

Accoutumé à monter à cheval le matin, divers chemins opposés me mènent par les bois à notre heureux cottage. Une fois sur la route, impossible de me suivre, même de loin, sans que j'évente un cavalier trop curieux de relever mon itinéraire; et les allures de Star, à défaut de ma ruse, déjoueraient aisément tout indiscret. Souvent je reste deux ou trois jours dans ce délicieux nid. Mon oncle est enchanté d'y venir quelquefois prendre son madère.

Bref, après ces quelques menues péripéties, nous menons une vie charmante !...

Vois comme c'est simple !

Mon fameux système s'est effondré, me dis-tu, « et, tout penaud sur les débris de mon harem, me heurtant à l'impossible, en dehors des lois, de la morale et des convenances, ma dernière sultane sur les bras, me voilà, comme un petit saint Jean, réduit à des expédients ténébreux pour entrevoir un instant mon amante enfermée dans sa tour ». — « Redoutant entre deux baisers l'apparition d'un commissaire venant trancher le fil d'or de mes dernières voluptés, et me forçant, de par la loi, de rendre Kondjé-Gul à son horrible mère. »

Mon ami, je te répondrai par un mot : J'aime ! j'aime ! j'aime !... Et ce mot répond, je le pense, à tout ; bien que, en effet, la peur du commissaire, qui plane incontestablement sur ma félicité, ait de beaucoup rabattu ma superbe orientale... J'aime ! J'ai brûlé mon mémoire à l'Académie.

Enfin, j'ai abjuré la polygamie !... Que te dirais-je de plus ?...

Pour aujourd'hui, il faut que je te fasse part d'une découverte du plus haut prix ; car je te prie de croire que l'amour n'est point du tout, comme un vain peuple le pense, un éteignoir sur le flambeau de l'intelligence humaine. Il avive, au contraire, les perceptions ; et l'amant enthousiaste, versé dans les choses de la

science, y peut étendre son champ d'observations,
tout aussi bien que les personnes saines d'esprit...

Il en résulte que, grâce à ma Kondjé, je viens de
surprendre sur le fait un délicieux phénomène de
l'ordre le plus naturel, et cependant, je le crois jusqu'à présent complètement inobservé... Je veux parler
du printemps!...

En ta qualité de grand peintre, tu dois savoir, mieux
que tout le monde, que cette saison conduit de l'hiver
à l'été; mais ce que tu ignores, à coup sûr, c'est le
charme de cette heure fugitive, où tout s'éveille dans
les bois..., les jeunes pousses et les jeunes couvées.

« Les premiers jours de printemps ont moins de
grâce que la vertu naissante d'un jeune homme, »
a dit Vauvenargues.

Certes, il me siérait mal d'amoindrir un tel axiome,
tombant de la plume d'un aussi grand philosophe;
pourtant, sans vouloir dédaigner sa politesse, en ce
qu'elle a réellement de flatteur pour ton ami, à ce
moment précis de ma carrière, je n'hésite point à
déclarer après lui, sans modestie feinte, que cette
grâce est assurément au moins égale entre l'amant de
Flore et moi, et qu'il est équitable d'accorder à chacun son lot. Si ma vertu naissante à des fraîcheurs
ineffables, les buissons de lilas et de roses ont aussi
leurs attraits : c'est vraiment, je te l'assure, un spec-
tacle magique... Il faut l'avoir vu! Je te le raconterai
un jour, comme je viens de le faire à mon oncle, qui,
lui-même, trouve ça fort curieux, bien qu'il ne me
comprenne, dit-il, que « très approximativement ».

Levés dès l'aube, avec ma Kondjé, nous allons courir les taillis, ses petits pieds dans la rosée; libres,
gais, insouciants, oublieux du commissaire, et con-
fiants dans notre amour, dont cette solitude à deux
nous a révélé tous les enchantements. Je ne hasarde
plus à Paris que deux échappées par semaine; une fois
pour ma tante Eudoxie, une fois pour ma tante Van
Cloth. Ces rares apparitions faites, et mes devoirs de
famille réglés, je m'évapore de jour ou de nuit, défiant
les espions attachés sans doute à mes trousses par
une indigne mère ou par *l'infâme Kiusko*. Cette lutte
accroît l'ivresse de ma béatitude, et si le malheur des
temps m'a en effet un peu destitué de ce rôle de Sultan,
qui, dis-tu, me rendait si vain et si fier, il me reste
du moins la gloire d'être heureux. .

J'aime, ami, et je rêve, et j'oublie. Mais pourtant, il
est encore un bien plus terrible point noir dans mon ciel
bleu. Voici qu'Anna Campbell arrive à ses dix-huit
ans, et ce n'est pas sans de fréquentes mélancolies que
j'y songe. Bien que ravi d'une occasion de promenade, au bout de laquelle il trouve le plus excellent des
madères, et tout en adorant certainement ma Kondjé-
Gul, mon oncle, dont le tempérament, tu le sais, n'est
pas tourné aux choses du romanesque, sonde déjà d'un
œil scrutateur les ravages d'une double passion qui ne
promet rien de bon pour le mariage de sa fille.

L'autre soir, en revenant de chez ma tante Van
Cloth, il m'a très sérieusement interrogé. Rompre ses
projets : il sait que l'idée ne m'en viendrait même pas.
C'est là affaire de cœur entre nous.

J'ai parlé d'un délai pour préparer ma pauvre Kondjé... Il a paru touché de cette sincérité de mon sentiment filial pour lui.

P. Avril inv.

P Avril inv.

CHAPITRE XIX

Le commissaire est venu; nous avons été découverts!!!

Hier, dans l'après-midi, nous étions assis au jardin, à l'ombre d'un petit bouquet d'arbres. Mon oncle, dans un grand fauteuil, fumait en écoutant la lecture que je lui faisais des journaux qu'on venait d'apporter; lorsque Kondjé-Gul, qui seule à quelques pas de nous, arrangeait les liserons de sa fenêtre, jeta un cri étouffé; et je la vis tout à coup accourir vers moi, pâle et tremblante.

— Qu'as-tu donc, lui dis-je?

— Là! là!... répondit-elle, avec un accent d'épouvante en me montrant la maison : ma mère!

Au même instant, sur le seuil du cottage, qu'elle avait traversé le trouvant désert, apparut la Circassienne.

Un homme l'accompagnait.

— Voici ma fille, monsieur, lui dit-elle.

Je bondis pour me jeter au-devant de Kondjé-Gul.

— Allons, du sang-froid! du sang-froid! dit mon oncle... Fais-moi le plaisir de te tenir tranquille!

Et, se levant comme pour recevoir des hôtes, il fit quelques pas vers Mᵐᵉ Murrah, qui s'était avancée vers nous... S'adressant à l'homme :

— Puis-je savoir, monsieur, lui dit-il, ce qui me vaut l'honneur de votre visite?

— Je suis commissaire de police, monsieur, et délégué par le parquet, pour assister madame, qui vient réclamer sa fille illégalement séquestrée chez vous.

— Parfait, monsieur, reprit mon oncle, et enchanté de vous voir!... Mais veuillez, je vous prie, entrer dans la maison, où nous serions mieux que dans ce jardin pour écouter votre requête.

— Prenez garde, dit la Circassienne au commissaire de police; ils veulent la faire échapper!

— Pas du tout, chère madame, répliqua mon oncle; monsieur vous dira que ces choses-là ne se font pas en sa présence. Mademoiselle votre fille reste avec nous pour répondre aux questions qui lui seront faites. Je prends son bras, et, si vous voulez bien nous suivre, j'aurai l'honneur de vous montrer le chemin.

Onésime et Rupert se promenaient vaguement, dans la perspective, et semblant attendre un signe du capitaine pour enlever à la fois commissaire et visiteuse importune.

Nos cœurs battaient à se rompre; Kondjé-Gul se soutenait à peine. Nous entrâmes. Mon oncle, toujours calme, offrit des sièges à Mme Murrah et au délégué de la justice; puis, reprenant la parole :

— Puis-je vous demander, monsieur, dit-il, si vous êtes pourvu d'un mandat formel vous autorisant à requérir la force pour emmener mademoiselle, selon le désir de sa mère?... .

— J'ai l'ordre du juge! s'écria Mme Murrah, avec véhémence.

— Pardon, pardon, reprit mon oncle, ne nous embrouillons pas! — Veuillez, je vous prie, madame, permettre à monsieur de répondre à ma question. Nous sommes soucieux d'observer le respect que nous devons à son ministère.

Je me sentis perdu... Comment résister à la loi?.. Ma pauvre Kondjé me jetait des regards désespérés.

— Madame étant étrangère, monsieur, répondit le magistrat, comme vous semblez le comprendre, je n'ai pour mission que de l'accompagner pour dresser procès-verbal, en cas d'opposition à ses droits, afin de lui permettre d'engager une instance devant les tribunaux.

— Ah! reprit mon oncle... Eh bien! monsieur, procédez, je vous prie, en prenant acte de nos déclarations. — Primo, mademoiselle refuse formellement de retourner près de madame.

— C'est faux! dit la Circassienne. Elle est ma

fille, elle n'appartient qu'à moi!.. Elle m'obéira, car
elle sait que je la maudirais...

— Calmons-nous, calmons-nous, et pas de paroles
inutiles! répliqua mon oncle. C'est à mademoiselle
votre fille de répondre. — Interrogez-la, monsieur.

Le commissaire s'adressa à Kondjé-Gul et formula
sa question. Je la vis pâlir, hésiter, glacée de terreur
par le regard de sa mère.

— Veux-tu donc me quitter! lui dis-je, palpitant.

— Non, non!.. s'écria-t-elle ; puis, se tournant
vers le magistrat : Je ne veux pas suivre ma mère,
monsieur, ajouta-t-elle d'une voix résolue.

A ce mot, la Circassienne se dressa terrible.

Kondjé-Gul tomba à ses genoux, en larmes, la
suppliant d'une voix déchirante...

Effrayé, je me précipitai.

— Fais-la sortir, emporte-la!.. me dit vivement
mon oncle.

Ma pauvre Kondjé-Gul résistait, je la soulevai dans
mes bras et l'entraînai. A la porte, je trouvai Fanny
qui survenait, je la laissai à ses soins.

Mme Murrah s'élançait pour la suivre, mais mon
oncle l'avait saisie par le poignet et, la faisant rasseoir
de force :

— Allons! silence!.. lui dit-il en turc. Nous n'avons
pas fini... et si tu bouges, prends garde à toi!

— Monsieur le magistrat, s'écria la Circassienne,
vous voyez qu'on me violente et qu'on me menace!..

Tout cela s'était passé si rapidement, que le
commissaire avait à peine eu le temps de faire un

geste pour intervenir. Onésime et Rupert flânaient devant la fenêtre.

— Excusez-moi d'avoir fait sortir cette enfant, monsieur, reprit mon oncle ; mais vous êtes, je le crois, déjà suffisamment édifié sur ses résolutions. Elle est là, d'ailleurs, pour vous répondre de nouveau, si vous désirez l'interroger seule, et à l'abri de toute influence ou de toute pression... Il nous reste maintenant à parler de ce qu'elle ne doit point entendre... Au refus de suivre sa mère, qu'elle vient d'énoncer si nettement, veuillez ajouter à votre procès-verbal que, moi, je refuse aussi très catégoriquement de la lui rendre.

— Vous n'avez pas le droit de me voler ma fille !.. s'écria la Circassiene, presque dans un délire de rage.

— C'est ce que nous allons discuter, répliqua mon oncle... Tout d'abord, monsieur, continua-t-il, tranquillement, permettez-moi de me présenter à vous et de vous dire mes qualités. Mon nom est : *Feu* Barbassou, ancien général et pacha, au service de sa majesté le Sultan, ce qui m'a pourvu des droits du citoyen turc.

Le commissaire fit en souriant un signe, qui dénonçait que Barbassou-Pacha lui était déjà connu.

— Il résulte donc de ces titres, monsieur, reprit mon oncle, que mes actes privés ne sauraient ressortir aux tribunaux français ; et que cette affaire est tout à traiter entre madame et moi. J'ajouterai même, en vous exprimant mes regrets du dérangement qu'elle vous cause, que c'est moi qui ai amené ici cette entre-

38

vue nécessaire. Je m'étais présenté, à Paris, deux fois
chez madame, désireux d'en finir avec une sotte
affaire. Pour des raisons sans doute que vous devez
déjà un peu préjuger, elle avait refusé de me voir. Je
me suis donc arrangé pour lui faire apprendre, hier,
que sa fille était cachée dans cette maison ; et j'y suis
venu aussitôt, pour avoir le plaisir de l'y rencontrer...
voilà l'affaire.

— J'ai refusé de vous voir, dit la mère de Kondjé-
Gul, parce que je ne vous connais pas ! Et je demande
à M. le juge de me faire rendre ma fille, que réclame,
avec moi, l'ambassadeur de notre Sultan ; j'ai son
ordre.

Ici, le commissaire intervint, et, s'adressant à mon
oncle, dont l'aisance imperturbable me confondait :

— Vous plairait-il, monsieur, dit-il gravement, de
motiver votre refus de rendre cette jeune fille à sa
mère ? D'après nos lois, vous ne l'ignorez pas, il y a
là un fait que, malgré le caractère tout officieux de ma
délégation, je suis forcé de consigner dans mon
procès-verbal.

— Parfaitement, monsieur, répliqua mon oncle,
votre demande est trop juste, et je vais m'empresser
d'y répondre ; comme je m'empresserais de le faire
devant le consul de son Excellence l'ambassadeur de
Turquie, si madame n'avait point de motifs sérieux
pour éviter, en sa présence, cette explication entre
bons nationaux musulmans que nous sommes, elle et
moi...

— Je vous écoute, reprit le commissaire, en répri-

mant un nouveau sourire, à cette déclaration de
Barbassou-Pacha.

— Monsieur, ajouta, mon oncle, j'ai l'avantage
d'être mahométan; et, selon ces mœurs particulières,
que vous savez, de mon pays, madame m'a vendu sa
fille par un contrat, loyal, sérieux, consacré par nos
usages, approuvé et garanti par nos lois; lesquelles
m'obligent formellement à la protéger, à lui assurer
pour toujours une existence, un avenir, en rapport
avec ma situation de fortune ; ces lois me défendent
enfin de jamais l'abandonner. Par ce même contrat,
madame a régulièrement reçu une dot, discutée, fixée
et consentie par elle... Devant toute juridiction otto-
mane, vous le voyez donc, monsieur, ajouta-t-il, une
discussion ne serait pas même admise; et madame
serait honteusement renvoyée.

— Nous sommes en France, dit Mme Murrah, ma
fille est devenue libre !

— Je conclus, monsieur, reprit mon oncle, sans
même noter cette objection... Madame et moi, nous
sommes sujets de sa majesté le Sultan. Il ne s'agit ici
que d'un différend particulier entre nationaux, ne
relevant que des tribunaux turcs, et dans lequel
votre juridiction française, vous le comprenez, ne
saurait en aucune façon intervenir.

— Vous n'êtes pas le mari de ma fille ! s'écria la
Circassienne; elle ne vous appartient plus, et vous
l'avez donnée à votre neveu, un infidèle, un giaour !

— Très juste, madame, répliqua mon oncle !...
Mais, reprit-il, ce sont là des détails de discussion

privée, dans lesquelles monsieur n'a rien à voir. Et je pense qu'il est, à cette heure, suffisamment renseigné.

— En effet, monsieur, dit le magistrat, en se levant. J'ai pris acte de vos déclarations, ma mission est remplie.

Barbassou-Pacha, sur cette conclusion, le salua de son plus grand air et le reconduisit avec les attentions les plus empressées.

Exaspérée, la Circassienne n'avait point bougé, la rage peinte sur tous ses traits, et comme décidée à lutter, acharnée jusqu'au bout.

— Il faudra bien que vous me laissiez parler à ma fille, dit-elle emportée, et nous verrons !

Sur ces mots qu'il entendit, mon oncle rentrait, tenant par la main ma pauvre Kondjé-Gul.

— Allons, vieille folle, dit-il à Mme Murrah, en changeant de ton tout à coup, tu sais, maintenant, que tu n'as plus qu'à te soumettre. Rentre tes sottes paroles!.. Tu n'en feras pas moins une belle affaire..., car je marie ta fille à mon neveu !

Je crus avoir mal compris.

— Mon oncle! exclamai-je, que dites-vous ?

— Coquin, il faut bien que je te la donne, puisque vous vous adorez comme des fous !

Kondjé-Gul ne put retenir un cri de joie. Nous nous jetâmes tous deux à la fois dans ses bras.

— Oui, dit-il, regardez les bons apôtres ! c'est pourtant ta tante Eudoxie qui me fait encore faire ce coup-là !.. Me voilà bien planté, avec mes fameux projets !..

— Oh! s'écria Kondjé-Gul, nous nous aimerons tant!

— Bon! les voilà qui m'étouffent! Que le bon Dieu vous bénisse, allez!.. Mais il s'agit maintenant de traiter avec cette excellente mère; car, sous ces diables de lois françaises, qui compliquent tout, il nous faut son consentement pour votre mariage.

— Je ne le donnerai pas, dit Mme Murrah, avec rage.

— Bien! bien! nous verrons cela, reprit-il. C'est une affaire à arranger entre nous deux, et, pour cela, j'irai chez toi demain. Seulement, je t'avertis, pas de bruit, pas de sottises pour essayer de nous enlever ta fille; ou sinon, nous attendrons qu'elle soit majeure, dans deux ans, et alors tu n'auras rien.

Louis, ne fais pas attention si, depuis le haut de cette page, je griffonne comme un singe... Au souvenir de cette scène, j'ai les yeux tout obscurcis par un voile humide... Ma foi, tant pis!.. voilà que ça se fond en vraies larmes...

Mais, voyons, dis : est-ce un oncle que j'ai là!..

Quoi qu'il en fût des procédés turcs de Barbassou-Pacha, et malgré le bonheur qui nous étreignait, ma pauvre Kondjé tremblait encore de peur, après le départ de sa mère, que nous savions capable de toutes les folies. Il fut décidé que, pour nous mettre à l'abri d'un très réel péril, nous la conduirions, le jour même au couvent des dames de X..., ce qui fut fait. En devenant ma femme, elle va se faire chrétienne, selon son vœu, tu le sais, dès longtemps formé, d'embrasser ma foi. Ce séjour, qui couvrira sa disparition pour le monde, s'expliquera tout naturellement par cette conclusion de notre mariage; et si l'on découvre jamais rien de ce bizarre secret de nos amours, j'aurai épousé mon esclave, voilà tout.

Eh bien! quoi? frondeur acharné, après tout, n'est-ce point un roman charmant?

Deux semaines se sont passées, depuis l'intervention du commissaire... Kiusko est parti, disparaissant un matin. Ma tante Eudoxie, qui nous protège, va voir chaque jour Kondjé-Gul au couvent. Elle est adorable pour nous; mais nous sommes encore dans les transes... L'affaire du consentement est ardue. La Circassienne a des prétentions folles; mon oncle, pourtant, se charge de la mater.

Que vas-tu dire encore?.. Que j'en suis réduit à acheter ma femme?.. Je m'en vante, le bonheur est dans le lot!.. Combien d'autres, qui l'ont fait comme moi, n'en pourraient dire autant?

Très grande affaire! Mon oncle, à son tour, est pincé! Ma tante Eudoxie sait tout, et je viens de passer deux jours à déménager ma tante Van Cloth, pour la réexpédier sur la Hollande avec ma kyrielle de cousins, la grosse Dirkie, les moules à kuchen, et le piano manivelle suivant à petite vitesse...

Un coup de tonnerre, enfin!

Je t'ai tout raconté de ce bonheur patriarcal hollandais, mêlé de confitures aux saucisses et de tartes

sans pareilles, moins appétissantes encore que les
beaux yeux de ma tante; et ces douces soirées de
famille, entre la pipe de mon oncle ou le skiedam, où
le domino à trois alternait avec le régal délicat de
quelque symphonie de grand maître, tournée magis-
tralement par une jolie main potelée pleine de
fossettes roses...

Une ou deux fois par semaine, neveu tendre et
choyé, je survenais dans cette idylle au pays des
tulipes; d'où je sortais, toujours bourré de friandises
et de bons conseils.

Tant il y a que, avant-hier, Ernest, le second de
mes cousins, lequel est âgé de cinq ans, se trouva pris
d'une forte fièvre : rougeur à la face et ventre ballonné...

Tout l'arsenal de ses lénitifs et de ses coercitifs,
contre ce qu'elle estimait être une indigestion de
prunes confites, étant épuisé, ma pauvre tante perd la
tête. Dans l'après-midi, l'enfant était plus mal. Où
chercher dans Paris un médecin hollandais?.. Un
Hollandais seul pouvait obtenir sa confiance. A bout
de transes, elle songe à recourir à mon oncle ou à
moi; et, sans plus de débats, sachant notre adresse,
elle prend un fiacre, pour se faire conduire rue de
Varennes, croyant tout simplement que c'est là que
sont nos magasins et nos bureaux.

Elle arrive, demande mon oncle. Comme il est
sept heures, le concierge lui dit que monsieur va
rentrer, indique le perron, sonne le timbre; un des
valets de l'antichambre s'enquiert du nom de la

visiteuse, et ouvre les deux battants en annonçant :

« Mme Barbassou ! »

C'est ma tante Eudoxie qui la reçoit.

Ma tante Van Cloth, affolée d'inquiétude, se croit en présence d'une dame de ma famille, et, pour s'excuser du dérangement, dit pour premier mot qu'elle vient chercher le capitaine Barbassou, *son mari*.

Stupéfaction de ma tante Eudoxie qui pourtant, fine comme l'ambre et sans se trahir, la laisse parler, l'interroge, apprend toute l'histoire. Puis, en bonne âme, compatissant au ventre ballonné d'Ernest, sonne et donne ordre qu'on attelle, pour courir au plus vite chez son médecin; sur quoi, ma tante Van Cloth, toujours expansive, lui sauta au cou, avec une vive affection, l'appelant sa plus tendre amie.

Là-dessus, mon oncle survient...

Je n'y étais pas; mais ma tante Eudoxie, qui en rit encore à cette heure, m'a raconté l'affaire dans tous ses détails : A la vue de cette fusion extraordinaire *des deux branches de ses hymens*, comme elle dit, le pacha fut positivement interloqué. D'autant plus que ma tante Van Cloth qui, dans cette étonnante péripétie n'en comprenait pas plus qu'à de l'hébreu, s'écria, en se jetant dans ses bras :

— Ah! Anatole, te voilà!.. notre Ernest est en danger!

Il n'est pas de brave qui ne bronche; à cet élan définitivement intempestif qui déchirait tous les voiles, mon oncle Barbassou eut vraiment une petite défaillance de ce beau sang-froid dont la nature l'a gratifié;

mais, en mortel supérieur aux coups du sort, se voyant
empêtré, il n'alla pas non plus cette fois par quatre
chemins.

— Vite, il faut courir retrouver l'enfant, dit-il.

Et, profitant de ce que ma tante Van Cloth s'était
pendue après lui, il l'enleva d'un seul mouvement et
gagna la porte, sans lui laisser le temps d'embrasser
la comtesse de Monteclaro, comme elle l'eût certainement fait par politesse; et, de l'antichambre, l'entraîna jusqu'à sa voiture, où il l'emballa.

Je descendais de chez moi, juste comme il rentrait
de cette expédition sommaire. A mille lieues de me
douter que je tombais sur le couronnement d'un événement tragique, je m'aperçus bien que mon oncle
éprouvait un froid; mais l'annonce du dîner, et
l'accueil ordinaire de ma tante, faisant diversion, ce
ne fut qu'à table que je crus comprendre qu'il y
avait dans l'air quelque électricité que la présence
des gens retenait évidemment en suspension. Le
pacha, silencieux et le nez dans son assiette, semblait
sous le poids d'une préoccupation intérieure, qui lui
faisait oublier ce jour-là de grogner contre le chef.
Ma tante, au contraire, pétillante d'humour, dans
son plus charmant grand air, avait certain sourire de
gaieté, qu'il guignait parfois du coin de l'œil, en
homme inquiet.

Le repas achevé, nous revînmes au salon, et, le café
servi, nous restâmes seuls. La comtesse de Monteclaro,
toujours gracieuse, aiguisa bien quelques pointes dont
le sens m'échappait un peu... Le capitaine, évidem-

ment, filait doux. Enfin, au bout d'une demi-heure,
comme j'allais partir, et qu'il faisait mine de s'évader :

— Je vous garde un instant, mon ami, lui dit-elle,
de son joli ton traînant, j'ai à m'entretenir avec vous,
à propos d'une petite affaire, sur laquelle je veux
prendre votre avis.

Je baisai la main qu'elle me tendit, ce qui dénonçait
que j'étais de trop.

— Allons, adieu, mauvais sujet! ajouta-t-elle, en
m'accompagnant jusqu'au seuil du salon voisin.

Ce qui se passa alors, nul ne pourra jamais le dire.
Ma tante, avec son tact suprême, ne m'a raconté de
l'affaire que le côté original et plaisant; riant de sa
mésaventure, avec des hauteurs de grande dame
voilant une frasque de famille... Outre une très réelle
affection, elle a, d'ailleurs, une certaine estime de
mon oncle, qu'elle n'eût su trahir devant le neveu.

Quant à moi, ignorant de toute chose, il était tout
juste neuf heures, lorsque je vis le pacha me rejoindre
au club, où il m'avait bien recommandé de l'attendre.

Du premier coup d'œil, je devinai qu'il y avait eu
grabuge. Sans un mot, il m'entraîna dans un petit salon
écarté; là, il tomba dans un fauteuil, et me regarda
en secouant silencieusement la tête.

— Ah ça! qu'arrive-t-il, mon oncle? demandai-je,

— Pfuiii!.. fit-il, ses gros yeux écarquillés et prolon-
geant cet espèce de petit sifflement, en homme qui
respirait de l'avoir échappé belle.

Sa mimique était si éloquente, le soupir si expressif

et si réparateur, que j'attendis qu'il fût exhalé tout entier. Quand je le vis à bout de souffle :

— Voyons, qu'y a-t-il, repris-je vraiment inquiet.

— Oh ! je viens d'en voir de grises ! répondit-il enfin... Pfuiii !...

Je respectai ce nouveau soulagement, qui le remit du reste cette fois.

— Il y a eu quelque chose avec ma tante?.. ajoutai-je à tout hasard, en me rappelant le nuage qui avait plané sur le dîner.

— Un tremblement! articula-t-il, avec ce terrible accent marseillais, qui le reprend soudain, dès qu'il est sous le coup d'une forte émotion. Ta tante Eudoxie a découvert tout le pot aux roses!.. L'histoire de Passy, et ta tante Gretchen, et les enfants, et Dirkie, et toute la boutique!..

— Mais, elle n'a peut-être que des soupçons... résultant de quelque propos...

— Des soupçons?.. exclama-t-il. Elles se sont vues!..

— Allons donc! c'est impossible... En êtes-vous bien sûr?

— Té ! si j'en suis sûr!... Je rentre pour dîner, j'arrive au salon... Et je te les trouve toutes les deux, qui se causaient ensemble... Elles s'embrassaient!

— Bigre! m'écriai-je, cette fois décidément alarmé.

— Hein?.. Elle est forte, celle-là, mon bon!..

— Alors, qu'avez-vous fait?..

— Je les ai séparées, en reportant tout de suite Gretchen à sa voiture.

— Alors, je comprends la froideur du dîner, repris-je... De sorte que, après mon départ, cela a été dur?..

— Pfuiii! recommença mon oncle.

Ce dernier soupir sembla se perdre dans un tel horizon de souvenirs cuisants, que tout le récit de Théramène en eût certes dit moins long. J'allai au plus pressé, prévoyant que mon intervention était nécessaire.

— Faut-il que je coure chez ma tante Gretchen? lui demandai-je.

— Je crois bien qu'il le faut!... J'ai promis que, sauf maladie grave d'Ernest, ils auraient tous quitté Paris demain!.. Tu peux encore arranger ça ce soir, ajouta-t-il en regardant la pendule.

— Bon, je pars! répliquai-je en me levant.

Comme j'allais sortir, il me rappela.

— Ah! surtout, reprit-il vivement, n'oublie pas de dire demain matin à Eudoxie : que c'est toi qui t'es chargé de la chose, et que, moi, je n'ai pas bougé d'ici!

— C'est entendu, mon oncle, répondis-je, en riant à part moi de sa peur bleue.

Inutile d'ajouter que je ne perdis pas de temps. Un quart d'heure plus tard, j'étais à Passy. Il se trouva qu'une crise bienfaisante avait débondé Ernest, lequel ne donnait plus nulle inquiétude. Ma tante Gretchen, qui a traversé toute cette affaire, comme elle eût traversé la porte Saint-Denis, sans le savoir, ne s'étonna d'aucune façon que mon oncle : « ayant reçu une dépêche qui l'avait obligé de partir le soir même, m'envoyait à sa place, pour l'expédier immédiatement sur Amsterdam... » Elle me chargea de force compli-

ments pour la comtesse de Monteclaro, dont elle était
ravie d'avoir fait la connaissance.

Le lendemain matin, elle roulait par l'express,
enchantée d'avoir joui d'un si charmant séjour.

Huit jours ont passé sur cette affaire, et, sauf que
mon oncle est encore tout penaud, à certaines gaietés
de ma tante qui souvent l'appelle avec malice :
monsieur le pacha, au lieu de lui donner du « capitaine », comme elle ne manquait jamais de le faire
autrefois, tout est rentré dans l'ordre du ménage le
mieux assorti. Attentions, délicatesses, galanteries,
prévenances... Seulement, voilà qu'il me ruine à lui
prodiguer des cadeaux; et j'ai été forcé de faire des
représentations à ma tante, qui en a ri comme une
folle, et prétend que c'est « le rachat du pécheur ».
Pourtant il faut de l'ordre dans les familles, et je l'ai
avertie que, si cela continue, je coupe le crédit de *feu*
Barbassou, attendu qu'il est défunt.

— Voyez comme c'est simple !.. ainsi que dit mon
oncle, ai-je ajouté...

Mais elle a encore ri de plus belle... Nous en
sommes là.

Louis, pends-toi !.. Je me suis marié hier, et tu
n'étais pas là !

La cérémonie a été fort belle. A l'église Sainte-
Clotilde, tout le faubourg Saint-Germain, aux anges
de la conversion de Kondjé-Gul; sa beauté, sa grâce,
le romanesque de notre hymen... Tout ce qui porte un
nom dans les arts, sans compter la finance. M. de

Rothschild, qui s'est beaucoup entretenu avec mon
oncle. Trois reviewers de Londres, et tous les
reporters de nos journaux... Grande messe en musique :
Faure a chanté son *Pie Jesus*, Mme Carvalho et la
Patti, le *Credo*.

A l'entrée, la foule nous étouffait ; Barbassou-Pacha,
comte de Monteclaro, donnait le bras à la mariée.
Pauvre Kondjé, quel trouble, quelle émotion, quel
rêve !... Je conduisais Mme Murrah en splendides
atours, domptée, mais fort digne, et jouant son rôle
avec noblesse, en fataliste. C'était écrit !... Elle partait le jour même pour Rhodes... où mon oncle lui fait
un sort... avec la haute direction sur son Botany-Bay.

La comtesse de Monteclaro, et Anna Campbell,
tout en sourires d'être, avec Maud et Suzannah Montaigu, demoiselle d'honneur de son amie Kondjé-Gul.

A la sacristie, le défilé dura une heure, sans une
minute de moins. Les signatures du registre, où mon
oncle mit en tête son paraphe obstiné : *feu* Barbassou.
— Puis le déluge de félicitations, ma jolie épouse
chrétienne, rougissante, émue, sa couronne de fleurs
d'orangers au front... (Eh bien ! oui !... Pourquoi
pas ?.. N'est-ce point l'usage ?..)

A deux heures, rentrée à l'hôtel, agapes de famille,
préparant l'évasion des jeunes mariés pour Férouzat...
La concorde et la joie dans tous les cœurs. Mon oncle,
définitivement rentré en grâce, tressaillant de plaisir
à entendre ma tante Eudoxie ne plus l'appeler pacha,
et lui redonner du « capitaine ».

Amour, printemps partout !

Voyons, Louis, très sérieusement, toi qui en as fait l'expérience, es-tu bien sûr qu'on ait vraiment assez d'un cœur pour un véritable amour?... Cela m'inquiète.

Le soir venu, le comte et la comtesse de Monteclaro nous accompagnèrent jusqu'à la gare. Ils nous rejoindront à la fin du mois.

Je te laisse à imaginer les embrassements d'adieux, les promesses, les conseils des grands parents.

Comme ma tante exhortait Kondjé-Gul, mon oncle ne resta pas en reste avec moi de son côté.

— Vois-tu, me dit-il à part, devant notre wagon, il y a une chose dont il est indispensable de ne pas s'écarter : c'est qu'il ne faut jamais, en aucun cas, en avoir *deux*, dans la même ville!...

Louis, je crois que mon oncle manque de mœurs...

P Avril inv

ACHEVÉ D'IMPRIMER

le trente septembre mil huit cent quatre-vingt-trois

par

PILLET ET DUMOULIN

pour le compte de

J. LEMONNYER, LIBRAIRE-ÉDITEUR

A PARIS